D1735607

OSKAR ROEHLER
MEIN LEBEN ALS AFFENARSCH

OSKAR ROEHLER

MEIN LEBEN ALS AFFENARSCH

ROMAN

Ullstein

ISBN: 978-3-550-08042-5

Gesetzt aus der Caslon 540
Satz: Pinkuin Satz und Datentechnik, Berlin
Druck und Bindearbeiten: GGP Media GmbH, Pößneck
Printed in Germany

Gewidmet dem Schriftsteller und Freund aus alter Zeit,
Harry Hass

München, Nov. 80

Bevor ich nach Berlin gehe, besuche ich meine Mutter Sie empfängt mich in ihrer Münchner Wohnung in einem schlabbrigen schwarzen T-Shirt, das ihren Bauch nur mühsam kaschiert. Ihre Beinchen sind noch dünner geworden, das Gesicht aufgedunsen. Ihre Augen quellen aus den Höhlen. Sie sind dick mit schwarzem Kajal umrandet. Durch ihre dünnen, rötlichen Haare schimmert die Kopfhaut. Kaum hat sie mich reingebeten, zeigt sie mir einen sündhaft teuren Mantel aus Orang-Utan-Fell. Man kann ihn wenden und das Innenfutter aus Leder außen tragen.

Sie zieht ihn an, dreht und wendet sich vor mir und blickt dabei ab und zu in den Spiegel.

Ihre Augen glitzern boshaft und stolz, weil sie im Besitz einer solch kostbaren, verwegenen Rarität ist. Sie trägt immerhin ein echtes Affenkostüm. Es ist ihr achttausend Mark wert gewesen. Ein gefährlicher Leichtsinn treibt sie dazu, solche Dinge zu tun. Von dem Geld könnte sie achtmal ihre Miete bezahlen. Aber diesen Affen musste sie unbedingt haben. Es führte kein Weg daran vorbei. Immerhin. Wozu gibt es ihren Vater, der nicht lange fragt, sondern das Geld überweist, wenn sie ihm schreibt, dass sie sich in einer Notlage befindet.

Sie hat »den Affen« in einer ihrer kleinen Boutiquen in der Elisabethstraße gekauft, die ihre Einsamkeit ausnützen und ihr all diese Dinge andrehen, die sie überhaupt nicht brauchen kann, da sie nirgends mehr hingeht, außer zum Einkaufen in den Supermarkt.

Ich ziehe meinen Wehrmachtsmantel aus, der mir bis zu den Knöcheln reicht und dessen dickes Rindsleder sich mit Münchner Winterregen vollgesogen hat. Der Tornister mit meinem Schlafsack ist voller Bücher. Ich habe ihn durch ganz München geschleppt. Ich bin froh, als ich mich endlich setzen kann.

Schon beim ersten Drink erzählt sie mir stolz von ihrem hohen Captagon- und Rohypnolkonsum. Zum Einschlafen braucht sie sechs Rohypnol. Diese Menge kann für den Normalverbraucher tödlich sein. Wenn sie unterwegs ist und die Tabletten zu früh nimmt, kann es passieren, dass sie noch auf dem Weg einschläft. Neulich ist es ihr im Taxi passiert, auf dem Rückweg vom Hofbräuhaus, wo sie manchmal ein paar Gläser Weißwein trinkt, um unter Leuten zu sein. Der Taxifahrer bekam sie nicht mehr wach. Er musste überall klingeln. Schließlich schleppte er sie ins Treppenhaus. Sie lag auf den Stufen, bis jemand kam, der sie kannte und in ihre Wohnung verfrachtete.

Captagon schüttet sie erst mal eine ganze Handvoll in sich hinein, um überhaupt wach zu werden, erzählt sie. »Bei dieser Bilanz kannst du dir ja denken, wie viele Rezepte ich brauche«, sagt sie, »da macht kein Arzt mit. Aber ich habe vorgesorgt. Ich habe die Rezeptblöcke einfach aus dem Schreibtisch geklaut, als das Arschloch kurz draußen war.«

Sie hockt breitbeinig da, die dicke Wampe hängt ihr zwischen den Beinen. Ihre hervorquellenden Augen starren mich an.

»Hast du etwas dagegen, ein paar Rezepte auszufüllen?«

»Nein«, antworte ich.

Sie steht auf und trippelt mit unsicheren Schrittchen zu einer Kommode, aus der sie einen dicken Stapel Rezeptblöcke holt. Sie kann sich kaum bücken, ihr gesamter Körper ist steif wie ein Brett. Sie überreicht mir den Rezeptblock und lässt sich wieder auf ihr riesiges, weißes Ledersofa plumpsen, wo sie wie versteinert hocken bleibt und mich beobachtet, wie ich Rezept um Rezept ausfülle und die Unterschrift des Arztes fälsche, bis mir die Finger weh tun und ich zu schnaufen anfange.

»Jetzt bist du mein Komplize«, sagt sie endlich, als ich fertig bin. »Ich bin stolz auf dich. Vor drei Jahren, als wir uns das letzte Mal gesehen haben, warst du noch so ein Wohlstandsspießer. Ich hätte nicht gedacht, dass aus dir mal was wird.«

Sie nimmt ein paar Tabletten und schluckt sie mit Wodka-Orange herunter.

Ich will etwas als Entgelt für die Fälschung der Rezepte. Immerhin habe ich mich mitschuldig gemacht.

»Ich will nach Berlin«, sage ich, »aber ich habe kein Geld.«

Ihr Blick, der sich kurz aufgehellt hatte, wird sofort wieder starr.

»Wenn du Geld willst«, sagt sie, »musst du zu deinem Vater gehen. Er war schließlich der Kassenwart der RAF. Er behauptet, dass er das Restgeld von den Banküberfällen immer noch bei sich liegen hat.«

Ich erwidere nichts. Schweigend, rauchend, mich anstarrend, weidet sie sich an meiner Enttäuschung. Das will ich nicht auf mir sitzen lassen.

»Hast du nicht wenigstens hundert Mark?«, frage ich eisig.

Schließlich holt sie ihr Portemonnaie aus der Tasche.

»Na gut. Hier hast du hundert Mark«, sagt sie gnädig und überreicht mir den Schein. Ich stecke ihn ein. Die Stimmung ist feindselig.

Ich blicke mich um. Im Zimmer hängt dichter Rauch von den vielen Zigaretten. Überall liegen angebrochene oder noch ganze Stangen Benson & Hedges herum. Rechts im Regal türmen sich Tablettenpackungen neben den Büchern. Die Wohnung macht den Eindruck, als wäre schon lange niemand mehr hier gewesen. Ein Warenlager, das ständig nachgefüllt werden muss, um diesen Organismus am Leben zu halten, der mit der Welt da draußen abgeschlossen hat, die voller Häme, Lügen und Niedertracht ist.

Ich kenne diesen Menschen, zu dem ich Mama sage, eigentlich gar nicht.

Vor vier Jahren, als ich fünfzehn war, tauchte sie plötzlich bei den Großeltern auf.

Es hieß, sie sei wegen Steuerschulden aus London geflüchtet, ohne einen Pfennig Geld, nervlich völlig am Ende, aber mit Koffern voll eleganter Klamotten aus der Carnaby Street. Ich war schüchtern und fühlte mich spießig mit meinen halblangen Haaren und den C&A-Klamotten und beobachtete sie aus sicherer Distanz, wie sie im Wohnzimmer Anekdoten aus ihrem bewegten Leben im Ausland zum Besten gab. Ich hoffte, dass sie verschwand, ohne die Gelegenheit zu haben, mich genauer unter die Lupe zu nehmen, da ich wusste, dass sie von mir enttäuscht sein würde. Ich schämte mich für mich selbst.

Und dieses Minderwertigkeitsgefühl ist auch jetzt wieder da, trotz meines Irokesen, trotz meines Wehrmachtsmantels und meiner Springerstiefel. Aber diesmal regt sich, anders als damals, Trotz gegen die heimliche Verachtung, die bei der Begegnung mit meiner Mutter immer von ihrer Seite her mitschwingt. Ich schweige, ich überlege, ob ich gleich gehen soll, und sehe mich nach meinem Tornister um.

Ich muss daran denken, dass meine Großmutter inzwischen gestorben ist und meine Mutter nicht mal zur Beerdigung gekommen war, obwohl meine Großmutter damals, als sie übernächtigt und mittellos ankam, sofort bereit gewesen war, ihr zu helfen und zu vergessen, wie schlecht sie in ihrem ersten Roman über ihr Elternhaus geschrieben hatte. Meine Großmutter hatte meiner Mutter sofort eine Schlafkur bezahlt, die sie aufgrund ihres Drogenkonsums so bitter nötig gehabt hatte, und dafür Unsummen ausgegeben, da meine Mutter nicht mal versichert war.

Sie reißt mich aus meinen trüben Gedanken.

»Was willst du überhaupt in Berlin?«, fragt sie mich.

»Ich würde gerne irgendwas mit Film oder Theater machen«, antworte ich.

Es klingt so banal, dass ich am liebsten im Erdboden versinken würde.

Sie geht großzügig darüber hinweg.

»Ich kann den Bock fragen«, überlegt sie, »ich glaube, die inszenieren gerade ein Stück von dem in Berlin. Aber Alois Bock ist maßlos egoistisch und eitel. Er würde nie etwas für andere tun.«

»Kannst du es nicht trotzdem versuchen?«, frage ich fast euphorisch vor Hoffnung. Nie hätte ich damit gerechnet, dass sie den Versuch machen würde, mir zu helfen.

»Ich kann es versuchen«, sagt sie.

»Und Film?«, frage ich. »Ich würde noch lieber zum Film. Kennst du nicht jemanden beim Film?«

»Ich kenne einige sogenannte Filmleute hier in München«, erwidert sie, »sie haben ein paar Mal versucht, mir die Filmrechte meiner Romane abzukaufen. Man muss kein Einstein sein, um sehr schnell zu merken, dass sich diese Leute auf dem geistigen Niveau von Rotarschpavianen befinden. Aber wenn du unbedingt zum Film gehen willst ... Du solltest allerdings aufpassen, denn die meisten von denen sind nicht nur dumm, sondern auch pervers. Wenn sie dir eine Rolle anbieten, heißt das in den meisten Fällen nur, dass sie dich in den Arsch ficken wollen.«

Ich zucke zusammen. Tatsächlich bin ich wenige Stunden zuvor, als ich am Bahnhof ankam, von einem Mann angesprochen worden, ob ich nicht in einem Film mitspielen wolle. Ich bin mit ihm in seine Wohnung gegangen. Erst verabreichte er mir Poppers auf seiner Couch und verlangte dann, dass ich ihm meine Eier und meinen Schwanz zeige.

Ich ließ die Hosen runter und zog das Hemd hoch. Er verlangte in breitem Münchnerisch, meinen Arsch zu sehen. Er hatte einen blonden, hochgezwirbelten Schnurrbart und knallte weiter Poppers in sich rein, um sich anzuturnen. Als er merkte, dass ich keinen hochbekam, verlor er schnell das Interesse. Ich fragte ihn nach dem Klo und machte einen polnischen Abgang. Es fühlte sich an wie ein kleiner Unfall.

»Was willst du eigentlich beim Film?«, fragt sie und reißt mich wieder aus meinen Gedanken.

»Hm«, meine ich lahm und ohne jede Überzeugung: »Vielleicht Schauspieler werden?«

»Du wirst nie ein guter Schauspieler«, erwidert sie, »dazu bist du viel zu ehrlich.«

Ich schweige beleidigt.

»Das meinte ich als Kompliment«, sagt sie. »Dir fehlt

dieser widerliche Mangel an Identität, den diese Berufsklasse auszeichnet.«

Sie schlägt mir vor, Zivildienst zu machen, damit ich endlich etwas über die Gesellschaft lerne und darüber, wie dieser Staat mit denen, die er nicht mehr braucht, nämlich mit den Armen, Alten und Hilfsbedürftigen, umgeht.

Ich blicke zu Boden und versinke, völlig ermüdet, in Schweigen. Allmählich löst sich der beige Teppich in dem Nebel aus Zigarettenrauch auf. Wie soll ich es jetzt noch zum Bahnhof schaffen?

»Ich habe vielleicht doch eine Idee, was du machen könntest«, sagt sie. »Du könntest mir helfen, deinen Onkel umzubringen.«

Ich blicke auf und sehe hinüber zu dieser reglosen Gestalt auf der riesigen weißen Couch, deren Wahn etwas völlig Normales hat und die mir jetzt akribisch erläutert, welche Angst sie hat, ihre Erbschaft durch eine Intrige meines Onkels zu verlieren; ich begreife nun: Auf diese Erbschaft hat sie spekuliert, seit sie hier sitzt, Jahr für Jahr. Es gibt eigentlich gar nichts anderes als diese Erbschaft für sie. Alles läuft darauf hinaus, dass sie die Dinge unter Kontrolle bringen muss. In der Küche zeigt sie mir die Waffe, eine Walther, die ihr mein Vater bei ihrem letzten Treffen geschenkt hat. Es ist, wie er behauptet hat, die Waffe der Gudrun Ensslin, die er meiner Mutter schwer betrunken nach einem desaströsen Wochenende überreicht hatte, als wäre es der Iffland-Ring, nach einem sinnlosen Besäufnis, das damit geendet hatte, dass sie mit einem verstauchten Bein in der Badewanne aufgewacht war. Nun soll diese Waffe, deren Trommel sie vor meinen Augen klicken lässt, deren Patronen sie mir zeigt, dazu dienen, den Onkel hinzurichten. »Ein herrliches Klicken!« Ihre Augen leuchten vor Vergnügen.

Mir wird klar: Sie ist völlig übergeschnappt, dieser arme Mensch, auf den sie es abgesehen hat, hat niemandem etwas getan! Aber hier in der Wohnung, in diesen vom Zigarettenrauch wattierten, hermetischen Räumen entkommt niemand mehr ihrem Wahn, sie selbst am allerwenigsten, und das, was sie vorhat, ist sogar das Normalste, was hier geplant werden kann.

»Das Vermögen meines Vaters …«, fängt sie immer wieder an und verliert sich in Schätzungen, was das Haus, was die Konten plus der Schmuck ihrer Mutter alles in allem wert sind – und kommt auf eine Summe von über drei Millionen. Und ihre Augen leuchten wieder.

Der Abend neigt sich dem Ende entgegen, sobald wir wieder im Wohnzimmer sitzen. Sie nimmt ihre sechs Tabletten.

»Mein Vater«, sagt sie, »wird allmählich senil. Er hockt den ganzen Tag auf der Couch und liest seine Wirtschaftszeitungen. Er ist schon so verwirrt, dass er gar nicht merkt, dass überall Eigelb und Essensreste auf seinem Jackett kleben. So hochintelligent er als Wissenschaftler war, so gutgläubig ist er als Mensch. Und mein Bruder nutzt diese Situation schamlos aus. Er lädt ihn immer in sein spießiges Reihenhaus zum Essen ein, und da ködern sie ihn mit Klößen und Schweinebraten. Er sabbert vor Glück, wenn er die Enkel sehen darf, weil er so kinderlieb ist. Er ist bereits ein vollkommener Narr. Bald wird mein Bruder ihn so weit haben, dass er sein Testament umschreibt. Dann geht mir alles verloren, worauf ich all die Jahre gehofft habe. Endlich Sicherheit. Nach dem Hundeleben, das ich für meine Arbeit geführt habe.«

Ich nicke ab und zu.

»Es muss nach einem Raubmord aussehen. Man steigt in das Haus ein und knallt ihn einfach ab.«

Meine Mutter lallt schon. Das Kinn klappt hinunter, sie sackt nach vorn. Ich beobachte den ganzen Vorgang, hin und her gerissen, ob ich ihr helfen oder mir das alles nur anschauen soll. Schließlich kippt sie zur Seite, ihr Oberkörper fällt auf das weiße Lederkissen. Ich nehme meinen Tornister und gehe.

Es ist zwölf, als ich am Hauptbahnhof ankomme und den Typen entdecke, der mich am Nachmittag abgeschleppt hat, wie er um die Ecken schleicht und guckt, ob er noch ein paar Reste ficken kann. Ich verkrieche mich hinter den Schließfächern in eine Ecke und lege mich hin, bis die schwarzen Sheriffs mich mit ein paar unsanften Fußtritten wecken.

Darmstadt …

Um sieben Uhr abends komme ich bei meinem Vater an. Er öffnet die Tür einen Spaltbreit und starrt mich mit seinem stieren Säuferblick einen Moment an, bevor er mich erkennt und überrascht die Stirn runzelnd »Mein Sohn? Was machst du denn hier?« sagt.

Bevor er mich hineinlässt, wirft er paranoide Blicke ins Treppenhaus. Er ist der Meinung, der Verfassungsschutz überwacht ihn.

Er wankt zum Telefon. Die Wählscheibe ist völlig zertrümmert. Er sieht meinen Blick und sagt: »Dein Vater war gerade dabei zu telefonieren, aber es ist ihm wieder einmal nicht gelungen, weil er die Wählscheibe durchbohrt hat. Und warum hat er sie durchbohrt? Damit er abrutscht, wenn er betrunken versucht zu telefonieren. Es mag widersinnig klingen, aber so ist das Leben. Das wirst du selbst eines Tages begreifen.«

Weil ich darauf nichts zu erwidern weiß, frage ich, wen er versucht hat anzurufen.

»Den Entenburger«, sagt er, »und den Groß und den Nilson. Und den Balzer, das Arschloch.« Er ruft sie immer an, wenn er betrunken ist, weil er glaubt, als alter Freund ein Recht dazu zu haben. Er glaubt, dass er sie als ihr Lektor berühmt gemacht hat, und will ihnen das immer wieder erklären. Sie nehmen nicht ab, weil sie genau wissen, dass nur er um diese Zeit noch anruft. Es macht ihn so wütend, dass er das Telefon ewig klingeln lässt.

Er ist vor einiger Zeit entlassen worden, weil er nach einer nächtlichen Kneipentour völlig betrunken im Verlag aufgetaucht ist, vor dem Verlagschef die Hosen runtergelassen und ihm seinen Arsch ins Gesicht gehalten hat mit den Worten: »Ihr Frühjahrsprogramm ist so langweilig, dass mir der Arsch eingeschlafen ist. So sieht ein eingeschlafener Arsch aus.« Das Männlein, ein weißhäutiger Zwerg mit Sommersprossen und sehr schwachen Nerven, lief feuerrot an, hüpfte empört aus dem Zimmer und holte die Polizei, die meinen Vater mit heruntergelassener Hose vorfand, wie er in aller Seelenruhe eine Weinflasche leer trank. Er flog raus, bekam eine Abfindung, und seitdem sitzt er hier in der Wohnung und schreibt an seinem Roman.

Ich sehe mich um. Die Wohnung ist in Unordnung. Überall auf dem großen, schmuddeligen Läufer eingetrocknete Rotweinlachen. Es sieht aus wie die Luftaufnahme einer verwüsteten, blutgetränkten Landschaft.

Er bittet mich ins Wohnzimmer, wo eine seiner überdimensionalen Flaschen Retsina steht, und schenkt in den großen Glaspokal nach, mit dem man einen Menschen erschlagen kann. Er stellt sich ans Fensterbrett und dreht mir den Rücken zu.

Er will wissen, warum sie mich aus dem Internat geschmissen haben. Ich erzähle ihm, dass wir einen Lehrer mit Schlaftabletten betäubt und ihm seine langen Haare abgeschnitten haben. Er will wissen, wer noch dabei war. Ich berichte ihm von meinem alten Zimmerkumpel Gram, der ein Anhänger des Neonazis Günther Klamm war und zu seiner sogenannten Arschfickbrigade gehörte, die oft in der Fränkischen Schweiz im Wald kampierte und Kameradschaftsabende abhielt, auf denen Klamm, wenn er zu viel getrunken hatte, »Arschficken für alle« brüllte.

Gram hatte diesen Spruch sofort übernommen und brüllte ihn heraus, wo er nur konnte. Er schlief mit seinem alten Schäferhund gemeinsam in einem Bett und stank die Bude voll. Trotzdem mochte ich ihn, auch wenn ich seine politischen Anschauungen nicht unbedingt teilte. Seine Eltern waren uralte Invaliden, der Vater sogar noch Kriegsveteran mit zerschossenen Händen. Er konnte nicht mehr wichsen. Über diesen Joke haben wir uns nächtelang totgelacht.

Gram wurde mit Schimpf und Schande aus der Schule gejagt: Die Hippies schrien im Chor »Nazis raus!!« und bewarfen seine Alte, die mit Federhut im Rollstuhl saß, und den Alten mit seinem Blindenabzeichen, der sie kaum noch schieben konnte, mit Tomaten und faulen Eiern, während Gram mit seinem gelben Plastikkoffer, voll mit Aufputschtabletten, Steroiden und Downern, mit gesenktem Kopf neben ihnen herlief. Ich stand am Rand des Schulhofs und sah dem Ganzen zu. Es war das Ende einer jahrelangen Zimmer- und Biersaufkumpanei. Da ging er hin, mein alter Wichskumpan Gram. Zwei Tage später wurde ich als Mitläufer ebenfalls von der Schule geschmissen. Das war's dann mit dem Abitur.

Das alles erzähle ich meinem Vater, der darüber nur den Kopf schütteln kann.

»Gram ist nur rechts geworden, weil ihn das Hippiepack, das die Schule beherrscht, in diese Ecke gedrängt hat«, erkläre ich meinem Vater. »Die Kantine der Schule war unter der Herrschaft der Lesben-Fraktion und der radikalen Grünen. Die zwangen einen, seine Möhren und Kartoffeln selbst zu schälen, weil man sonst nichts von ihnen zu fressen bekam. Der ganze Speisesaal stank nach ihren Achselhaaren. Wir konnten heimlich beobachten, wie sie Oliven mit den Zähnen entkernten und sie dann in die Suppe spuckten. Überall stank es nach Schweißfüßen und in manchen Ecken sogar nach Fotze!«

Meine Stimme überschlägt sich fast vor Empörung.

»Beruhige dich, Junge«, erwidert mein Vater und lächelt milde. »Ich kann deine Wut ja verstehen, ich wohne schließlich in Darmstadt. Das ist ein Reservat für alte Hippies aus der Studentenszene. Eigentlich sind sie ganz harmlos.«

»Das sind sie nicht!«, schreie ich und schlage mit der Faust auf den Tisch: »Sie sind Gesinnungsnazis!! Sie wollen einen zwingen, ihre Latzhosen zu tragen, auf dem Boden zu hocken und als höchstes Ziel im Leben zu haben, Fahrräder zu reparieren oder Schreiner zu werden!«

»Das liegt an der verheerenden Wirkung des Haschisch«, erklärt mir mein Vater sanft. »Ich habe es einmal mit der Gudrun probiert. Es weicht das Gehirn auf. Man wird vollkommen blöde und fängt an, über Indianer zu reden.«

Ich pflichte ihm bei: »Die einzige Chance, die man hat, ist die, sie knallhart zu schocken! Und genau das haben wir getan! Aber wir hatten keinen Rückhalt im Direktorat. Alles ist schon infiltriert von diesem Dreckspack!«

»Ich weiß genau, was du meinst, Junge«, sagt er und nimmt einen großen Schluck. »Mir ging es damals genauso. Ich habe die Linken von 68 schon damals verachtet und das, was danach kam, natürlich erst recht. Wer wollte es mir auch verübeln, wenn man bedenkt, dass ich ihnen in allen Disziplinen überlegen war, im dialektischen Denken, im Faustkampf und bei den Weibern.«

»Die Ökohippies stehen mindestens zwei Stufen tiefer als die 68er«, rufe ich wütend. »Auf LSD fällt dir das wie

Schuppen von den Augen. Sie hocken da und entlausen sich gegenseitig. Und sie kochen mit ihren dreckigen Fingern. Sie sind auf dem Niveau von Affen. Ich hab's gesehen, das kannst du mir glauben.«

Mein Vater gähnt gelangweilt.

»Sie haben überhaupt kein ästhetisches Bewusstsein«, schreie ich.

Ich merke, dass ich einen leichten Flashback vom LSD habe, obwohl der letzte Trip schon ein paar Wochen her ist. Ich wische mir die Tränen aus den Augen.

»Du bist dünner geworden«, sagt mein Vater, der sich mittlerweile zu mir umgedreht hat.

Ich will wissen, wie er mit der Schande seiner Verlagsentlassung zurechtkommt.

»Besonders lustig ist das nicht, Junge«, erwidert er. »Wer rechnet schon damit, dass ich, Klaus Rother, gehen musste und nicht diese Null! Wer hat den Groß groß gemacht? Und den Entenburger? Und den Nilson?«

»Du, Vati!«

»Ganz genau, Junge! Ohne mich wäre der Groß wahrscheinlich nur ein Autor aus der zweiten Reihe geblieben. Und der Verlag hätte bei weitem nicht so viel an ihm verdient! Aber das hatte Eiferer wohl vergessen.«

Eiferer, der große alte Mann und Besitzer des Verlags, ein Saufkumpan meines Vaters aus den glorreichen frühen Tagen des Kulturbetriebs, war zu alt geworden, um sich für ihn in die Bresche zu schlagen. Er ließ sich verleugnen. Er wollte einfach nicht mehr beim Golfen gestört werden.

Ich frage meinen Vater, wie es um seinen Roman steht.

Er erklärt mir, dass der Roman auf dem Mond spielt. Die Amis haben ihn zu einem großen Gefängnis ausgebaut. Die Insassen lernen, sich dem Klima anzupassen. Im Verlaufe der Evolution wachsen ihnen Antennen aus den Ohren.

Mit diesen Antennen können sie den CIA abhören und erfahren dabei schreckliche Geheimnisse, wie zum Beispiel, dass der CIA Seuchen in Labors entwickelt, um Minderheiten wie Schwule oder Kommunisten zu eliminieren. Die USA sind mittlerweile eine von Juden beherrschte, materialistische Diktatur. Der Präsident ist ein Jude, eine Marionette der Weltbank und der Waffenlobby. Bevor sie die Welt »gleichschalten« können, um aus ihr für ihre Konzerne eine gigantische Einkaufsmeile zu machen, planen sie, sich für den Holocaust zu rächen, das heißt, weite Teile Mitteleuropas, des Baltikums, Polens und Weißrusslands zu zerstören und anschließend mit ihrer scheiß Unterhaltungsindustrie das gesamte historische Gedächtnis der Menschheit zu löschen.

»Aber die Bewohner des Mondes sind darauf vorbereitet«, erklärt er mir: »Sie leben unter Bedingungen, die sie vollkommen abgehärtet haben. Wie ihre arischen Vorfahren baden sie in eiskalten Flüssen und leben im Freien, neben den Lagerfeuern. Ihre Frauen beißen sich selbst die Nabelschnur durch. Sie erlegen Kraken, die sie mit bloßen Händen aus dem ewigen Eis der Mondseen fischen, und essen das bleiche, mit Plutonium angereicherte Fleisch. Es herrscht das Matriarchat, wie bei der RAF. Die Männer bereiten sich auf den Krieg vor, Junge. Sie reparieren die alten Raumschiffe, um zur Erde zurückzukehren ...«

Mein Vater hat Tränen in den Augen.

»Es ist ein Science-Fiction-Roman, mein Junge. Dein Vater ist schließlich kein Faschist. Aber es ist auch eine Heldengeschichte, ähnlich denen, wie wir sie uns früher in der Hitlerjugend beim Lagerfeuer erzählt haben, bevor es 44 dann richtig losging ...«

Mein Vater versinkt in Schweigen. Er wirkt, wie er da

im Dunkeln sitzt und vor sich hin starrt, so ernst und melancholisch und unschuldig wie damals der junge Autor auf dem Umschlagfoto seines ersten Erzählbands.

Schließlich fragt er mich, ob ich mit der Geschichte etwas anfangen kann.

Ich nicke mehrmals. »Ja, ja, klar«, sage ich.

Mein Vater führt mich in sein Arbeitszimmer. Auch hier ist der Teppichboden voller großer Weinflecken. Es ist düster wie immer. Die nachgedunkelten, schmutzigen Leinenvorhänge sind zugezogen. Am Schreibtisch brennt das ewige Licht der Schreibtischlampe, die ich schon seit meiner Kindheit kenne. Mein Vater hat eine Mondkarte an der Wand über dem Schreibtisch hängen. Mit Fähnchen sind die Aufenthaltsorte der Clans markiert, ihre Trainingslager, ihre Wohnstätten, ihre Wanderwege …

»Es sind Nomaden der dritten Generation«, erklärt er mir. »Die bürgerliche Gesellschaft existiert in ihren Köpfen nicht mehr. Es gibt, wie gesagt, weibliche Führer, wie die Gudrun bei der RAF.«

Er taumelt zurück an den Fernseher, der eingeschaltet ist und mit seinem harmlosen Programm eine Oase des Friedens bildet inmitten der bedrohlichen Atmosphäre der dunklen Wohnung. Ich habe einen Moment lang die Hoffnung, dass er sich davor auf den Teppich legt und den Abend ausklingen lässt. Aber er holt nur die Flasche und schenkt neu ein. Ich stelle mich darauf ein, dass es eine harte Nacht werden kann.

Er sieht, dass ich mir Sorgen mache, und boxt mich gegen den Arm.

»Keine Angst, dein Vater wird heute keine Dummheiten machen«, sagt er und verschwindet in der Küche.

Wenig später zieht er sich im Flur an, um eine neue Flasche zu holen.

»Dein Vater ist gleich wieder da«, verspricht er. Ich will etwas sagen, das ihn zurückhält.

Ich beobachte ihn, wie er in seine weinrote Bally-Lederjacke mit dem geflickten Riss schlüpft, dann in die gleichfarbigen Bally-Slipper. Beide waren einmal sehr teuer.

Jetzt sind sie abgetragen und wirken umso trauriger.

Sobald er weg ist, trete ich an seine Schuhe heran. Seit ich denken kann, stehen sie mit ihren Schuhspannern in einer Reihe zwischen dem Telefonschränkchen und dem Kleiderständer. Auch die Standuhr steht an ihrem alten Platz zwei Meter weiter. Er hat die Wohnungen gewechselt, aber nie das starre System der Ordnung. Ich schnuppere in der Schuhecke, um den staubigen, süßen Geruch der alten Schuhcreme und seines Rasierwassers noch mal zu riechen.

Es riecht tatsächlich noch so wie in der alten Berliner Wohnung, nach dem Schmutz und der Angst meiner Kindheit. Wie oft habe ich nachts vor diesen Schuhen neben der Haustür gestanden. Ein Paar fehlte. Mit dem war er weggegangen. Und ich stand da und starrte mit blanken, hellwachen Augen die Wand an und wippte dabei mit dem Oberkörper und wartete oft stundenlang, bis er zurückkam und das fehlende Paar Schuhe an seinen Platz zurückstellte und mit den Schuhspannern versah.

Ich nehme meinen Tornister und schleiche hinaus. Die Wohnungstür lasse ich offen.

Berlin 1981, Wedding, Winter …

Der Wedding ist eine geistige Wüste. Hier leben die abgestumpften Hinterhofproleten seit Jahrzehnten. Die ganze Verrohung, der Stumpfsinn des Brandenburger Hinterlands kommt hier zusammen, die ganze Kulturlosigkeit und Armut der Kartoffeläcker, die dieser kahlköpfige, gedrungene Menschenschlag dort seit Jahrhunderten beackert.

Verbrechervisagen, die eine ekelerregende Masse sprachlichen Schleim absondern, der nach Fäulnis, Verwesung, Mundgeruch stinkt. Hier ist das Kanonenfutter des geliebten Führers zu Hause, die Mörder und Henker, hier kann man diese Visagen noch im Original studieren. Die Häuser, wo man hinsieht, ein vom Regen und von den Kohleöfen verwaschenes Grau-in-Grau, eine Zeile nach der anderen, jedes Haus mit zwei, drei Hinterhöfen, alles eine riesige Kaserne, endlos, zermürbend, die diese Kasernenhofmentalität, dieses krude, schlechte Benehmen und die Brutalität von Gefängnisinsassen hervorgebracht hat. Dies ist der Arbeiterbezirk Wedding, der schlimmer ist als jeder brasilianische Slum, weil hier alles tot ist, nicht nur die Straßen, auch die Gesichter, die Köpfe. Hier tut sich nichts mehr. Nie mehr.

Dieses Grau und der Geruch nach feuchter Kohle überall, nach Hundescheiße, nach Regen, nach Kohlsuppe, nach alter, ranziger Wäsche, nach übelstem Mundgeruch, übelster Nachrede, übelstem Berlinerisch. Der arische Übermensch – hier ist das, was von ihm übriggeblieben ist, zu Hause. Hier kann man ihn besichtigen und seine Blödheit, Stumpfheit beobachten und das Aufstoßen von Kohlsuppe, Bier und Currywurst. Das ist der Urschleim, aus dem Berlin gemacht ist.

Bier, Eisbein, Kohlsuppe, Currywurst und Mord&Totschlag sind das Fazit – sie dezimieren sich untereinander, weil es sonst nichts zu tun gibt. Und über diesen Höfen: ein bleierner Himmel, der nie aufreißt. Nur ab und zu regnet es auf die Hundescheiße herunter und legt einen feinen Film, einen feinen Schleier über die Landschaft.

Dieses Straflager hätte sich Morgenthau nicht besser ausdenken können. Es ist schlimmer als der von ihm geplante Agrarstaat. Man hat eine Mauer um sie gezogen.

Und sie sich selbst überlassen. Wie Tiere in einem verlassenen Zoo.

Ich starre aus meiner Kellerwohnung hinauf in den Hinterhof und werde das Gefühl nicht los, langsam vollgesogen zu werden mit dieser ganzen Trostlosigkeit, die mich umgibt. An der Feuchtigkeit, an der Hässlichkeit der Kastanie, die den Hof dominiert, an dem winzigen Quadrat, das die abgeblätterten Wände dem grauen Himmel über sich lassen, kann es allein nicht liegen. Wenn ich den Geruch des fauligen Abfalls einatme, der durch die Ritzen der papierdünnen Fensterscheiben in meine Wohnung dringt (1-Zimmer-Souterrain, 90 Mark), werde ich auf einmal sehr müde und resigniert.

Ich versuche, dieses Gefühl trotz meiner Müdigkeit

genauer zu analysieren, und weiß auf einmal, woher es kommt. Es sind die Müllschlucker, die mich so resigniert und unendlich gleichgültig und traurig machen, dass ich mich eigentlich sofort umbringen will.

Wir hatten diesen Müllschlucker in der Küche unserer Berliner Wohnung 1966/67, als ich bei meinem Vater war.

Man öffnet die Luke und wirft den Müll hinein. Dieser wird durch einen langen Schacht, eine Art Rutschbahn, die sich durch das hintere Gemäuer windet, nach unten in die Tonnen befördert. An dem Schacht entlang schrauben sich enge Wendeltreppen, sehr niedrig, in den Keller. Ein Schornsteinfeger kann bei Verstopfung die Klappen öffnen und mit einer Stange in dem Müll stochern, bis er sich lockert und die Lawine mit einem lauten Krachen, das durch den Tunnel verstärkt wird, nach unten plumpst. Wenn man die Luke öffnet, riecht es sehr stark nach Verwesung in verschiedenen Stadien. Seit nahezu hundert Jahren wird hier der Müll entsorgt. Niemals sind diese Schächte gereinigt worden. Niemand weiß, wer hier was entsorgt hat.

Dieser Geruch breitet sich aus über das Treppenhaus und den Hof. Man nimmt ihn kaum bewusst wahr, aber er ist immer da. Er setzt sich in den Kleidern fest und im Gehirn. Man riecht in der Schule danach. Er hält die anderen auf Abstand. »Achtung! Achtung! Mit diesem Jungen nicht spielen! Irgendetwas stimmt nicht mit ihm!«

Mein einziger Zufluchtsort war damals die Toilette. Sie war rechts, wenn man reinkam, direkt neben der Küche. Sie war groß und hoch und hatte oben ein kleines Fenster, durch das man ein Stück Himmel sah. Ich war sechs und war deportiert worden, von meinem Vater. Ich hatte keine Ahnung, warum.

Alle drei Tage gelang es mir, einen harten Brocken zu

scheißen. Er roch gut, er roch nach mir. Er sah aus wie ein Ausstellungsstück in einem Museum, wie er da in der Kloschüssel lag. Ich kniete mich davor und betrachtete ihn, roch an ihm. Die Scheiße bestand aus dicht zusammengepressten, dunkelbraunen Brocken, die mit einer schleimigen, dünnen Ölschicht bedeckt waren, die glänzte. Dieses Stück Scheiße war mir vertraut, viel vertrauter jedenfalls als der Rest der Welt.

Ich entledigte mich meiner Kleider, bis ich völlig nackt war, und besah mich, roch an mir, spürte die Freiheit, die es bedeutete, nackt zu sein. Ich legte mich nackt auf den kalten Steinboden und wälzte mich. Ich streckte meine dürren Gliedmaßen in die Höhe.

Ich spreizte die Beine und schob den Kopf nach vorne, um an meinem Rektum zu riechen. Ich drückte es nach außen und zog es wieder zusammen. Ich streckte die Zunge so weit ich konnte heraus, um daran zu lecken, aber anders als die Hunde auf dem Spielplatz, schaffte ich es nicht.

Ich roch wieder und wieder an meinem Kot. Dann brach ich die harten Brocken mit den Fingern auseinander, zerpflückte sie ... Ich reinigte mit einem kleinen Stöckchen die Lamellen meines Rektums. Die winzigen Stücke Kot schob ich mir in den Mund.

Der blinde, braune Kadaver, den ich ausgeschieden hatte, faszinierte mich über Stunden.

Ich vergaß die Öde um mich herum und begann von der schönen Zeit bei den Großeltern zu träumen. Der Waldsee, an dem ich so oft allein gespielt hatte, tauchte wieder vor meinem inneren Auge auf. Ich schwamm in seinen smaragdgrünen, reglosen Wassern und betrachtete dabei die stark ansteigende Böschung mit den goldenen Einsprengseln der späten Nachmittagssonne auf dem Laub; an solche und ähnliche Dinge musste ich denken, während ich Löcher in meine Scheiße starrte. Darüber vergingen Stunden. Manchmal merkte ich nicht, dass es dunkel geworden war.

Die Scheiße war Vexierspiel und Erinnerung zugleich.

Ich hatte Bauklötze in meinem Zimmer. Die nahm ich auch manchmal in den Mund.

Ich geisterte herum, mit einem Stück Kot oder mit einem Bauklotz im Mund.

Ich fragte mich, was die anderen machten und warum ich immer so alleine war.

Ich fragte mich, wo die Todeszone, in der ich mich befand, aufhörte und wo das Lachen und Leben begannen, die menschlichen Stimmen, das Lachen und Keuchen der Frauen meines Vaters hinter der verschlossenen Tür.

Ich war verurteilt, alleine zu sein, ein Schuldspruch war mir auf den Leib geschrieben. Andere Kinder weinten, schimpften oder schlugen aus Wut auf ihre Mütter ein. Das war Leben. Ich hingegen schlug auf mich selber ein, schlug mir die Faust ins Gesicht, um etwas zu spüren, rannte stumm mit dem Kopf gegen die Wand, um gegen die Umnachtung zu kämpfen, die allmählich von mir Besitz ergriff, mit jeder Stunde mehr, die man mich allein in dieser Wohnung zurückgelassen hatte.

Ich ertrug die Stunden, aber die Minuten nicht, und erst recht wurden mir die Sekunden zur Qual. Mein Herz klopfte an. Es raste gegen die Rippen. Es wollte nicht so allein sein. Ich legte die Hand auf die Rippen und streichelte es, um den grausamen Takt der Sekunden zu besänftigen. Gelang es mir? Ich weiß es nicht mehr.

In dicken Tropfen fiel mir das Blut aus der Nase auf den Boden. Ich riss mich an den Haaren, bis meine Kopfhaut überall wund war, riss mich aus dem Morast. Und dann lagen die Spuren dieses Kampfes in der Wohnung herum, ein Stück Scheiße auf dem Parkett, ein Stück blutiger

Haut mit Haaren daran, Blutstropfen überall auf dem frisch gewaschenen Hemd, und mein Vater prügelte mich, wenn er das sah, in einem Anfall von Entsetzen über sich selbst und seine Hilflosigkeit, mechanisch mit dem Kochlöffel blau oder steckte mich aus Versehen unter die brühheiße Dusche, bis ich vor Schmerz aufschrie.

In endlosen Gewaltmärschen durchquerte ich die dunklen Straßen von Wilmersdorf und studierte dabei die Gesetzmäßigkeiten des Lichts zu jeder Tageszeit. Es fiel durch das dichte Laubwerk der Kastanien und bildete goldene Muster vor meinen Füßen. Denn weiter als bis vor meine Füße sah ich nicht. Am Abend kehrte ich zur Wohnung zurück und sah hoch, ob Licht brannte. Denn erst, wenn Licht brannte und ich davon ausgehen konnte, dass mein Vater da war, ging ich in die Wohnung zurück. Wenn nicht, drehte ich weiter meine Runden, bis ich Licht in der Wohnung sah.

Wenn mein Vater dann zu kalter Milch und Graubrot rief, zu Thüringer Rotwurst und Margarine, kam ich in die Küche und setzte mich auf den Hocker, dessen Stahlbeine auf dem kalten Kachelboden knarzten, und bekam eine Gänsehaut. Nie war ich locker, nie gelöst.

Immer hielt ich die Beine übereinandergeschlagen und die Arme um die Brust geschlungen. Immer standen meine Schulterblätter starr nach oben. Immer hielt ich den Atem an und wartete darauf, dass etwas Schreckliches passierte oder dass der Schrecken nachließ, den irgendetwas Unerklärliches in meinem Körper manifest gemacht hatte.

Und der Müllschlucker rumorte ab und zu.

Mit einer erschreckenden Wucht kehrt dieser vergessene Geruch nun zurück.

Ich muss raus. Ich erhebe mich aus meinem Rasiersitz und verlasse die Wohnung. Ich marschiere, ganz genau wie früher, durch Westberlin.

Wedding. Kreuzberg. Alt-Moabit. Ein Labyrinth millionenfacher, grauer Hinterhöfe. Eine monströse Krake, ohne Kultur, ohne jeden Sinn für Schönheit, herzlos und böse und monoton. Und plötzlich gefällt mir genau das: dass Millionen Zombies dieses Schicksal der Hässlichkeit mit mir teilen. Und alles ist so alt und so kaputt, dass es mir wirklich gefällt. Und dieses Wort kaputt, einmal vergegenwärtigt, gefällt mir und wird zu einem Teil meiner Identität. Und plötzlich erscheint mir diese Stadt in einem ganz anderen Licht. Und ich werde übermütig und mache Luftsprünge und schreie vor Glück.

Völlig erschöpft kehre ich in die Wohnung zurück, nehme in meinem Rasiersitz mit Blick auf den Hinterhof Platz, um den Abend mit ein paar Büchsen Bier und einer Currywurst mit Pommes und Ketchup ausklingen zu lassen. Als ich die Currywurst aus der Alufolie wickle, bemerke ich eine Bewegung hinter dem Fenster und blicke hinaus.

Und dann passiert etwas Grauenhaftes. Der Hausmeister betritt den Hof. Er blickt sich um, sieht mich aber nicht, weil es hier unten so dunkel ist, dass man nicht reinschauen kann. Er sucht Schutz hinter dem Stamm der Kastanie, zieht sich die Hose runter, geht in die Hocke – und scheißt direkt vor meiner Nase, sein feister Arsch ist über mir, ich kann ihm ins Arschloch hineinschauen und sehen, wie die dicken Klumpen mühsam, unter Geächz, hinausfallen und vor mir liegen bleiben. Dunstfahnen steigen in der Kälte auf.

Ich bin bedient.

Ich bin ja hierhergekommen, um Schriftsteller zu werden, aber meine Versuche zu schreiben enden immer in einem Gefühl kläglicher Langeweile. Das kann es nicht sein. Ich werde mir wohl etwas anderes einfallen lassen müssen.

Ich spüre etwas hinten an meinem Nacken und will mich mit der Hand da kratzen. Aber der dicke Rindslederärmel meines Wehrmachtsmantels ist so schwer, dass ich die Hand gar nicht dahin kriege. In der Spiegelung der Scheibe sehe ich, dass es eine Spinne gewesen sein muss. Sie sitzt nun oben auf meinem Kopf und kratzt sich mit einem ihrer acht Beine die Nuss. Ich bin wütend darüber, dass sie bei mir am Nacken einen Juckreiz verursacht und sich kratzen kann und ich nicht. Ich führe meine Hand hoch zum Kopf und packe sie an ihrem linsengroßen, hässlichen Korpus. Ich reiße ihr sämtliche Beine aus und lege sie in eine leere Streichholzschachtel. Ich zünde den Korpus im Aschenbecher an, weil ich das Gefühl habe, dass er noch lebt und mich aus irgendwelchen winzigen Augen anstarrt.

Dann geht mir das Ticken der alten Junghans auf die Nerven, die schon mein Großvater und dann mein Vater getragen hat. Ich pule mit den Fingernägeln den Deckel vom Gehäuse und reiße schließlich den Stundenzeiger aus. Langeweile ist ein schlechter Ratgeber. Weil es so elend amputiert aussieht, reiße ich nun auch den Sekundenzeiger heraus und lege ihn in das Grab, wo die Spinnenbeine liegen. Dann versuche ich zu wichsen. Dann rekapituliere ich, was ich in den letzten drei Wochen geschrieben habe. Zitat:

Im Alter von sechs Jahren ist die Angst von Berlin in mich hineingekrochen und ist dort hocken geblieben. Die Angst des Abfalls vor dem Müllschlucker. Die Angst des Hinterhofs vor der Kastanie. Die Angst des Hausmeisters vor der Hundescheiße. Die Angst des Biers vor dem Eisbein. Die Angst der Kohlsuppe vor dem Krieg. Des Angst der Straßen vor dem grauen Himmel. Die Angst des Kinderfickers vor dem Hausmeister. Die Angst des Hausmeisters vor der Scheiße im Arsch des Kinderfickers. Und umgekehrt und umgekehrt.

Ich schüttle den Kopf. Erste Zweifel an meiner Berufswahl kommen auf.

In der Nacht bleibe ich auf dem Stuhl vor der Schreibmaschine hocken, bis ich einpenne.

Ich stelle mir vor, wie der kalte Stahl eines Schlachtermessers mein Herz kitzelt.

Das laute Schmatzen dabei, wenn der Stahl wieder und wieder durch das dicke Leder meines Mantels gestoßen wird und in das Fleisch eindringt. Ich werde gespickt mit Löchern wie ein Hasenbraten.

Blut läuft mir in einem dicken Schwall aus dem Mund und der Nase. Ich röchle. Der Hausmeister grunzt vor Vergnügen. Er wirft das Messer weg und zieht die Machete. Mit einem einzigen, gekonnten Hieb schlägt er mir den linken Arm ab, dann den rechten. Beide landen passgenau links und rechts neben der Schreibmaschine. Das Blut strömt aus den Stümpfen.

Jetzt ist der Kopf dran. Endlich der Kopf.

Wie oft habe ich mir vorgestellt, unter einer messerscharfen, herabsausenden Guillotine zu liegen – und ratsch – ein glatter Schnitt, und das, was nicht zusammengehört, nämlich Kopf und Körper, ist endlich sauber und fachgerecht getrennt, wie beim Metzger. Der Kopf liegt schön mit Petersilie garniert auf einer Platte. Später wird aus ihm Sülze gemacht, wie man im Fränkischen sagt, das ist eine

Art Gelatine mit Knochen und Fleischstücken und all den kranken Gedanken darin, die so ein Kopf hatte.

Und wham!! – ein weiterer, astreiner Hieb, und mein Kopf landet oben auf der Tastatur der Schreibmaschine. Der Hausmeister dreht ab, marschiert das Treppenhaus hoch und schreit: »Wenn ihr denkt, dass der Holocaust schon vorbei ist, dann habt ihr euch gewaltig geschnitten, Leute!«

Es ballert an die Tür, ich schrecke hoch. Ich öffne, und vor mir steht er, der Hausmeister.

Er rülpst. Ein Schwall unvorstellbaren Geruchs kommt aus seinem Maul. Ich kotze ihm fast auf die Füße. Seine gelbliche Haut trieft vor Fett. Er hat sich noch nicht gewaschen. Ein entsetzlicher Gestank dringt aus dem Mull seiner undefinierbaren Kleidung.

Was will er? Was glotzt er mich an? Es geht um die Müllabfuhr. Er nuschelt durch seine schwarzen Zahnstumpen. Ich kann kein Wort verstehen. Zehnmal fällt das Wort Scheiße. Fünfmal das Wort Gülle, viermal Fotze. Der Rest verschwimmt in Schwammigkeit. Wieder starrt er mich an. Ich sage: »Müllabfuhr, Scheiße, Gülle und Fotze.« Er nickt anerkennend. Er wirft mir einen stechenden Blick zu, wie ein genetischer Kontrolleur. Es folgt eine Drehung, so schwankend, dass sie ihm die Hirnflüssigkeit durcheinanderwirbeln, Schwindel verursachen muss; er hangelt sich am Treppengeländer hinunter in den Keller. Dort hat er riesige Kartoffelvorräte angelegt, für den Ernstfall. Er schlingert mit einem Kasten Bier in seine Wohnung zurück.

Wenig später bewegt er sich zum Hauseingang und kontrolliert von da aus die Straße, während er sein Bier kippt. Am Monatsersten geht er in die Kneipe zwei Häuser weiter, die Tag und Nacht offen hat, und säuft Bier und Korn, bis er vom Barhocker fällt.

Weiter ist er nie gekommen. Seine Frau muss zu Aldi gehen und die schweren Tüten schleppen. Der Säugling in ihrer Wohnung brüllt so laut, dass die Wände wackeln.

Das macht ihn wütend.

Und er drischt auf alles ein, was sich bewegt. Die Frau sieht aus wie ein Suppenhuhn, das man gekocht hat, grünliche, weiße Haut, riesige, erschrockene Augen. Sie weiß gar nicht, was sie falsch gemacht hat. Das Kind ist ein Viech, es ist riesig, hat den Kopf und die Visage des Vaters. Es merkt instinktiv, dass es stärker ist als die Frau und dass sie Angst vor ihm hat. Es brüllt und reißt sein Maul dabei so weit auf, als wolle es sie im nächsten Moment verschlingen.

Einmal, als der Hausmeister nicht da war, bin ich in die Wohnung gegangen, um der Frau beizustehen. Der Spinat brannte im Topf an, alles war voll mit dreckigem Geschirr. Das Kind brüllte. Sie stotterte herum. Große, grüne Augen mit einem Rest von Lächeln und Unschuld in einem gelben, faltigen Gesicht, aus dem bereits die Knochen guckten. Es stank hier nach faulen Eiern, und jetzt wusste ich auch, wonach der Hausmeister stank. Ich schlug mit der Faust gegen den Schädel des Kindes. Es war sofort still. Sie sagte »Danke!« zu mir. Ich wollte ihr helfen mit dem dreckigen Geschirr, aber es war irgendwie unmöglich, die alten Krusten wegzukriegen.

Das Kind fing wieder an zu schreien. Ich schlug erneut zu. Wieder war es still. Einen Moment lang dachte ich an das Naheliegende. Die Frau und ich sahen uns an. Aber das war ja Wahnsinn!! Obwohl. Es hätte ja ohne weiteres von der Spüle gefallen und mit dem Hinterkopf auf den Boden geknallt sein können.

Das Kind hat Luft geholt und brüllt mit unverminderter Kraft wieder los. Die Frau wendet sich dem Herd zu und macht die Gasflamme an, um die Kartoffeln zu braten.

Ich versuche sie mir nackt vorzustellen, wie ich den zarten, kleinen Körper im Arm halte und streichle. Sie dreht sich um und blickt mich dankbar an. Sie lächelt ein wenig, und wieder kehrt eine Spur von Jugend in ihr Gesicht zurück.

Ich frage sie, ob mein Eindruck stimmt, dass es hier jeden Tag das Gleiche zu essen gibt. Mit gehetztem Blick und abgehackten Gesten versucht sie sich die menschliche Sprache zurückzuerobern, die sie schon lange nicht mehr oder vielleicht noch nie gesprochen hat. Sie hat Erklärungsbedarf, ihre ganze Verzweiflung kommt in einem hilflosen Schwall von Worten zum Ausdruck, die keinen Zusammenhang ergeben. Die Worte »Aldi« und »schon lange nicht mehr« und »das Kind« kann ich verstehen. Ich nicke. Es wird Zeit für mich zu gehen. Ich nehme mir vor, aus diesem Haus weg zu sein, bevor sich meine schlimmen Befürchtungen bewahrheiten und es wirklich zu einem Massaker kommt.

Ich kehre zurück an den Schreibtisch. Die dunkle Wolkendecke hängt seit Ewigkeiten tief und reglos über dem Hof. Ich höre den Hausmeister nebenan brüllen, im Duett mit dem Kind, ich höre es knallen, die Frau wimmert kläglich auf.

Ein neuer Tag in Berlin-Wedding nimmt seinen Lauf.

Ich gehe hinaus, begebe mich auf die Außentoilette und lege ein Ei in die Schüssel, schwer und hart wie eine Handgranate. Ich lasse es liegen, ohne zu spülen. Das ist meine Art von Protest.

Ku'damm, Frühling …

Ich habe in meiner Verzweiflung nun doch meinen Vater angerufen und ihn gebeten, etwas für mich zu tun. Nun treffe ich am Nachmittag den künstlerischen Direktor der Kleistbühne Rudi Waselin am Ku'damm. Er ist ein alter Fan meines Vaters und neugierig, mich kennenzulernen. Ich ziehe die enge, schwarze Lederhose an, die ich während einer meiner Raubzüge durch die Münchner Kaufhäuser am Marienplatz geklaut habe.

Der Mann, der mir gegenübersitzt, ist gut gemästet und hat übervolles, merkwürdig sitzendes Haar. Toupet? Er sagt, die Arbeit als künstlerischer Direktor der Kleistbühne sei sehr angenehm, weil man da wenig mit Schauspielern, die ja bekanntlich dumm seien, zu tun habe. Diese Sachen würden die Dramaturgen erledigen. Er grinst höhnisch. Sein auffällig breiter Mund zieht sich weit auseinander und entblößt große, quadratische, weit auseinanderstehende Hauer. Als künstlerischer Direktor sei man eher für das Große und Ganze verantwortlich, das heißt im Prinzip für das Programm. Ansonsten würde man mit den Regisseuren und Autoren essen gehen, bevorzugt im Achwach, im Florian und in der Paris Bar. Wieder das scheußliche Grinsen.

Mir soll es recht sein, denke ich und sage, einer Eingebung folgend: »Mir ist scheißegal, mit welchen Arschlöchern ich es zu tun habe. Hauptsache, ich muss nicht länger im Wedding herumhocken.«

Der Mann lacht laut und ausgelassen. Dabei hüpft all dieses lose am Knochen sitzende, feste Fleisch, das er überall hat. Er hat unglaublich fleischige Beine, das sehe ich, als er aufsteht, um aufs Klo zu gehen, und ein dickes, breites Gesäß. Als er wieder zurück ist und sich gesetzt hat, mustert er mich erst einmal unverfroren von oben bis unten und blickt mir dann mit seinem Dauerlächeln direkt ins Gesicht. Was willst du von mir, du alte Schwuchtel?, denke ich.

Soll ich ihn beleidigen? Soll ich gleich wieder abhauen? Irgendetwas hält mich hier, und wenn es nur seine Ähnlichkeit mit Kleptoschek ist, dem Chauffeur meiner Großeltern, mit dem ich so viel Spaß hatte, weil er immer rot anlief, wenn man Späße über sein Junggesellendasein machte, und dessen Gesicht ähnlich feist und fest war wie das von Waselin, der ja offenbar auch Spaß mit mir haben will.

»Alles Scheiße, Berlin, fuck!«, gebe ich zum Besten. Waselin lacht und lacht und klopft sich dabei auf die Schenkel.

»Alles Scheiße, Berlin!«, wiederholt er, als wäre es der beste Joke aller Zeiten.

»Wohl wahr, wohl wahr, wohl wahr«, seufzt er schließlich und beruhigt sich wieder.

Er scheint das Leben als Farce zu betrachten. Ich gebe ihm recht.

»Das Leben ist eine einzige große Zeitverschwendung«, wispere ich.

Er sieht mich fassungslos, mit offenem Maul an, seine prallen Bäckchen färben sich rot, und er prustet wieder los, dass es kein Halten mehr gibt. Mit einer Hand klammert er sich an der Tischplatte fest, mit der anderen schlägt er auf seinen massiven Oberschenkel ein. Er löst einen Knopf, damit er nicht erstickt. Sehr helle Haut, die noch nie Sonne gesehen hat, und darauf ringeln sich ein paar spärliche, schwarze Brusthärchen. Ich habe genügend Zeit, ihn zu betrachten, bis er sich von seinem Anfall erholt hat. Lacht er immer so viel? Wenn ja, muss das sehr anstrengend sein. Ich lache so gut wie nie.

Weshalb hat man diesen Mann so schnell an der Kleistbühne aufsteigen lassen? Es ist mir ein Rätsel. Nun ja, mein Vater hat mir am Telefon erzählt, dass er ein Homme de Lettre sei, eine Art Schriftgelehrter, ein Experte für die baltische Literatur des 20. Jahrhunderts. Ich ziehe die Nase hoch, rotze auf den Boden. Ich denke mal, man hat ihn hochkommen lassen, weil ihm alles egal ist. Als könne er meine Gedanken lesen, erkundigt er sich nach meinem Vater.

»Er säuft wie ein Loch, shit!«, sage ich.

Waselin lacht bereits auf Kommando. Ich gucke ihm in sein weit geöffnetes Maul hinein und sehe sein einsames Zäpfchen am Ende der Rachenhöhle tanzen. Es glänzt und ist feuerrot. Es ist entzündet vom vielen Lachen und hüpft um sein Leben.

Ich bin irgendwann seiner Erzählungen vom guten Essen und vom sehr guten Wein überdrüssig. Er fragt mich, warum ich ausgerechnet an die Kleistbühne will. Ich erkläre ihm, dass ich hier bin, um einen Beitrag zu leisten, einen kulturellen von mir aus, oder was auch immer. Jetzt wird sein Lachen fast schrill: »Kultur an der Kleistbühne! Das hat er noch nie gehört! Auf dem dürren Boden dieses bis ins Mark staatlich durchsubventionierten Ladens will ein junger Idealist das zarte Pflänzchen Kultur gedeihen lassen!? Also nein, also so was!«, gluckst er.

»Ich kann aus Scheiße Gold machen. Das meine ich ernst, echt«, erwidere ich.

Waselin kichert hinter vorgehaltener Hand. Er fragt mich, ob ich wüsste, dass dieses von einem stadtbekannten Homophoben geleitete Theater auch »Fickkloake« genannt würde. Ich frage mich, wie ich auf diese Äußerung reagieren soll. Ich könnte mit meinem Speichel eine riesige Blase machen. Ich kann, wenn die Konsistenz meines Speichels gut ist (und sie ist gut in diesem Moment, weil ich Apfelsaft trinke), riesige Blasen aus Speichel zaubern und sie stehenlassen, ohne dass sie platzen. Es ist so ungefähr das Einzige, was ich kann. Und wichsen. Ob das reichen würde für die Kleistbühne?

Der Mann sah mich an. Er saß einem völlig nutzlosen Individuum gegenüber.

»Eine Fickkloake?! Na gut! Dann will ich sie endlich sehen, diese Fickkloake!!«, schreie ich und lache hysterisch.

»Okay, ich zeig sie dir«, sagt Waselin schelmisch.

Er sagt, es gebe zu wenig Talent in Deutschland, und damit man das nicht merkt, nehme man Schweizer, weil die noch weniger Talent haben. Die Kleistbühne sei eine Art Jobbörse für diese Vollidioten aus der Schweiz geworden. Er sagt, das Essen in der Paris Bar sei nicht gut, aber das nehme man eben in Kauf. Das Entrecote sei zäh wie Leder, und die Kellner benutzten immer alte, übelriechende Spüllappen zum Abwischen der Tische.

»Die Tischplatten stinken richtig danach, aber deswegen geht man ja hin.«

»Ja, ja, das Leben ist voller Widersprüche.« Ich lächle dünn.

Wir zahlen und verlassen das Kranzler. Beim Gehen den Ku'damm hinunter wackelt Waselin mit seinem dicken Arsch wie ein altes Waschweib. Das einzig Gute an der

Kleistbühne sei, dass jedes der genannten Lokale in Fußweite erreichbar sei.

Wir erreichen die Kleistbühne. Ich gucke mir den Scheißladen von außen an. Keine Ausstrahlung, und wenn, dann die von einem Atomkraftwerk. Das Gebäude sieht aus wie ein Scheißhaus.

»Was soll hier gedeihen, in diesem Kackladen«, sage ich, und Waselin tänzelt brüllend vor Lachen die Treppenstufen hoch. Endlich hat er einen Gleichgesinnten gefunden.

»Ich wusste gleich, dass wir uns verstehen«, sagt er.

Wir gehen ins Foyer. Ich mache nun ständig negative Bemerkungen über alles, und Waselin lacht und kichert und kriegt sich nicht mehr ein. Ich trete gegen die scheiß Deko und verstauche mir fast den Fuß dabei. Innen ist alles mit himbeerroten Läufern ausgelegt, und überall Messing. Alles total tot, und abends stiefelt das bornierte, alte Abonnenten-Volk hier herum, dieses geistige Schlachtvieh, und zieht sich die ewig wiedergekäute Goethe-Scheiße rein.

Manche von denen haben jedes einzelne Stück bestimmt schon zwanzigmal gesehen im Laufe ihres sinnlosen Lebens – und dann stellen sie ihre aufgeblasenen Kulturvergleiche an, wie viel besser früher alles war, verglichen mit diesem Mist jetzt, und da haben sie dann ihr Ventil, um ihren ganzen Frust rauszulassen, ihre ganze Galle, ihr ganzes Gift, das sich im Laufe ihres verpfuschten Bürgerlebens angesammelt hat. Waselin freut sich tierisch, dass ich so aufdrehe, er platzt fast, er macht »pscht, pscht«, während wir durch die leeren Gänge pirschen.

»Scheiß Akademikerpack«, fluche ich, »scheiß Bürger. Es war ein großer Fehler der Nazis, die Juden zu töten anstatt die Bourgeoisie!«

Waselin gluckst und kichert, er scheißt sich fast in die

Hosen vor Angst, dass das jemand gehört haben könnte. Ich spucke aus und versuche, mit den genagelten Sohlen meiner Stiefel Löcher in die Läufer zu treten. Wir nähern uns dem Zuschauerraum und der Bühne. Es sieht alles so verdammt kacke aus, dass ich jetzt unbedingt ein Bier brauche. Er schleicht sich hinter die Messingbar und holt mir eins.

»Du auch, du auch«, fordere ich ihn auf. Ich schüttle die Dosen, knacke sie auf und drücke Waselin seine in die Hand, während der Schaum rausspritzt und sich über ihn ergießt.

Dann die leere Bühne und der Zuschauerraum. Da fällt einem gar nichts mehr ein. Mein Kopf füllt sich sofort mit völliger geistiger Leere.

»Was würdest du tun, wenn du auf dieser Bühne inszenieren müsstest?«, fragt er mich.

»Ich würde draufkacken«, kommt es wie aus der Pistole geschossen.

Waselins Lachen hallt gespenstisch von den stoffbezogenen Wänden wider. Spiegel vervielfältigen uns wie in einem schlechten Horrorfilm. Feine Schweißtröpfchen stehen ihm auf der Stirn.

»Was ist das überhaupt für eine scheiß Erfindung, das Theater!?«, schreie ich und versuche, ein paar Stühle aus den Reihen zu reißen. Waselin bekommt jetzt allmählich Angst, dass ich außer Kontrolle gerate. Sein Kopf ist knallrot angelaufen, ich mache mir langsam Sorgen um ihn.

»Komm, wir verpissen uns«, sage ich.

Als wir wieder draußen sind, schlägt er mir vor, mir seine Wohnung zu zeigen.

Es ist noch warm. Es wird bereits Frühling. Ich weiß nicht, ob es eine gute Idee ist.

Waselin schreitet mit mir die Fluchten von Bücherregalen in seiner Wohnung ab.

Sie gehen über drei riesige Zimmer, die mit Flügeltüren miteinander verbunden sind.

Er behauptet, über zwanzigtausend Bücher zu haben. Er will mir etwas zeigen und sucht bei R in den Regalen, bis er gefunden hat, was er sucht. Er zieht ein schmales Büchlein heraus und reicht es mir. Es ist ein Band mit Erzählungen von meinem Vater. Im Innern steht eine Widmung.

»Das ist eine Preziose«, flüstert er, »ich war damals noch Student, als dein Vater mir das geschenkt hat.« Ich merke, wie er errötet. Es scheint ihm wirklich etwas zu bedeuten.

So ist es wohl. Irgendwann haben die Dinge im Leben Bedeutung gehabt, sogar für Leute wie Waselin. Wir lassen diesen weihevollen Moment schweigend verstreichen. Er stellt das Buch zurück. Wohl in der Hoffnung, dass uns diese Gemeinsamkeit nähergebracht haben könnte, bietet er mir auf der Couch einen Platz an. Ich setze mich wohlweislich gegenüber auf einen Art-déco-Stuhl, der unbequem und rutschig aussieht. Während er Wein holt, ziehe ich mir, um ihm das Leben noch schwerer zu machen, meine Stiefel aus. Meine Füße stinken fürchterlich. Sie werden ihn davon abhalten, mir zu nahe zu kommen.

Als er zurückkommt, die Flasche auf den Tisch stellt und sich über sie beugt, um sie zu öffnen, beschlägt seine Brille und er beginnt zu keuchen. Er ist in den Einzugsbereich meiner schmutzigen, weißen Frotteesocken geraten und merkt es nun. Mit dem entsetzten Blick eines weidwunden Tiers blickt er mich an – und geht sofort in Deckung.

Er setzt sich, hält inne und konzentriert sich. Seine Augen sind glasig, er keucht. Ich glaube, er braucht einen Moment, um sein Bedürfnis zu kotzen unter Kontrolle zu bringen. Das Lachen ist ihm vergangen. Er richtet ein Massaker an dem Korken an, den er schließlich nicht mehr herausziehen kann, so zerbröselt ist er. Ich helfe ihm, drücke die Reste des Korkens in die Flasche hinein, schenke die Gläser voll. Die Weinflasche ist mit Prädikaten übersät und uralt. Ich kriege mein Dauergrinsen über die gelungene Aktion endlich weg, indem ich mich bei ihm entschuldige.

»Sorry, ich wollte nur dein Parkett schonen«, sage ich.

Er winkt ab, er will über diese Causa nicht reden.

Ich sehe mich um. Da uns der Gesprächsstoff ausgegangen ist, frage ich ihn nach einer barocken Vase, die sehr schwul aussieht. Er erklärt mir, dass die Vase, auf die ich deute, ein Geschenk von Gaylord von Klemm ist, und zählt dann all den anderen Kram auf, der in der Gegend herumsteht. Es sind alles Geschenke von berühmten Leuten, mit denen er gearbeitet hat, von der Schnupftabaksdose von Franz Kotz bis zur Pfeife von Max Frosch.

Wenn er mich einschüchtern wollte, ist es ihm gelungen. Ich fühle mich wie der bedeutungslose Prolet, der ich bin, und schäme mich für meine stinkenden Füße.

Auf dem Weg zum Klo komme ich an seinem Schlafzimmer vorbei. Die Tür ist offen. In dem riesigen Kleiderschrank hängt zwischen all den Jacketts und Anzügen eine schwarze Ledermontur. Fährt er Motorrad? Nimmt er Freier mit hinauf in die Wohnung? Stricher? Harte Typen, die ihm notfalls das Fell über die Ohren ziehen?

Ich gehe pissen. Plötzlich glaube ich ihn hinter mir zu hören. Ich renne schnell zur Tür und sperre ab. Als ich das Bad verlasse, steht er vor seinem Kleiderschrank und grinst schon wieder.

»Wenn wir nachher in die Paris Bar gehen, können wir Partnerlook tragen«, schlägt er vor und deutet auf zwei weiße Anzüge, die er herausgehängt hat. Ich gebe einen dumpfen Laut des Unbehagens von mir und gehe zurück ins Wohnzimmer. Ich lasse den Blick über seine zwanzigtausend Buchrücken gleiten. Er kommt zurück und stellt sich neben mich, um das Gleiche zu tun. Ich starre beunruhigt auf meine mageren, schmutzigen Füße. Wenn ich ein Stricher wäre, würde ich ihn jetzt ausnehmen. »Wollen wir etwas essen gehen?«, fragt er endlich. Ich nicke erschöpft.

Wir gehen in die Paris Bar, die wie im Klischee okkupiert ist von Cliquen berühmter, wichtiger, mondän aussehender Leute, die an den weißgedeckten Tischen sitzen.

»Ist das tatsächlich Kurt Raab, der da hinten am Tisch sitzt?«, frage ich ehrfürchtig, nachdem wir in einer bescheidenen Ecke Platz genommen haben.

Ich habe Schiss, dass noch berühmtere Leute reinkommen, Fassbinder zum Beispiel, der für mich ein Gott ist und zu uns an den Tisch kommen könnte, weil Waselin ihn kennt. Der Gedanke, dass ich ihm vorgestellt werden könnte und etwas sagen muss, schnürt mir die Kehle zu. Waselin nickt. Es interessiert ihn offenbar nicht besonders, dass Kurt Raab dahinten sitzt. Dabei bewundere und verehre ich diesen Schauspieler über alle Maßen, seit ich »Satansbraten« gesehen habe.

Waselin hat Leute entdeckt. Es kommen herein: ein stiernackiger Typ mit einem robusten Gesicht, das wie das von Kater Carlo aussieht. Im Schlepptau zwei Jüngelchen mit gepflegten, langen Haaren und Kaschmirschal, scheues, hintergründiges Lächeln, kalter, berechnender Blick. Ewige Schüler, die so tun, als wären sie tiefe Wasser.

Carlo posaunt laut durch den Raum: »Grauenvoll. Grauenvoll. Die ganze Inszenierung: grauenvoll!! So etwas Grauenvolles hast du überhaupt noch nie gesehen.«

Er wirft sich mit seinem massigen Kreuz auf den Stuhl,

Kaschmirmantel und Schal anbehaltend, und röhrt laut: »Rotwein!«

Die ganze Paris Bar guckt zu uns hin, was wohl seine Absicht war. Es stellt sich heraus, dass er Dramaturg ist. Die sensiblen Bürschchen stehen unter seiner Kuratel. Er stellt sie schulterklopfend als vielversprechende Jungregisseure vor. Dem einen hat man Kleists Käthchen von Heilbronn anvertraut, dem anderen Goethes Iphigenie, beides Stücke, die ich schon in der Schule zum Kotzen langweilig fand.

Ich werde vorgestellt als der Sohn von Klaus Rother. Kater Carlo kann sich an meinen Vater erinnern Er erzählt eine ziemlich öde Anekdote, in der mein Vater besoffen war und irgendjemandem im Zwiebelfisch den Finger gebrochen hat wegen eines Streits um eine Blondine mit dicken Titten, die er fünf Minuten zuvor kennengelernt hat.

Ich kenne diese Geschichten. Sie sind nicht lustig. Ich werde mürrisch und blicke zu Boden.

Waselin klopft mir aufmunternd auf die Schulter. »Er wird für uns arbeiten – und zwar im künstlerischen Betriebsbüro. Er ist ungeheuer belesen.«

Unglücklicherweise stellt Waselin einem der Möchtegerne die Frage, wie die Proben heute verlaufen sind. Der setzt zu einer endlosen, weitschweifigen Erklärung an, in deren Verlauf ich den Verdacht hege, dass er bewusst in Kauf nimmt, dass er die anderen langweilt. Mir wird ganz unbehaglich zumute, und ich rutsche auf meinem Stuhl herum. Was für ein ekelhaftes, langweiliges Geschwafel. Was für ein großes Ego der Milchbubi hat, dass er es wagt, alle so anzuöden. Ich bin kurz davor, den Tisch umzustoßen. Waselin legt mir zur Beruhigung die Hand auf den Schenkel, ein weiches, warmes Kriechtier, das auf der Lauer liegt.

Ich blicke auf und gucke mir diesen Typen an. Ich kann

mir richtig vorstellen, wie er auf diese Weise die Leute auf der Bühne bei den Proben kleinkriegt, bis kein Gras mehr wächst, jede Regung im Gehirn, jede Kreativität erstickt ist. So etwas können tatsächlich nur Schweizer. Kein anderes Volk der Welt, das ich kennengelernt habe, ist so langatmig, so borniert und so von sich selbst überzeugt.

Irgendwann ist es zwölf, und Rainer Werner Fassbinder ist immer noch nicht aufgetaucht. Ich suche Blickkontakt zu anderen Tischen und bemerke, dass Kurt Raab mich mit einem gierigen Blick aus seinen sumpfigen, grünen Augen verschlingt.

Seine Augen durchbohren mich. Sehe ich richtig? Macht er mir mit seiner Zunge Avancen?! Ein Schauer läuft mir über den Rücken.

Stark erschüttert und angewidert wende ich mich ab. Jetzt kommt Fassbinder herein, mit zwei Bodyguards. Alle drei sind in Leder gekleidet und tragen Spiegelglassonnenbrillen. Sie machen laut Waselin nur einen Abstecher hierher, bevor sie wie immer für den Rest der Nacht in Toms Bar verschwinden. Fassbinder lässt sich auf den für ihn freigehaltenen Stuhl in der Mitte der Tafel neben Raab fallen.

Die beiden Bodyguards positionieren sich hinter ihm. Fassbinder sitzt reglos da und verzieht keine Miene. An den Gesprächen der anderen nimmt er nicht teil. Er starrt Löcher in die Luft und kratzt sich am Arsch, während die anderen essen.

Zwei Minuten später tauchen zwei junge Lederschwule auf, Stricher, echte Milchgesichter. Sie gehen nach hinten an den Tisch.

»Hallo, Rainer«, fragt der eine, »darf ich dir einen Freund von mir vorstellen?«

Fassbinder verzieht keine Miene. Der Kleinere der beiden Bodyguards, der eine echte Verbrechervisage hat, springt auf, beugt sich über den Tisch und packt den Stricher am Kragen. »Hey, hast du den Stoff?«, kläfft er heiser. Der Stricher blickt ihn entgeistert an und stottert: »Noch nicht, äh … ich wusste nicht, äh …«

Jetzt entsteht ein kolossales Tohuwabohu, der zweite Bodyguard, ein Riese, springt auch auf. Der Einzige, den das Ganze überhaupt nicht interessiert, ist Fassbinder.

Der erste Bodyguard, der viel intus zu haben scheint, verliert jetzt die Nerven.

»Was, du hast den Stoff nicht dabei!!?«, schreit er mit völlig verzerrtem Gesicht. »Ham se dir ins Hirn geschissen?! Was soll ich denn jetzt dem Rainer sagen?! Der Rainer hat nichts mehr! Und wenn er das nächste Mal aufs Klo geht und merkt, dass er nichts mehr hat?!!«

Der kleine Bodyguard schluckt mühsam, es verschlägt ihm die Sprache. Zu viel Koks. Er hat seine Munition bereits verschossen und nimmt, sich ängstlich umblickend, Platz. Der zweite Bodyguard übernimmt. Sein großer Auftritt. Seelenruhig geht er um den Tisch herum, packt den Stricher, zieht ihn zu sich heran und flüstert gerade laut und deutlich genug, dass jeder es hören kann: »Jetzt kannst du nur noch beten.« Der Stricher wird totenbleich.

»All diese schlimmen Drohungen gehören zum Bestrafungssystem vom Rainer dazu«, brüllt Raab in die Runde. Der große Bodyguard stößt den Stricher zum Ausgang.

»Deinen Komparsenjob kannst du dir in den Arsch schieben!«, schreit er ihm hinterher. »Ab morgen vor Drehbeginn Stiefel putzen!! Und mit Drehbeginn meine ich: um sechs Uhr in der Früh!! Kapiert?!«

Der Stricher stolpert mit seinem Begleiter hinaus. Die Blicke der anderen Gäste wandern langsam wieder zu ihren Tischen zurück. Die Bagage bei uns am Tisch will ins Bett, weil sie morgen früh angeblich Probe haben.

Fassbinder erhebt sich mit seiner lasch am Arsch hängenden Lederhose und schlurft aufs Klo, von wo er nicht wieder zurückkehrt. Als Nächster geht Raab aufs Klo und kommt nicht zurück. Am Tisch wird spekuliert, dass Rainer doch noch was hat. Die Tafel leert sich allmählich. Wie die Lemminge gehen sie einer nach dem anderen aufs Klo.

Ich verabschiede mich von Waselin vor der Paris Bar, rechtzeitig genug, damit er nicht fragen kann, ob ich noch mit zu ihm kommen will.

Seit Stunden bin ich nun im künstlerischen Betriebsbüro der Kleistbühne in einem kleinen, staubigen Kabuff mit einem Aktenschrank und einem Schreibtisch eingesperrt und schneide Kritiken und Zeitungsausschnitte über die Aufführungen der letzten Spielzeit aus. Es bereitet mir eine solche Qual, dass ich hysterisch nach Luft schnappe.

Schließlich male ich Hakenkreuze auf die Gesichter des Staatsschauspielers Moretto und des Intendanten Gaylord von Klemm, von dem behauptet wird, dass er so homophob ist, dass er sich beim Kauf seines Ferienhauses als Allererstes die Hintertür hat zumauern lassen. Ich zerfetze die Ausschnitte in kleine Schnipsel. Diese Arbeit hat mich so ennuyiert, dass mir die Hände zittern. Ich gehe auf die Knie und schlage mit der Stirn auf den verstaubten Teppich.

Die Pressechefin, hochgewachsen und dürr wie eine Karikatur, lange, spitze Nase, kleine, stechende Augen, extrem fliehendes Kinn, öffnet die Tür und sieht mich am Boden zwischen all den Schnipseln.

»Was machen Sie da?«, giftet sie mich an. Ihr Organ ist so laut und empört, dass ich tatsächlich hochschrecke.

»Wieso arbeiten Sie nicht?!« Die Stimme ist voller Hass. Warum? Was habe ich ihr getan?! Weshalb bin ich ihr Feindbild? Weshalb mochte sie mich von der ersten Sekunde an nicht? Ich starre sie perplex an. Sie macht einen Schritt in den Raum und beugt sich über mich.

»Hören Sie nicht, was ich sage?! Antworten Sie gefälligst!«, schreit sie.

Ich erwäge einen Moment, sie an den Haaren zu packen, zu mir runterzuziehen und ihr ein paar in die Fresse zu hauen.

»Was ist das?« Sie hebt ein paar Schnipsel vom Boden auf und lässt sie durch die Finger gleiten. Jetzt begreift sie endlich und erstarrt und wird ganz grau im Gesicht.

»Das ist ja bodenlos«, flüstert sie mit zitternder Stimme. »Das wird Folgen haben.«

Sie wankt hinaus. Ich applaudiere innerlich. Besser hätte man die Szene nicht spielen können. Obwohl sie so hässlich ist, hat mich ihr Auftritt geil gemacht. Ich sperre ab und hole mir einen runter und spritze in kürzester Zeit auf dem Teppich ab.

Wenig später klopft es. Ich liege noch mit heruntergelassener Hose auf dem Rücken und schnippe meinen eingeschrumpelten Schwanz von einer Lende zur anderen. Ich ziehe mir die Hosen hoch und öffne. Es ist Waselin. Sie steht hinter ihm wie eine Domina. Sie kann nicht sehen, dass Waselin mir zuzwinkert, während er eine Erklärung verlangt.

Ich erkläre ihr, dass ich kein Sklave bin. Dass ich im Gegenteil zu den Auserwählten gehöre. Dass ich ein Rockstar sein werde, wenn ich hier meine Zeit nicht länger vergeude. Dass sie sich mit ihren Zeitungsartikeln den Arsch wischen kann.

Waselin lacht. Er kann es sich nicht verkneifen. Er lacht laut und hemmungslos. Seine rosigen Lippen glänzen feucht, vielleicht noch vom Sperma des kleinen Scheißers aus der Schweiz, der bestimmt seinen Arsch hinhält.

Die Alte keift los. Was für ein Lackaffe ich sei. Was ich mir einbilde. Für wen ich mich halte! Waselin versucht, sie zu beruhigen. Sie zieht wutentbrannt ab. Sie schnauft vor Erregung. Ein echter Vulkan!

Ich sage Waselin, dass ich keine Lust mehr habe, hier oben zu arbeiten. Er nimmt mich mit auf die Bühne zu einer Probe. Ich hocke da; erlöst atme ich den kreidigen Geruch ein, der mich an die Turnhallen aus meiner Schulzeit erinnert, an Schweißfüße, körperliche Anstrengung, Reckturnen, Disziplin. Nackte Füße polkern über den Bühnenboden, eine blonde Elfe mit weit ausholenden, umarmenden Bewegungen läuft ganz nach hinten und kommt dann wieder zurück. Dabei spricht sie mit kindischer Stimme in einem Bühnenhochdeutsch, das sie auf der Schauspielschule gelernt haben muss, ihren Monolog hinunter. Gefallsüchtig ist sie auch noch, dreht sich lächelnd nach allen Seiten wie eine Ballerina. Was, verdammt, hat das mit Kleist zu tun?

Die Schweizer Dumpfbacke von Regisseur runzelt dazu die ganze Zeit bedächtig die Stirn und kratzt sich ratlos am Kinn. Er nimmt den Schweizer Dramaturgen mit dem lauten Organ am Arm. Beide wandeln sie in Denkerpose die Bühne hinunter.

Sie kommen wieder zurück.

Die Dumpfbacke winkt die Schauspielschülerin zu sich. Mit leiser Stimme, fast in ihr Ohr, wahrscheinlich hat er Angst, dass er sich mit seinem blöden Gerede vor den anderen, gestandenen Schauspielern blamiert, redet er auf sie ein. Wahrscheinlich sagt er nur bla, bla, bla, bla, bla … Die Schülerin nickt beflissen. Sie ist schon ganz in der Rolle des Käthchens. Fehlt nur noch, dass sie einen Hofknicks vor ihm macht oder sich ihm zu Füßen wirft.

Das Käthchen als Frauenfigur ist mir ganz und gar unverständlich. Ich verstehe den blinden Wahn überhaupt nicht, mit dem sie sich der männlichen Hauptfigur, der sie vollkommen egal ist, unterwirft. Eine Wahnsinnige, fanatisch bis zur Blindheit ergeben. Kleist selbst macht mir diese Figur noch dubioser, weil ich dabei immer an seine Geliebte Henriette Vogel denken muss, die er auch so weit gebracht hat, dass sie sich von ihm in den Kopf schießen lässt.

Waselin schmunzelt über dieses Laientheater. Er kann das Ganze offenbar genauso wenig ernst nehmen wie ich. Das macht ihn mir irgendwie sympathisch. Ich starre finster vor mich hin. Ich will endlich eine rauchen.

Waselin fragt mich, ob ich das Zugucken interessanter fände als den anderen Job.

»Ich weiß nicht so recht«, sage ich, »ich glaub, ich hab genug gesehen von dem Scheiß. Ich will eine rauchen.«

Der Regisseur guckt zu uns rüber. Will er uns signalisieren, dass wir nicht reden sollen? Dass unser kurzer Wortwechsel ihn gestört hat?

Wenn er mir blöd kommt, haue ich ihm ein paar auf die Fresse.

Eines Abends gehen wir in die Antigone. Es ist ein furchterregendes, klirrendes Stück, kalt und abstrakt, Lanzen, Rüstungen, schwarze Kleider, der Chor. Das Ganze dauert am Ende acht Stunden.

Während der Vorstellung überkommt mich ein Lebenshunger, der kaum zum Aushalten ist. Immer wieder reißt es mich hoch, und ich bin kurz davor, aufzuspringen und schreiend hinauszurennen. Es wimmelt von Schwulen in den vorderen Reihen, die sich immer wieder umdrehen und mich mit gierigem Blick anstarren. Ich interessiere sie offenbar mehr als das Stück. Es ist eine Wichsbude. Ein Kontaktraum. Das Schauspiel dient nur als Vorwand, um später aufs Klo zu gehen. Die Antigone würde ich eh nie verstehen, aber andere auch nicht, das war jedenfalls klar.

Der Gedanke daran, nach diesen acht Stunden noch mit Waselin essen gehen zu müssen und wieder zu sitzen, macht mich fast wahnsinnig. Der künstlerische Direktor unterschätzt meine Unruhe. Er lächelt und klopft mir väterlich aufs Knie.

Als die Veranstaltung zu Ende ist und alle ins Foyer drängen, tauche ich ab und verschwinde aus Waselins Dunstkreis für immer.

Ich hasse Körperkontakt. Ich will bloß nicht angefasst werden. Ich trage mehrere Lagen dicker Klamotten, ich habe eine Kopfsprache, keine Körpersprache.

Ich habe die Körpersprache irgendwo auf meinem Weg verloren, wahrscheinlich in Westdeutschland. Ich will auch nicht angesprochen werden. Alles in mir ist auf Abwehr. Meine Sprache ist eine tote Sprache. An manchen Tagen gehe ich von Kreuzberg SO36 bis nach Westend hinauf und wieder zurück, in meinem bleischweren Wehrmachtsmantel, der mir bis zu den Knöcheln reicht, mit meinem Marschgepäck, meinem Tornister.

Diese Gewaltmärsche dauern oft den ganzen Tag und führen mich die Exerzierstraßen und großen Truppenaufmarsch-Straßen der ehemaligen Reichshauptstadt hinauf und wieder hinunter, die Otto-Suhr-Allee, die Clayallee, die Potbielskiallee …

Abends markiere ich auf dem Stadtplan die Wege, die ich gegangen bin, so wie es mein Großvater früher mit der Wanderkarte gemacht hat.

Mein Großvater schreitet stetig den schmalen Gebirgspfad hinan. Der Pfad presst sich an die ewig nassen Steilwände der Klamm, die sich wie eine Wendeltreppe zum Gipfel hochzieht. Uneinsehbar ist das Terrain, ab und zu taucht beiderseitig die Schlucht auf, die schmal ist und in eine ewige Finsternis hinauffällt, aus der eisige Kälte und Feuchtigkeit dringen, die meine Beine und Arme und mein Gesicht mit einem Film beschlagen. Die Steilwände sind so hoch, dass man den Kopf ganz in den Nacken legen muss, um weit oben ein Stück Himmel zu sehen. Es fällt kein Sonnenstrahl in dieses triste, graue Zwielicht, in welchem wir hochgehen. Ich gehe, da der Weg so schmal ist, immer hinter dem Großvater her und halte mich an den glitschigen Stellen, wo die Rinnsale von den Felsen fließen, an dem Stahlgeländer fest, das sich neben der Schlucht entlangzieht. Man muss tapfer sein und die Zähne zusammenbeißen. Man darf die Hoffnung und den Glauben nicht aufgeben, dass man irgendwann oben ankommt. Die Wanderschuhe sind um die Füße geschmiedet, hart, unnachgiebig und schwer. Mein Brustkorb hebt und senkt sich.

»Einatmen – ausatmen!«, gibt mein Großvater vor. Wir atmen gemeinsam tief durch die Nase ein, bis die Lungen prallvoll von der eisigen Luft sind. Wir halten sie in den Lungen und atmen tief aus. Hier werden keine Wanderlieder gesungen, wie sonst im Wald. Die Sache ist ernst, eine Probe für den Willen, für die Zähigkeit und die mentale Kraft.

Aufgebrochen sind wir sehr früh, haben unsere Vesperbrote gepackt und sind losmarschiert. Mein Großvater trägt den Tornister mit der Wechselkleidung, der Wasserflasche, der Wanderkarte. Ich trage die kleine, braune Ledertasche mit der Vesper, die mir mit einem Riemen um die Schulter geschnallt ist.

»Wenn wir zu spät losmarschieren«, hat er mir eingeschärft, »werden wir den Aufstieg nicht schaffen. Dann wird es dunkel werden im Gebirge.«

Irgendwann machen wir eine Pause und essen ein Brot und blicken auf den Wasserfall, der von der Steilwand hinunter in die Finsternis der Schlucht fällt. Meine Schuhe stehen in einer feuchten Schneekruste. Hinter der Steilwand können wir bereits die Spitze eines weiteren Bergrückens sehen. Stahlgrau und kalt liegt er im Schatten.

Nachdem wir aufgegessen haben, macht mein Großvater ein Foto von mir. Er zwingt mir ein Lächeln ab. Ein kleiner, dürrer Junge in Lederhose, kurzgeschoren, große, abstehende Ohren, rachitisch aufgeblähter Brustkorb. In der Bewegung vergisst er alles Unglück, aber im Stehen und Innehalten hat er keinen Platz auf der Welt. Der Blick ist unendlich traurig, aber er lächelt sanft.

Als wir oben sind und die Farben und Gerüche der Waldabhänge meinen Schädel durchfluten und oben am Horizont noch der letzte Rest einer glühenden Sonne den Himmel und die Bergrücken purpurn färbt, ergreift mich ein euphorischer Taumel.

Ich renne mit ausgebreiteten Armen und lautem Jauchzen zu meinem Großvater hin, der dort reglos steht, den Kopf starr zum höchsten Gipfel erhoben. Ich springe an ihm hoch und umschlinge ihn mit Armen und Beinen. Er hält mich fest.

»Siehst du«, sagt er, nachdem er mich wieder heruntergelassen hat. »Dies ist der Effekt der Entbehrung. Erst der harte Aufstiegskampf, den wir auf uns genommen haben, macht dies möglich. Wir hätten auch einen leichteren Weg wählen können, wie die vielen andern, die den Waldhang auf der sonnigen Seite hochgegangen sind. Dann hätten wir uns bald an die Schönheit der Natur gewöhnt und sie nicht mehr gesehen. Nun trifft sie uns mit der Wucht eines Ereignisses.«

Wir setzen uns auf eine Bank, schweigen andächtig und blicken ins Tal hinunter. Ich senke den Kopf und hauche meine nackten Knie an. Der Geruch meiner überanstrengten Bronchien schlägt sich bei jedem Atemzug auf meiner Haut nieder.

Später in der Nacht ist mein nackter Brustkorb bleigrau, und das Gerippe ist sichtbar wie bei einem Toten. Ein kaltes Licht erfüllt den dunklen Raum. Nur Umrisse sind in der kargen Hütte erkennbar. Wie aufgebahrt liegt mein Großvater auf der Pritsche dicht neben mir. Ich kann seinen nahezu geräuschlosen Atem spüren, wie er neben mir in der Kälte aufsteigt. Unausgesprochen ist alles zwischen uns. Doch haben wir insgeheim eine Abmachung. Auf ihn ist Verlass. In seiner Nähe brauche ich niemals Angst zu haben.

Stolz blicke ich zu ihm hinüber.

Nach dem Aufwachen werden mit kaltem Wasser Gesicht, Brust, Nacken und Achselhöhlen in der genannten Reihenfolge gewaschen. Danach werden draußen im Morgengrauen die Kniebeugen und Liegestütze gemacht. Dann brechen wir auf.

Wedding, Sommer …

Noch immer bin ich hier in dieser Wohnung. Den Tag verbringe ich damit, am Boden hockend den Prinz von Homburg zu lesen, ich suche eine Stelle, die ich auswendig lernen kann, um mich damit auf die Prüfung der Schauspielschule vorzubereiten. Ich kann mir diese Texte nicht merken. Sie gehen mir nicht in den Kopf. Warum ausgerechnet der Prinz von Homburg? Mir wird schlecht, wenn ich an das Theater denke. Was will ich überhaupt auf der Schauspielschule?

Es hämmert gegen die Tür. Ich fahre hoch aus meiner Agonie, schleppe mich in den Flur.

Der Hausmeister. Seine Magenfalten sind heute besonders tief. Mit stechendem Blick fixiert er mich und verlangt die Miete. Sie sei nicht eingetroffen. Ich soll zum Sozialamt gehen, falls ich kein Geld habe.

Dieser Rat, der gut gemeint ist, lässt einen letzten Rest – wie soll man es nennen bei jemandem wie ihm, Menschenähnlichkeit? – aufglimmen. Ich setze mich sofort in Bewegung.

Ich gehe zum Sozialamt und bekomme dort vom Beamten bedenkenlos eine für mich gewaltige Summe ausgestellt. Er stellt mir in Aussicht, dass ich das Geld jeden Monat abholen kann. Es ist offenbar eine Selbstverständlichkeit hier.

Die Kassiererin zählt mir das Geld ab. Im Gang hockt das Westberliner Urproletariat, das ein Geburtsrecht auf Sozialgeld hat, und wartet stumpf und stoisch und kettenrauchend darauf, dass man es aufruft. Alle haben Zeit. Vor mir häufen sich die Scheine. Am Ende sind es 1500 Mark.

Ich fahre zum Grenzübergang Friedrichstraße und besorge mir ein paar Stangen Lexington und eine Flasche Wodka. Ich fühle mich wie im Schlaraffenland. Die blöden Westdeutschen blechen, damit halb Westberlin ihre sauer verdienten Kröten in Zigaretten, Drogen und Alkohol umsetzen kann. Was für die anderen ein Geburtsrecht ist, ist für mich eine Art Reparationszahlung für den Zwangsaufenthalt in Westdeutschland in den ersten zwanzig Jahren meines Lebens.

Bei dem vielen Geld muss ich plötzlich an Debby denken, auf die ich heute wichsen kann, so lange ich will. Die Vorstellung macht mich derart gierig, dass ich zur U-Bahn renne. Ich will heute ungeheuer viel Geld mit ihr verplempern. Das letzte Mal, als ich bei ihr war, hatte ich nur fünf Minuten in der Solokabine mit der Trennscheibe.

Das Teuflische dabei ist, dass man bei ihr nicht merkt, wie die Zeit vergeht, weil sie einen mit ihrem Lächeln und der lässigen Art, BH und Slip abzustreifen, völlig in ihren Bann zieht. Sie wird nicht nervös wie die anderen Mädchen und ist auch nicht genervt, dass sie sich jetzt für das wenige Geld dazu herablassen muss, die Hüllen fallen zu lassen. Sie gibt einem immer das Gefühl, dass ihr das Ganze Spaß macht.

Ich haste zur Peepshow wie ein Süchtiger, doch Debby ist heute nicht da. Ihr Foto ist nicht im Schaukasten! Was soll ich jetzt machen? Es gibt ein anderes Mädchen, eine Rothaarige, aber die gefällt mir nicht so gut. Sie hat nicht diese sinnliche Ausstrahlung, die mich bei Debby so angefixt hat. Soll ich es trotzdem mit ihr versuchen?

Allgemeine Entscheidungsunfähigkeit ergreift von mir Besitz. Ich drehe ein paar Runden um das Rondell mit den Türen der Wichskabinen. Ich frage den Kassierer, wann Debby wiederkommt. Ich hänge wie die anderen Gestalten in einer Art Wachkoma im Gang herum und merke, wie ich innerhalb weniger Minuten völlig verblöde.

An der Tür hängt ein Schild: »Putzer gesucht.«

Ich kaufe mir ein paar Münzen für die Live-Show, um wenigstens zu wichsen, bevor ich wieder gehe. Die Show turnt mich noch mehr ab. Das Mädchen bewegt sich mechanisch wie ein Roboter und ist außerdem nicht hübsch.

Als ich gerade unverrichteter Dinge wieder gehen will, taucht die Rothaarige von dem Foto auf und wirft mir im Vorbeigehen einen verstohlenen Blick zu. Sie redet mit dem Kassierer und geht mit Wechselgeld wieder nach hinten. Erneut kommt es zum Blickkontakt.

Ich zögere und wäge ab, ob es sich lohnt, mit ihr in die Supersolo zu gehen.

Weitere qualvolle Minuten der Unentschlossenheit kürze ich dadurch ab, dass ich vor zum Kassierer eile und sie hastig für die Supersolo buche. Der Kassierer ruft sie auf.

Ich warte hinten auf sie auf einem zerschlissenen Kunstledersofa in dem dunklen Kabuff mit den schwarzen Wänden und der winzigen Bühne. Meine Finger sind schwitzig. Sie lässt sich zu viel Zeit. Bis sie kommt, ist mir die Lust schon wieder vergangen. Ich ziehe mein T-Shirt aus und begutachte meinen nackten Oberkörper in den Spiegelfliesen. Ich mache Fäuste und spanne die Muskeln an. Rotes Licht fällt vom Strahler auf mich. Ich gehe in Kampfhaltung und fletsche die Zähne. In dieser Position, ich im Stehen, und Debby kniend vor mir auf der Bühne, von hinten, mit Blick in diesen Spiegel. Das wäre es gewesen. Das hätte mich glücklich gemacht.

Die Rothaarige kommt schließlich rein, schlecht gelaunt, wie mir vorkommt. Eine traurige Angelegenheit, das Ganze. Sie runzelt skeptisch die Stirn. Sie stellt sich als Nina vor und fragt, was wir machen wollen. Eine unbestimmte Feindseligkeit schwingt mit. So sind sie, die deutschen Nutten. Sie verstehen keinen Spaß und haben auch keinen. Debby ist Polin. Damit liegt sie meilenweit vorn, was Natürlichkeit, Humor, Spaß angeht. Diese hier hingegen hat nicht viel mehr zu bieten als ihre schlechte Laune.

Obwohl sie ganz gut aussieht, schmale Hüften, schöne, große Brüste, nicht zu straff – und der gemeine Blick ist auch nicht zu verachten. Dennoch. Ich will mir vor ihr keine Blöße geben. »Ich suche einen Job«, antworte ich deshalb. Wieder das Stirnrunzeln.

Sie versteht nicht, warum ich dafür die Supersolo gebucht habe.

»Ich kann dir die Welt in dieser kurzen Zeit nicht erklären«, antworte ich und bin meinem Vater dankbar, dass er mir solche Sätze beigebracht hat.

Sie erwidert nichts, sondern beobachtet mich nur.

Ihr kleines Gesicht sieht verderbt aus. Ich taste in meiner Tasche nach einem Fünfziger. So viel kostet Wichsen und Blasen. Ob man sie dafür auch anfassen kann, ist meist Verhandlungssache. Es zuckt mir in den Fingern, ihr den Schein zu geben. Aber schließlich lasse ich es sein, weil ich bei ihr das Gefühl habe, dass es anstrengend wird.

»Wenn du putzen willst, kannst du wahrscheinlich gleich damit anfangen«, sagt sie. »Der Putzer ist heute nicht gekommen. Wie du siehst, ist hier alles voll mit Kippen und zerknüllten Tempos.«

Ich nicke nachdenklich und frage sie schließlich schüchtern, ob sie ein gutes Wort für mich einlegen kann. Sie muss lächeln.

»Wart einen Moment, ich frag mal den Kassierer«, sagt sie und verschwindet. Ich massiere die Beule in meiner Hose, bis sie wieder zurückkommt. Sie hält mir einen ausgewaschenen blauen Overall hin, den ich anziehen soll.

»Er ist frisch gewaschen«, sagt sie. Sie guckt mir, da die Zeit noch nicht um ist, beim Umziehen zu. Ich kann ihre verstohlenen Blicke im Spiegel sehen.

Ich fange sofort mit der Grundreinigung der Kabinen an, das heißt, die Tempos, die Gummis und alles, was sonst noch am Boden liegt, zu entsorgen. Den Rest übernimmt der Kassierer, dem es zu kompliziert ist, mir zu erklären, wie der Wischer funktioniert und wie man die Wichse von den Scheiben wischt. Das soll mir das nächste Mal der Putzer erklären. Ich bewege mich durch diese Unterwasserwelt aus rosa und roten Scheinwerfern, aus kleinen blinkenden Lämpchen und Mädchenkörpern, die sich zu »I'm sailing« und »Private Dancer« auf der Drehscheibe wälzen. Es ist überhitzt hier drin und riecht nach dem Schweiß all der Wichser, es stinkt nach Zigarettenrauch und nach ranzigem Sperma, aber es gefällt mir hier trotzdem, weil ich alles um mich herum vergessen kann, während ich die Kippen und all das andere Zeug vom Boden auflese.

Irgendwann gehe ich in die hinterste Ecke, nehme mein Buch und fange an zu lesen.

Wenig später kommt sie zu mir und fragt mich, ob mir der Job gefällt, ob ich klarkomme. Ich gebe ihr zu verstehen, dass ich den Job als deutliche Verbesserung meiner Lebenssituation sehe.

»Ich kann lesen, stehe hier im Warmen und verdiene außerdem Geld.«

»Das hätte ich nicht gedacht. Ich hatte dich für arrogant gehalten«, antwortet sie.

»Ich dich auch«, sage ich. »Siehst du, so kann man sich täuschen.«

Sie lacht. Sie will wissen, was ich lese.

»Es ist kryptisches, esoterisches Zeug, das ich selbst nicht verstehe«, erkläre ich ihr.

Sie lacht. Dann wird sie auf die Bühne gerufen. Am Ende der Schicht kommt sie noch mal und verabschiedet sich von mir.

»Ich bin zwei Wochen im Urlaub, aber wenn du dann noch da bist, laufen wir uns bestimmt über den Weg«, sagt sie mit einem vielversprechenden Unterton in der Stimme und geht den langen roten Gang hinunter, nicht ohne mir noch einen letzten Blick zuzuwerfen, bevor sie um die Ecke verschwindet.

Nachdem die Schicht zu Ende ist, breche ich zum SO36 auf, wo heute ein Konzert der Einstürzenden Neubauten stattfindet. Nach etwa einer Stunde Fußmarsch erreiche ich die Oranienstraße. Die ganze Straße ist voll mit Punks und New-Wave-Typen, die alle ins SO36 wollen, um Siouxie and the Banshees zu sehen. Ein paar Skinheads sind auch dabei. Endlich kann ich das Ticket bezahlen. Vor den Siouxies spielen drei Berliner Bands, eine davon sind die Neubauten.

Ich warte draußen mit den anderen. Es ist bereits dunkel. Ab und zu wirft jemand eine Flasche gegen die Wand. Die Straße ist übersät von glitzernden Glassplittern. Ich lehne an der Backsteinwand neben dem Eingang, rauche und blicke mich neugierig um. Ich merke, wie ausgehungert ich bin, wenn ich all die Leute in meinem Alter sehe und ihre Energie spüre.

Manche sind perfekt gestylt und zum eigenen Kunstwerk hochstilisiert. Ein Mädchen, das mir besonders gefällt, erwidert meinen Blick aus riesigen porzellanblauen Augen, die mit schwarzem Kajal umrandet sind. Während sie mich anguckt, wippt sie mit dem Becken zur Musik aus der Kneipe, vor der sie steht. Ab und zu blitzen Strapshalter und ein Stück nackter, weißer Haut unter ihrem Ledermini hervor.

Sie steht auf der Straße, trinkt Bier und unterhält sich mit einem riesigen, superschlanken Typen in einem schwarzen Anzug, der wie Graf Dracula aussieht. Ihre mageren, langen Beine stecken in Netzstrümpfen und hohen, schwarzen Lederboots. Ihr Becken ist breit und spannt den engen Rock. Sie hat einen großen, sinnlichen Mund, der knallrot ist wie ihre Fingernägel. Die Mundwinkel sind besonders schön nach oben geschwungen.

Ab und zu lacht sie dreckig und zeigt ihre makellosen, großen, weißen Zähne. Sie trägt einen weißblonden Pagenkopf. Der Pony ist messerscharf gerade einen Zentimeter über den arrogant hochgezogenen Augenbrauen geschnitten. Ihre Haut ist so schön blass und angekränkelt, und sie ist so sehr in sich selbst verliebt, dass man sich automatisch auch in sie verliebt. Sie ist genau der Typ Mädchen, an den ich dachte, als ich mit Laura mein finales Trennungsgespräch führte und sie anschrie, dass ich keine Lust mehr hätte, mein ganzes Leben in den Playboy zu wichsen, sondern nach Berlin gehen würde, um endlich zu ficken und Drogen zu nehmen.

Das Mädchen mit den porzellanblauen Augen beachtet

mich nicht mehr. Ein Typ vom SO36 holt sie und Graf Dracula ab und führt sie in einen Hintereingang.

Es ist Zeit hineinzugehen. Hundertschaften grölender Punks stürmen die Halle.

Und siehe da: Wenig später kommt sie auf die Bühne, wippt mit dem Becken, hackt auf einen Synthie ein. Dabei stößt sie laute, spitze Schreie aus. Graf Dracula steht neben ihr, malträtiert seine Gitarre, entreißt ihr immer die gleichen Riffs. Ich könnte ihr stundenlang zusehen, aber sie hat nur diese eine Nummer und ist plötzlich verschwunden und taucht, soweit ich das sehen kann, auch nicht mehr im Publikum auf.

Danach wird ein Käfig auf die Bühne geschleppt.

Es folgt der Auftritt eines finsteren Glatzkopfs, gefolgt von anderen Glatzköpfen, die total unter Strom stehen. Der »Leadsänger« hat runde Schultern, Skinheadfigur und -kopf. Er rennt wie ein Berserker in seinem Gefängnis herum und schlägt dabei mit einem Feuerlöscher auf den Boden ein. Dabei schreit er und stößt grunzende Laute aus. Das Ding explodiert. Der weiße Schaum spritzt in alle Richtungen auf die Bühne und ins Publikum. Der Glatzkopf stößt dumpfe Schreie aus, rammt seinen Kopf dabei nach vorn gegen das Gitter, rennt im Kreis auf dem glitschigen Boden. Ich bin froh, dass er im Käfig ist.

Dann kommen endlich die Neubauten und schleppen ihre Sachen auf die Bühne: Eisenteile, eine verrostete Tonne. Sie schmeißen das Zeug auf den Boden, verteilen es mit Fußtritten. Blixa Bargeld, der Sänger, kommt nach vorn. Er sieht wahnsinnig beeindruckend aus. Der geborene Rockstar. Theatralische Aufmachung, die Haare hochtoupiert und nach allen Seiten abstehend, sein Oberkörper steckt in einem engen Lederkorsett, das unten, zwischen den Beinen, mit einem großen Silberring abschließt. Enge, schwarze Plastikhosen stecken in abgeschnittenen, schwarzen Gummistiefeln.

Das Gesicht ist groß, ebenmäßig, knochig und bleich, sinnliche Lippen, riesige, paranoide Augen, die alles überstrahlen. Sie bewegen sich unstet hin und her, als nähmen sie jede Störung links und rechts der Bühne und im Publikum wahr.

Der Typ ist nervös und gefährlich. Das sieht man sofort.

Er greift zum Mikroständer und umklammert ihn mit beiden Händen. Er konzentriert sich – lange und länger. Er starrt auf einen Punkt am Ende der Halle. Das Publikum ist ihm egal. Er lässt es warten. Er scheint es vergessen zu haben.

Der Frust steigt. Erste Rufe werden laut.

»Blixa! Wichser! Blixa! Wichser!«

Der Mann will mehr von der schlechten Energie des Pöbels. Er sammelt sie.

Die Augen strahlen einen finsteren Glanz ab. Er ist nicht bereit, diesem Publikum irgendetwas zu geben.

Es wird unruhig. Bierbüchsen fliegen. Eine trifft ihn am Ohr.

Es stört ihn nicht. Er steht da oben, ernst, grausam und in sich gekehrt wie ein Schamane. Plötzlich werden seine Hände zu Krallen, deren lange Fingernägel den Mikroständer hinunterschrammen. Er stößt zwei kleine Schreie aus, wie ein Kojote.

Dann kehrt er all die negative Energie, die er gesammelt hat, in einem furchterregenden Aufschrei um. Im Saal wird es sofort still, und ich bekomme eine Gänsehaut.

Er lässt die Stille wirken. Wir hören Wassertropfen aus einer lecken Leitung fallen, einen nach dem anderen, dröhnend verstärkt von den Lautsprechern.

Dann fängt er an, mit einer alles durchdringenden Stimme »Sehnsucht!!« zu brüllen.

Das Lied ist ein Aufschrei, in den sich alle dunklen Kräfte der Zeit mischen: die eigene Selbstzerstörungswut, der Weltschmerz, der Drogenwahnsinn, der Atomkrieg, die Verachtung und der schrille Hohn gegen Westdeutschland, die Beschwörung der dunklen Dämonen über Berlin …

Nach dem Konzert werde ich, völlig fertig, auf die Straße gespuckt.

Ich will wissen, wo man hingeht nach so einem Konzert. Ein Rudel läuft hierhin, das andere dorthin. Die Straße ist mit Bierflaschen und Bierlachen übersät. Aus den Häusern dringt laute, hämmernde Musik von überall her. Leute verschwinden in den Kneipen.

Ich blicke mich um. Ich merke, ich bin auf der Suche nach Blixa Bargeld. Irgendwo muss er hingegangen sein. Ich will einfach nur in seiner Nähe anwesend sein, in irgendeiner Ecke stehen und ihn beobachten.

Zufällig höre ich, wie ein Skinhead zum anderen sagt: »Blixa ist im Risiko. Wir fahren jetzt da hin und hauen ihm auf die Fresse.«

Die Tatsache, dass es für den Skin keine große Sache ist, »Blixa auf die Fresse zu hauen« (vielleicht hat er dies schon auf dem Spielplatz getan), während Blixa für mich eine Art Gott ist, macht mir zum zweiten Mal seit dem Sozialamt den Klassenunterschied deutlich, der zwischen mir und einem Urberliner zu herrschen scheint.

Ein Urberliner gehört automatisch zur Elite der Stadt, egal, was er macht. Er ist das Original, während ich nur eine Kopie bin. Die Skinheads steigen in einen kaputten Amischlitten, das Verdeck ist abgesägt, die scharfen Stahlkanten ragen überall heraus, die Frontscheibe ist zertrümmert. Beim Zurücksetzen rammen sie den Wagen dahinter, in dem jemand sitzt, und drücken ihn ein Stück die Straße hinunter. Dann geben sie Gas und rasen davon. Noch immer weiß ich nicht, wo das Risiko ist.

Das Risiko liegt direkt an dem Gemäuer unterhalb der Yorckbrücken am Ende einer langen, grauen Häuserzeile an einer breiten Straße. Auf der gegenüberliegenden Seite ist Brachland. Der Laden ist knallgelb gestrichen und mündet hinten in einen weiteren dunklen Raum.

Blixa ist tatsächlich da. Er steht mit einer Spiegelglassonnenbrille hinter dem Tresen und schenkt Wodka aus. Auch Porzellanblau und Graf Dracula sind da. Ein weiterer Gast ist der Filmschauspieler Manni Zecher, der hinten in einer Ecke steht und grimassiert. Dabei legt sich das ganze Gesicht in Falten und winzige Fältchen, die wie Risse in Porzellan aussehen. Neben ihm lehnt ein Riese an der Wand, der wie ein müder, alter Jahrmarktsboxer aussieht und offenbar sein Bodyguard ist. Er trägt einen knöchellangen, schwarzen Ledermantel wie ich und starrt, ebenfalls grimassierend, Löcher in die Luft. Die beiden müssen etwas Fürchterliches genommen haben.

Die Skinheads waren offenbar noch nicht da oder haben auf dem Weg ein anderes Opfer gefunden.

Ich frage Blixa, der ebenfalls vor sich hin zu starren scheint, es ist nicht ganz klar, wegen der Spiegelglas-sonnenbrille, ob ich einen Wodka haben könnte. Er dreht den Kopf in meine Richtung und fixiert mich: So viel ist jetzt klar. Ein langer, beunruhigender Moment. Habe ich ihn aus seinen Gedanken gerissen? War er gerade dabei, etwas Geniales auszubrüten, und ich habe ihn dabei gestört? Will Blixa sich auf mich stürzen und aus dem Lokal treten, so wie er angeblich Fotografen von der Bühne zu treten pflegt? Ich wiederhole stotternd meine Bitte. Er nimmt ein großes Bierglas 05, stellt es auf den Tresen und schenkt bis zum Rand voll. Ich bedanke mich unterwürfig. Blixa zerschlägt die leere Flasche hinter dem Tresen und legt ein Tape ein. »Big Jesus Trash Can!!«, brüllt Nick Cave aus den Boxen. Das Lokal wird mit monströsem Lärm geflutet. Die Gäste bleiben stoisch. Keine Reaktion.

Ich stelle mich an den Stehtisch neben den Jahrmarktsboxer und nippe an dem riesigen Glas. Ich blicke mich um. Das Mädchen mit den porzellanblauen Augen erkennt mich wieder. Sie nickt mir zu und sagt sogar »Hi«.

Plötzlich kommen Nick Cave und Anita Lane herein und begrüßen Blixa.

Ich fühle mich in dem engen Lokal überfordert und gehe nach hinten in den leeren Drogenraum, dann weiter aufs Klo, wo sich Manni Zecher eine Line legt.

»Willst du auch eine, Junge?«, fragt er und hält mir den Schein hin. Ich nicke und ziehe hoch. »Gut, das Zeug«, sage ich, obwohl ich das überhaupt nicht beurteilen kann. Es ist das erste Mal, dass ich so etwas nehme.

Zecher kann nicht mehr reden. Die Droge hat ihm die Sprache verschlagen. Er zuckt ein bisschen vor sich hin, und dann legt er nach.

Das einzige Gefühl, das sich jetzt bei mir einstellt, ist, dass er mir zu wenig gegeben hat. Ich spüre nichts außer dem sofortigen Verlangen nach mehr. Doch nach mehr was?! Nicht zu wissen, was es ist, wonach einem verlangt, ist ein seltsames Gefühl. Etwas Bitteres rinnt mir die Kehle hinunter. Jetzt rieche ich es in der Luft.

Das Zeug erregt den Wunsch nach viel, viel mehr, als eigentlich da ist, nach immens viel mehr. Zecher macht zwei geisterhafte Schritte nach rechts zum Pissoir, entscheidet sich dann aber nach diversen Gesichtszuckungen, die auf fundamentale innere Verwerfungen schließen lassen, gegen das Pissen und geht wieder hinaus.

Sobald ich allein bin, schnürt sich mir die Kehle vor Einsamkeit zu. Ich muss unbedingt sofort nach vorn, reden – und zwar mit Zecher. Ich durchquere den Drogenraum, der wie ein Vakuum ist. Meine Schritte hallen dünn. Ein leises Echo wird von den Wänden zurückgeworfen. Es kommt vom Tropfen eines Wasserhahns im Klo. Mein Gott, bin ich hellhörig geworden! Was ist denn los?

Ich schleiche nach vorn, um keinen Krach zu machen. Ist das die berühmte Wirkung der Droge, dieses Herumschleichen?

Als ich wieder vorn bin, trifft mich der Glanz des Vorderraums mit Wucht. Stimmen, Farben, Blicke, die Musik – alles ist verstärkt und wirkt zugleich viel differenzierter.

Ich lausche auf Untertöne, Nebentöne, Farbnuancen. Na also, schon besser!

Das Zeug verleiht der Situation einen merkwürdigen Glanz. Alles wirkt auf einmal mondän, jeder Moment kostbar. Mit leiser, zärtlicher Stimme bedanke ich mich nochmals bei Zecher und sage ihm, für was für einen genialen Schauspieler ich ihn halte. Zugleich kommt Panik hoch, weil ich bereits ahne, dass dieser Moment des Glücks, der nun ganz offensichtlich da ist, allzu schnell wieder verblassen könnte.

Zechers Mund verzieht sich zu einem mechanischen Grinsen, das sein Gesicht in Falten legt. Es ist kein Funken Freude mehr in ihm. Er versucht, ein paar Worte herauszubringen.

»Pass mal auf, Junge«, sagt er und schluckt, »das Geheimnis des Erfolgs jedes Mannes ist die Größe seines Schwanzes. Und ich bin der größte Schauspieler in diesem Land, prost.«

Ich pflichte ihm bei, ich stoße mit ihm an. »Die Weiber fliegen auf mich«, sagt er, »keine lässt sich so was entgehen. Viel schwerer ist es, sie wieder loszuwerden.«

Zecher schweigt abrupt. Sein Gesicht umwölkt sich mit schlimmen Gedanken, schlimmen Vorahnungen. Seine Mimik entgleist. Sein Gehirn stürzt ab – und übrig in seinem Schädel bleiben die Leere und die Kälte des Universums, die aus seinen Pupillen dringt und eisig zu mir hinüberweht.

Zecher ist verschwunden, nach hinten gegangen, ohne dass ich es bemerkt habe.

Der Boxer und ich stehen allein in der zweiten Reihe. Die wichtigen Leute sitzen am Tresen und wenden uns den Rücken zu. Je länger ich neben dem Boxer stehe, desto größer wird die Reue, dass ich das Zeug genommen habe. Ich merke, dass ich jetzt schon einen Katzenjammer kriege.

Es zieht mich gewaltsam weg von dem Boxer, weg aus diesem Raum.

Ich brauche mehr. Ich eile Zecher hinterher.

Ich erreiche das Klo im rechten Moment. Er bereitet gerade eine Line vor. Sie ist wieder viel zu klein. Wieso nimmt er nicht das Dreifache? Dann müsste er nicht ständig nach hinten rennen. Wir starren uns an.

»Was is, Junge?«, zischt er. »Was willst du?«

»Krieg ich noch eine?«

Er stöhnt: »Okay. Eine noch, weil du es bist.«

Er legt mir eine winzige Line. Ich ziehe, ich warte, dass er nachlegt.

»Mehr gibt's nicht«, sagt er, »den Rest brauche ich für mich selber.«

»Klar«, sage ich.

»Das Zeug macht mich zu einem noch besseren Schauspieler«, nuschelt er, »ich bin viel näher dran an der Materie. Ich bin die Materie.«

»Okay«, sage ich anerkennend, »wow! Wenn du das sagst.«

»Wenn du willst, kannst du Speed haben«, sagt er, »das hält viel länger und ist viel billiger. Ich kann dir fünf Gramm geben. Damit kannst du ein paar Tage durchmarschieren.«

»Speed?«, frage ich.

»Ja«, sagt er. »Ich nehme das Zeug zur Unterfütterung. Es erzeugt zwar keine Euphorie, aber dafür kannst du unheimlich lange durchhalten, und du kannst so viel trinken, wie du willst, und wirst nie betrunken, wenn du im richtigen Verhältnis nachlegst.«

»Okay«, sage ich einvernehmlich und nicke.

»Hast du 50 Mark?«, fragt er. Ich reiche ihm den Schein. Er holt ein Briefchen mit einem Pin-up vorne drauf aus der Tasche und zeigt mir das Pulver. Es ist feucht, klumpig und gelb. »Kommt direkt aus dem Labor«, sagt Zecher, »aus Polen. Wirst sehen, das hält dich nonstop auf Achse. Das haben die Nazis entwickelt, als sie gemerkt haben, dass Russland kein Spaziergang wird.«

Er gibt mir das Zeug und lässt mich stehen.

Ich bilde mir plötzlich ein, dass er mich nicht mehr mag und kein gutes Gefühl mehr in meiner Nähe hat. Weshalb nur? Was habe ich falsch gemacht? Hat es mit meinen allgemeinen Lebensäußerungen zu tun?

Auf einmal fühle ich mich trostlos und leer. Ich nehme einen Schluck Wodka, warte ab und wage einen Blick ins Lokal. Ich konzentriere mich auf die Musik, die aus dem Lautsprecher kommt. Allmählich macht sich die Euphorie wieder breit, diesmal deutlicher als beim ersten Mal. Ich kann sehen, wie sie wächst und mich fast erstickt vor

Glück. Ich spüre sie bis hinunter zum Gaumen. Es findet alles im Kopf statt. Eine wilde Gemengelage braut sich zusammen. Ich habe Tausende von Ideen, die nur darauf warten, Gestalt anzunehmen. Alles ist jetzt zu erreichen, und ich will noch viel mehr. Aber die Ideen ducken sich weg, verstecken sich vor mir. Ich sehe lieber wieder nach außen. Das Innere gibt nicht mehr viel her. Alles sieht jetzt wie gelackt aus, die Oberflächen, die Gesichter. Die Musik überzieht das Ganze wie ein Zuckerguss. Die Bässe wummern in mir, der Wodka strömt mir durchs Gehirn und löst die Euphorie erneut aus. Alles ist schön. Strahlende Gesichter, strahlendes Lächeln.

Das einzige Problem an der Sache: Ich weiß nicht mehr, wo ich mich hinstellen soll, wo der richtige Platz für mich ist. Ich zögere und zaudere, mich hierhin oder dorthin zu stellen. Ist es besser an der Bar dort in der Ecke hinter Nick Cave, wo ich niemanden störe? Oder ist es besser, mich neben Zecher zu stellen oder an den Platz, wo ich am Anfang stand und der immer noch frei ist? Eine schwere Entscheidung, von der mein Schicksal abhängt. Ich wage weder den Schritt in die eine oder andere Richtung.

Zechers Blick flackert, als ich kurz zu ihm gucke.

Ich schleiche Stück für Stück an den Stehtisch zurück und versuche, wieder die Balance zu finden, indem ich ab und zu in kleinen Schlucken aus meinem Wodkaglas trinke und mich bemühe, meine Augen nicht allzu sehr zu bewegen. Der Inhalt des Glases geht langsam zur Neige. Ich sehe zu Blixa hinüber, aber mir fehlt bereits der Mut, Nachschub bei ihm zu bestellen.

Bevor die Euphorie endgültig verglüht, muss ich nach hinten gehen, um das Speed zu probieren. Das Zeug ist wie gesagt noch feucht und riecht nach scharfer Chemie. Ich zerbrösle es mit den Fingern und reibe es auf die Klobrille. Ich schiebe es so sorgfältig, wie es geht, zu einer Line zusammen und ziehe hoch.

Nach einer Weile, ich bin bereits wieder seit längerem an meinen Stehtisch zurückgekehrt, wird alles zu einer Art Kulisse. Mein Schädel pocht und pulsiert. Er ist die Zentrale, die alles lenkt und das Schicksal entscheidet, Schritt für Schritt. Der nächste, unvermeidbare Schritt wird sein, den Mut und den Willen aufzubringen, nach vorne zu gehen und ein weiteres Glas Wodka zu bestellen.

Ich konzentriere mich auf den Satz, den ich sagen werde, und der lautet: ein Glas Wodka, bitte, und bekomme plötzlich Angst, den Satz nicht mehr rauszukriegen.

Ich kippe den letzten, großen Schluck hinunter, der sofort seine Wirkung entfaltet.

Ich spüre die Macht des Alkohols, mit jedem Schluck immer wieder Reste der Euphorie heraufzuholen und zu halten.

Ein zweiter Mann geht hinter den Tresen. Ich nutze die Gelegenheit und bestelle bei ihm ein weiteres Glas. Ich trinke und verschmelze vollkommen mit der Musik. In meinen Adern zuckt es. Ich bin reiner Wille, der kein Ziel hat und auch keines braucht. Ich gehe nach hinten und ziehe eine weitere Line. Als ich zurückkomme, sind Zecher und der Boxer verschwunden.

Ich stelle fest, dass die Uhr an der Wand amputiert ist. Jemand hat den Stundenzeiger abgebrochen, wie ich es neulich bei meiner Uhr getan habe. Ein seltsamer Zufall.

Gekränkt beobachte ich eine Weile das ruckartige Vorrücken des Sekundenzeigers von einem Strich zum nächsten, gekränkt darüber, dass niemand dem Wahnsinn ein Ende bereitet und auch den Sekundenzeiger herausgerissen hat.

Was ist das für ein Wahnsinn, den Sekundenzeiger ins Leere laufen zu lassen, denke ich und bemerke auf einmal, wie sich meine Augäpfel im gleichen Rhythmus mitbewegen, mitzucken, tack-tack von einem Strich der beschissenen Uhr zum nächsten, tack-tack.

Ich muss mich unbedingt auf etwas anderes konzentrieren, ich sehe woanders hin, reiße meine Augäpfel herum, einen Meter weiter auf die schreiend gelb gestrichene Raufasertapete. Und will selber schreien!

Meine Augäpfel sind bereits stark strapaziert. Sie hören noch das Ticken der Uhr im Off, ja, die Augäpfel sind es, die das Ticken hören – die Ohren hören die gellenden, tierischen Schreie von Screaming Jay Hawkings.

Etwas ist mit meinen Augäpfeln geschehen, diesen nach außen quellenden Kugeln aus harter, elastischer Gelatine. Sie lassen sich nur noch bis zu einem gewissen Grad zur Seite drehen. Irgendeine verhärtete Sehne im Inneren verweigert sich, sie so weit zu drehen, wie sie es gewohnt sind. Sie schmirgeln beim Drehen, offenbar Abnutzungserscheinungen. Es wäre schon eine ziemliche Scheiße, wenn die Augäpfel einrasten würden. Hinten im Genick strömt mir der Schweiß aus. Ich gerate in Panik.

Die Sehnen, ja, sie sind überdehnt. Ich drehe die Augen ein paar Mal nach links und ein paar Mal nach rechts. Ich drehe mich um 45 Grad in Richtung Tür. Ich warte. Irgendwann kommt jemand rein und lässt die Tür offen. Jetzt ist der Moment gekommen.

Ich nehme Anlauf und gehe schnurstracks nach draußen.

Auf der Straße wird es schon hell. Ich will in ein Taxi steigen, aber als ich die Tür öffne und sagen will, wohin der Fahrer mich bringen soll, verschlägt es mir die Sprache. Ich bringe kein Wort mehr heraus. Die Tauben gurren unheilvoll. Sie stören meinen inneren Frieden. Sie wollen mich an ein Morgen erinnern, das es schon längst nicht mehr gibt.

Ich gehe zur nächsten U-Bahn und merke nach einer Weile, dass ich völlig erschöpft bin.

Ich bin in der U-Bahn. Ich kauere in der hintersten Ecke, lege den Kopf an die Plastikwand und horche auf die endlosen Emanationen der holprigen Gleise, die von den Tunnelwänden widerhallen. Ich fahre ein paar Mal von Endstation zu Endstation. Irgendwann gelingt mir der Absprung. Ich steige aus und katapultiere mich in die Wohnung, um das Letzte aus mir herauszuquetschen. Ich will versuchen, zu schreiben und zu wichsen.

Nun wird es bereits zum zweiten oder dritten Mal hell, seit ich wach bin, und ich habe noch keine einzige brauchbare Zeile geschrieben. Ausgelaugt, wie ich bin, kann ich meinen Kopf kaum noch oben halten, aber es ist meine Pflicht, dies zumindest zu versuchen. Ich ziehe mir noch eine dicke Line rein. Die Lines sind immer größer geworden. Sie sind inzwischen so groß wie Regenwürmer. Dennoch zieht mich das Zeug jetzt eher runter, trocknet die Schleimhäute aus, macht mich schwer wie Blei. Meine Klamotten sind ebenfalls schwer wie Blei, wie überhaupt alles schwer wie Blei zu sein scheint. Ich will hier, in diesem grauenvollen Kellerloch, nicht untergehen, in diesem Gefängnis, das ich mir selbst geschaffen habe, wo ich Tag und Nacht sitze und hinausstarre auf den öden Hof.

Im Gefängnis taucht wenigstens manchmal ein Wärter auf, schlägt mit dem Schlüsselbund gegen die Tür, schiebt das Essen durch. Hier kommt niemand mehr.

Der Raum saugt sich voll mit der Feuchtigkeit von draußen und dem Geruch von Hundescheiße, den die feuchte Erde des Hofs nach dem Nieselregen absondert.

Das Licht hier unten, dreckig und grau, ist eine Warnung

an mich. Ich bin schon fast absorbiert von diesem Hof. Ich bekomme Angst, dass ich für immer hierbleiben werde, dass ich es nicht mehr hinausschaffen werde.

Es fehlt mir jeglicher Antrieb, zu sprechen oder einen Gedanken zu formulieren. Der bittere Geschmack des Speeds tropft mir langsam die Kehle hinunter. Drei Elektroheizungen liegen in der Ecke. Ich habe sie mit dem Hammer kaputtgeschlagen.

Ich bin wie gelähmt. Außerdem ist es furchtbar still. Ich kann diese unheimliche Stille nicht ertragen. Warum schreit das Kind des Hausmeisters nicht? Hat er es erschlagen? Liegen Leichen da drüben in der Nebenwohnung?

Ich horche in die Stille hinein. Sie ist in diesem Zimmer so groß wie ein Monument.

Diese Stille ist alt. Alt und böse. Sie erzählt die Geschichte dieses Hofs und dieser Stadt.

Ich muss auf der Hut sein, dass sie mich nicht verschlingt. Sie wächst …

Ich, kleine, sitzende Figur, verschwinde in dieser Stille und fühle, wie sie wächst und mich immer weiter von allem Guten entfernt. Die Hände klein und zierlich, brav und manierlich, liegen auf dem Tisch, wie man es mir beigebracht hat, als ich noch sehr klein war. Die Ellbogen nicht auf den Tisch. Links und rechts liegen sie brav neben der Schreibmaschine.

Wie ungeheuer zart, klein und hilflos ich selbst in diesem Moment bin, das sehe ich an diesen schüchternen Händen. Die blanken Augen, als hätten sie Hunger, nehmen den Anblick der Hände in sich auf. Sie saugen ihn nicht begierig in sich hinein, nein, dieser Hunger ist kein Insektenhunger, es ist der Hunger der Teleskope, die traurig den Weltraum abtasten nach irgendetwas Lebendigem – und nun diese Hände aus Wachs vorfinden, die perfekt modelliert sind und wie echt aussehen. Hände wie früher. Dürerhände. Hände aus Stein.

Ein samtiges, blutiges Gefühl breitet sich nun in meinem Magen aus.

An den Rändern des Kopfes, unterhalb der Schädeldecke, fühle ich mich schrecklich verdorrt. Es schmirgelt, wenn ich die Augen bewege, die von allein weit offen stehen.

Die Pupillen sind so erweitert, sie lassen das dreckige, graue Licht nun in meine traurige Seele hinein, die uralt ist und voller Wissen, das man nicht in Worte fassen kann.

Nun könnt ihr kommen, ihr flüchtigen Gestalten – ich harre hier im Zwielicht auf euch, wenn es sein muss, bis in die Ewigkeit.

Habt Mitleid mit mir, ihr unschuldigen Hände, rühr dich ein ganz klein wenig für mich, kleiner Finger, zeig mir, dass da noch ein winziger Rest Leben ist, gib mir ein kleines Lebenszeichen …

Die Schreibmaschine ist wie ein riesiges Bergwerk, in dessen Innerem sich die Stahlarme der Tastatur befinden. Ich brauche nur eine Taste zu drücken und einer der Stahlarme hebt sich. Wenn ich stark drücke, schlägt er den Fuß mit der Prägung auf das Papier. Es klingt wie ein Peitschenhieb. Ich könnte einen Aufruhr im Innern des Stollens dieser alten, gusseisernen Maschine entfachen, und dieser Gedanke gibt mir ein wenig Hoffnung. Ich hebe den Zeigefinger, es funktioniert. Ich drücke ihn auf die Taste. Dann schlage ich zu. Mit beiden Fingern hacke ich auf die Tasten ein, bis das übliche Tohuwabohu entsteht, die Arme sich ineinander verfangen. Ich löse sie, lasse sie langsam und elegant in ihre Ausgangsposition zurückgleiten.

Ja, sie gleiten wirklich wie geölt. Es ist ein köstliches Vergnügen, ich beginne erneut, freue mich wie ein Kind, merke, wie die trotzige Energie, die mich von früh an am Leben erhalten hat, wieder in mich zurückkehrt, hacke, hacke, was das Zeug hält, auf die Maschine ein. Die Erstarrung löst sich, der Nebel des Grauens verschwindet, für einen Moment liegt der Raum klar und normal vor mir. Bloß nicht aufhören, bloß nicht versuchen zu schreiben, hau wie ein Affe auf die Tasten, dann entgehst du dieser schrecklichen Trostlosigkeit, die dich befallen hat. Ja, es gibt Hoffnung.

Ich lasse den Kopf auf die Schreibmaschine sinken, weil ich wieder ein Quäntchen Urvertrauen spüre, ja, ich streiche mir sogar mit der Hand über den Brustkorb, berühre mich, spüre meinen Körper. Nein, ich bin noch kein Geist, kein Gespenst, nein, man wird mich hier nicht finden, dies ist kein Grab aus Schuld und Elend und feuchtem Nebel.

Ich bin ein Mensch, ein lebendiges Wesen, und ich habe keine Schuld auf meine Schultern geladen, bin kein Mörder, bin kein Verräter. Ich kann hinausgehen in den Sonnenschein, wenn ich will, und mit meinem Leben etwas anfangen.

Ich muss nur ein klein wenig schlafen, ein klein wenig Trost finden im Schlaf.

Jeder Hund rollt sich schließlich zusammen und schläft.

Ich lächle, mir selbst vertraut und intim mit mir selbst.

Es ist ganz und gar nicht lächerlich. Ich habe keine Vorsätze, ich muss nicht schreiben, ich muss erst einmal lernen, mich zu lieben, einen anderen Menschen zu lieben und eine Familie zu gründen. »Du bist noch so jung«, hat die Omi immer gesagt.

Was ist denn mit der Omi? Die habe ich schon so lange nicht mehr gesehen. Oh, liebe, liebe Omi. Ich verspreche dir, ich werde dich bald besuchen. Meine Brust hebt und senkt sich ein wenig. Habe ich Flüssigkeit in den Augen?

Oh, liebe, liebe Omi. Ich umarme die Schreibmaschine voller Inbrunst. Es gibt einen Weg. Ich habe einen gefunden in diesem schrecklichen Nebel. Wie schön das alles ist.

Ich bleibe eine Weile so liegen, ganz glücklich, die Beine aus Eis, das schmilzt.

Der Kopf ist zu hart. Der schmilzt nicht mehr. Er wird oben auf der Tischkante liegen bleiben, die Augen offen, ganz wach.

Ich sollte jetzt besser aufstehen. Ich hieve mich mit den Armen hoch, die Beine funktionieren kaum noch, die Füße sind eingeschlafen, ich humple und stütze mich ab, die Beine sind weich wie Gummi. Ich halte inne, am verdreckten Herd abgestützt, bis der Schlaf in den Beinen dünnflüssig wird und ich das Gefühl habe, sie schmelzen tatsächlich und laufen unten aus. Ich warte, gemein wie eine Spinne, bis ich gehbereit bin. Ich bin nun gehbereit und gehe langsam vor den Spiegel im winzigen Flur. Große Stille. Ich gucke mich an. Was ist das für ein Alien, das furchtsam in den Spiegel guckt?

»Wo kommst du her, Fremder? Aus welchem Katastrophengebiet?«

Ungläubig rückt es/ich näher.

»Was siehst du da im Spiegel?

Es/ich ist/bin es, nur Mut.

Komm näher, niemand tut dir etwas.«

Der Kopf ist geschrumpft, wie bei einem Suppenhuhn oder bei einem Toten. Die Augen sind Periskope. Sie sind ganz schwarz, die Pupillen füllen nahezu die gesamte Iris aus. Sie gucken sich das Gesicht und den Kopf ganz genau an, von vorn, von der Seite, betasten den Hinterkopf, suchen den arischen Höcker. Er ist nicht da.

Taktile Neugier von Insekten glänzt in den schwarzen, leeren Pupillen.

Die Haut ist von einem dicken Fettfilm bedeckt und glänzt.

»Wo kommst du her, Fremder? Was hast du Schreckliches gesehen?«

Der kleine Kopf antwortet nicht. Die leeren Augen aufgerissen, erschrocken.

Es dreht den Kopf, hin und her.

Die Examination dauert und wird gründlich durchgeführt. Es fehlt ein Maßband, um den Kopfumfang genau zu messen und anschließend zu archivieren. Aber es ist ersichtlich, dass dieses Exemplar doch eher in die Kategorie Untermensch gehört, eher vergast gehört. Vielleicht sollte man ihm vorher diese merkwürdig glänzenden Augen aus den Höhlen schneiden und aufbewahren.

Ich rücke einen Stuhl an den Spiegel, ziehe Hose und Unterhose aus, begebe mich auf den Stuhl, spreize die Beine, bücke mich und zeige meine Rosette.

Zwischen meinen Beinen hindurch kann ich nun meine Eier baumeln sehen, dahinter mein knallroter Kopf, in den das Blut geschossen ist, und die hervorquellenden Augäpfel. Ich fange an, mit den Eiern zu schaukeln, um mit mir wieder in Einklang zu kommen.

Es gelingt. Ich beginne, mit den Fingern die Rosette zu spreizen. Auch diese Übung gelingt. Mein Kopf färbt sich lila. Die Augäpfel platzen heraus. Die Eier schlagen links und rechts gegen die Schenkel. Diese Übung ist mir vertraut. Und nur darum geht es.

Ein wenig Vertrauen wiederherzustellen. Ich kann nun mit dem Veitstanz beginnen.

Ich stampfe im Indianerrhythmus auf dem Stuhl herum und versuche, die alten Indianerlieder zu singen: »Heia heia heia heia heia heia hee.« Es gelingt. Heiser und leise kehrt die Stimme zurück: »Heia heia heia heia heia heia hee.«

Wenn die Eier nach links schaukeln, drehe ich die Augäpfel nach rechts. Wenn sie nach rechts schaukeln, drehe ich sie nach links. Es erfordert Konzentration, den Rhythmus einzuhalten, aber an Konzentration mangelt es nicht. Davon ist viel zu viel da. Es geht darum, dieses Höchstmaß an Konzentration, das ständig Löcher in die Metaphysik bohrt, auszutanzen. Allein darum geht es. Meine Welt muss wieder heilen. Sie muss an mir genesen. Mit den Augäpfeln gegensteuern. Mit den Eiern gegensteuern. Immer im Rhythmus bleiben: »Heia heia heia heia heia heia hee.«

Ich bekomme Wadenkrämpfe, in beiden Waden. Sie halten die Kniebeugenstellung nun nicht mehr aus. Ich stütze mich mit meinem ganzen Gewicht auf die Lehne und lasse die Beine hinunter. Ich lasse mich fallen und winde mich in Krämpfen am Boden.

Nach einer Weile kehre ich an den Tisch zurück und nehme einen Regenwurm Speed.

Es ist wieder Leben in mir. Der Berg aus Schuld ist abgetragen. Das Zimmer ist klar.

Ich bin wieder ich. Die Beschwörung der Omi und der Indianertanz, beides eine Erfindung von mir, haben eine neue Existenzberechtigung möglich gemacht. Acetat und Aceton sind der Menschen Lohn.

Ich hacke es in die Schreibmaschine. Acetat und Aceton sind des Menschen Lohn. Fünf Mal, zehn Mal, hundert Mal: Acetat und Aceton sind des Menschen Lohn.

Im Fernsehen läuft Aktenzeichen XY … ungelöst. Das Gesicht des Moderators der Sendung, Eduard Zimmermann, sieht aus wie ein Teddybär. Die schweizerisch anmutenden Knopf&Bürokraten-Augen blicken streng und ernst. Beim Sprechen gibt er schmatzende Geräusche von sich, Geräusche von trockenen Schleimhäuten, die zusammenkleben, wenn er die Zunge vom Gaumen löst.

Der sprechende, labernde Kopf mit den ernst dreinblickenden Knopfaugen wird abgeschlagen und rollt jetzt auf ein Spielfeld. Es ist ein Eishockeyfeld und der Kopf ist der Puck. Die riesigen Eishockeyschläger prügeln ihn über das Eis, schreibe ich.

Der abgeschlagene Schwyzer Teddykopf klackt im mechanischen Rhythmus der Worte des Tatverdächtigen gegen die Bande, schreibe ich.

Ich falle federleicht durch eine dünne Wolkendecke und pralle auf dem Fußboden auf.

Ich bin offenbar eingeschlafen. Ich stütze meinen Kopf auf den Ellbogen und denke über mich nach.

Seit dem Schock meiner Kindheit hat sich der Kern meines Wesens verändert, der Kern meiner Konstitution ist aufgeweicht worden. Ich kann den Bogen des Willens nicht aufs Äußerste spannen. Kann kein Genie sein. Schuld ist meine Mutter. Sie hat mir, als ich noch im Mutterleib war, beide Beine abgebissen, sie hat mir in mein Herz und in meine Lunge gebissen. Bevor ich verrecke, krieche ich zu ihr und kotze ihr auf die Fotze.

Lieber Gott, bitte bring mich zu der Omi und dem Opi zurück.

Ich liege am Boden und wimmere und weine leise und zupfe an meinem Schwanz, der im Dreck liegt.

Nun brauche ich Zigaretten. Ich habe gar keine Zigaretten mehr. Alle Kippen wurden von mir bereits zerbröselt, neu gedreht und wieder geraucht, so dass jetzt nur noch schwarze, verkohlte Stummel von etwa einem Zentimeter Länge vorhanden sind. Ich kann sie nochmals aufbröseln und rauchen, wenn ich will. Aber ich habe keinen Willen mehr.

Ich erhebe mich und merke: Die Beine sind schwer wie Blei und leicht wie Wolken.

Ich verdrehe meine Augen. Sie sind noch da. Und siehe da. Ich kann laufen. Mein armer Körper hat die wüste Attacke überlebt. Die Abläufe sind ihm vertraut, er gehorcht, ist ganz brav. Er macht alles, was ich ihm sage, und eine Art Liebe zu diesem Körper überkommt mich, eine Art Mitleid über sein bedauerliches Los, so geschunden zu werden, obwohl er mir schon so lange dient und mich wieder, mit den knotigen Knien, den krummen Oberschenkeln, an den ersten Schultag erinnert, an die kurze Lederhose, die Schultüte, den kalten Septembermorgen, der schon nach Frost roch.

Ja, mein liebes, liebes Körperchen. Noch immer schindest du dich, noch immer wehrst du dich nicht, bist mein treuer, ergebener Diener. Schuldbewusst flüstere ich diese Worte leise und zärtlich, aber raus kommt es stumm: Dieser Teil meines Körpers, die Kehle, der Kehlkopf, der Kanal, aus dem die Laute herauskommen, funktioniert noch nicht wieder. Dieser Teil des Körpers, der meinem Gehirn dient, ist einfach vergiftet. Er hat all das Gift schlucken müssen, das mir seit vorgestern Nacht durch die Kehle rann, und ist fast tot.

Der Kehlkopf versucht, Wasser zu schlucken. Es rinnt den trockenen Hals hinunter.

Die Fähigkeit, Spucke zu sammeln, bildet sich wieder aus.

Mein lieber, tapferer Körper will seine alten, guten Gewohnheiten zurückerobern, gibt noch nicht auf.

Was für ein Tag ist draußen? Scheint die Sonne oder ist es grau? Ist es Mittag oder Nachmittag?

Die Beine, die gemacht sind, um sich auf die Menschen zuzubewegen, sind noch nicht amputiert. Ich habe das Speed aufgebraucht, den Teller schön brav aufgegessen, wie es mir mein Großvater beigebracht hat. Erinnerungen an schöne Zeiten attackieren mich, blutig und direkt; ich verscheuche sie wie Fliegen.

Ein großer Riss, dunkel und tief wie eine Schlucht, hat sich auf dem Zimmerboden gebildet und verschiebt sich nun krachend. Ich springe hysterisch hinaus in den Hof, wo tatsächlich ein wenig die Sonne scheint.

Ich will kein Täter mehr sein und gleichzeitig das Opfer, das er langsam verschlingt.

Ich will mir nicht die Zehen in den Mund stecken und dann den ganzen Fuß und das Bein, bis nichts mehr von mir übrig ist. Ich will mir nicht das Fleisch von den Knochen nagen. Ich will es noch einmal versuchen, den Taxifahrer anzusprechen und meine Adresse zu sagen. Ich will wieder sprechen. Lange bevor ich daran denken kann, meine Sprache zurückzuerobern, muss ich üben zu sprechen. Von da, wo ich dem Taxifahrer sagen kann, wo ich hinwill, bis dort, wo ich meine Sprache wiederfinden kann, wird es ein sehr langer Weg sein. Ich schätze, ungefähr dreißig bis hundert Jahre.

Ein großer, widerlicher Fleck Schuld dümpelt in meinem Zimmer. Ich kann ihn aus den Augenwinkeln durchs Fenster sehen, ich stolpere auf die Straße hinaus.

Mir ist nicht zum Lachen zumute.

Speed ist eine Droge der reinen Gegenwart. Zukunft und Vergangenheit werden zu Schemen reduziert. Ein gedankliches Prozedere ist nicht mehr möglich.

Der Augenblick saugt alles auf, wie ein schwarzes Loch, an dessen Rändern sich schlechte Gedanken wie Bakterien absetzen. Man starrt hinein in dieses schwarze Loch, in diese Leere. Schreiben ist unmöglich.

Speed wurde in den Labors der Nazis entwickelt im Hinblick auf das Durchhaltevermögen der Soldaten. Der

Hunger sollte ausgeblendet, die Empfindlichkeit gegen Kälte und Schmerz auf ein Minimum reduziert werden. Der beim Marschieren in der Kälte und im Schnee auf die Stiefel des Vordermanns geheftete Tunnelblick war das Ziel. Alles andere auszublenden war das Ziel. Wenn der Vordermann liegen bleibt, einfach weitergehen und den Blick auf die Stiefel des neuen Vordermanns richten.

Absolute Gefühllosigkeit als Antwort auf die arktische Kälte der russischen Winter – und der russischen Bestie, die in Gestalt heimtückischer Heckenschützen und »Franktireurs« die Moral der Truppe zu zersetzen droht.

In der ersten Phase des Russlandfeldzugs hat sich die Droge bewährt. Angst und Panik werden in ein vages Unbehagen verwandelt. Daher der Begriff der »beunruhigenden Ruhe«, den Prof. Krebs, Leiter der Versuchsabt. 4a der Psychiatrie in Majdanek 1940–1942, entwickelt hat. Demnach ist diese Ruhe als ein Derivat der Angst zu verstehen, ein »vorzügliches Mittel«, den Soldaten im Angesicht des Todes mit Kaltblütigkeit zu impfen.

Dies ist nur möglich, weil das Amphetamin jede Art von Vorstellungsvermögen reduziert und Erinnerungen weitgehend eliminiert. Die Soldaten vergessen sogar ihre eigene Mutter. Skrupel und Moral gehen mit diesem Gedächtnisverlust komplett verloren. Massenexekutionen sind kein Problem mehr.

Der Leistungsabfall, unter anderem durch Schlafentzug, ist allerdings ein Problem.

Der Soldat beginnt Dinge wahrzunehmen, die es nicht gibt. Schemen, die gewöhnlich in Alpträumen auftauchen, erscheinen nun an der Oberfläche, sind plötzlich da. Der Soldat halluziniert. Es kann die trauernde Familie in Deutschland sein, die plötzlich am Wegesrand kauert, oder der eigene, gefallene Kamerad, den man zurückgelassen hat, der einen traurig aus dem verhangenen Schneehimmel anschaut. Diese Schemen, die plötzlich auftauchen und die als »tief im Schicksal verwurzelte Schuld« empfunden werden, lösen bald ein permanentes Grauen in der gesamten Truppe aus. Anfangs von den Soldaten als »leicht durchsichtig« beschrieben, werden diese Schemen immer manifester.

Das Ganze endet schließlich, wenn man nicht aufpasst, in akuter Schizophrenie, weshalb die Truppenführung angewiesen ist, die Ausgabe der Amphetamine strengstens zu kontrollieren, die Höhe der festgelegten Dosis pro Kopf genauestens einzuhalten und zu protokollieren und dafür zu sorgen, dass der Soldat genügend Schlaf bekommt. Alles andere ist Wehrmachtszersetzung und wird mit dem Tode bestraft.

Ich jedoch bin kein Soldat, oder doch? Nun ja, auch ich schleppe mich schließlich durch die Schneewüste meines in die Schreibmaschine eingespannten Blatts Papier.

»Der Soldat und sein Ejakulat« ist im Übrigen der einzige Satz, den ich heute verfasst habe. Und von dem ich den Eindruck habe, dass ich ihn so stehenlassen kann.

Lieber Opi, nun schreibe ich dir doch. Du warst doch auch in Russland, und ich habe deine Gene geerbt. Kann es sein, dass ich durch das Amphetamin, das in deinen Genen abgelagert ist, nun doppelt kontaminiert bin, da auch ich diese Amphetamine wieder nehme, die so lange im blutgetränkten polnischen Boden geschlummert haben und nun wieder durch neue Labors aufbereitet werden, und zwar an der Oder-Neiße-Linie, und zwar diesmal vom Feind selbst, um späte Zwietracht zu säen und die Heimat erneut zu zersetzen?

Lieber Opi, der Feind ist in mir. Bitte hilf mir, ihn auszurotten.

Viele Grüße ins Jenseits.

PS: Jetzt kann ich dich sehen, wie du tapfer am Wegesrand hockst und wissend unter dichten Brauen meinen Fußstapfen im Schnee der geistigen Wüste nachblickst und dich wohl fragst, wo das alles enden soll.

Wäre alles anders gekommen, wenn sie dich damals ins Nordafrika-Corps abkommandiert hätten? Wäre es dann jetzt warm und schön und ich ein Neger, der nicht denken kann?

Irgendwann nachts stehe ich dann doch vor dem Dschungel und gucke hinein. Die Tür ist nicht bewacht. Ich schaffe es, mich an dem Türsteher vorbeizuschlängeln, der mir den Rücken zukehrt und sich unterhält. Ein paar skeptische Blicke der Gäste in meine Richtung. Hier wimmelt es von perfekten Menschen, perfekt gestylt, perfekter Geschmack. Ich gehe in eine dunkle Ecke und schaue mir das Ganze an.

Ich weiß, dass ich nach Schweiß rieche und hier eigentlich nichts zu suchen habe.

Es sind zwei elfenhafte Kinder auf der Tanzfläche. Von einem neben mir stehenden Paar erfahre ich, dass diese perfekten Wesen, perfekt gekleidet, mit diesen perfekten Frisuren, die sich bereits perfekt in dieser Szene bewegen, Ben Becker und seine kleine Schwester Meret sind, die Kinder des berühmten Schauspielers Otto Sander.

Alle haben eine wunderbare Grazie beim Tanzen. Ich würde mich niemals trauen, mit einem dieser schönen, perfekt gestylten Mädchen zu tanzen. Aber auch die Typen können sich perfekt in Szene setzen.

Ich sehe mein Spiegelbild in dem Aquarium, in dem bunte Fische schwimmen. Es zieht sich in einem Streifen quer an den Wänden der Tanzfläche entlang und ist sehr, sehr schick. Ich sehe fürchterlich aus, meine Wangen sind eingefallen, ich sehe aus, als hätte ich Tb im Endstadium.

Das Geschehen auf der Tanzfläche schnurrt mit einer solchen Vollendung ab, dass ich einen Moment zweifele, ob das Ganze echt oder nur ein Gaukelspiel einer Feenwelt ist.

So perfekt kann doch niemand sein. Ich fühle mich unwohl. Meine Zehen jucken in den Knobelbechern, jetzt beginnt mein ganzer Körper zu jucken, Flohstiche, vermute ich. Doch was ich hier sehe, ist echt.

Diese perfekte Oberfläche, sie ist erworben, vererbt, altes Selbstverständnis, alte Familien, alte Westberliner Bourgeoisie und Künstlerdynastien. Hier gibt es keine Spießer, auch keine wild gewordenen Spießer wie mich, aus kleinen, ungeordneten Verhältnissen. Die ganze Grandezza ist echt. Wie überwältigend der bloße Effekt von Schönheit doch sein kann! Mein Vater hat recht. Es geht und ging immer schon um Klassenverhältnisse, so blöd und überholt das in meinen Ohren auch klang.

Jetzt kapiere ich endlich. Sie alle verstehen sich auf Umgangsformen, die ich nie gelernt habe, nie lernen werde. Nie wäre es mir möglich, mit einem dieser Mädchen eines dieser ungezwungenen Gespräche zu führen, leicht und oberflächlich, spöttisch und amüsant, wie es hier in jeder Ecke geschieht. Es sind Menschen, die man unter der Lupe betrachten kann, ohne auch nur einen einzigen Makel zu finden. Ich bin so beeindruckt, dass ich mich selbst vergesse. Diese Menschen darf man nicht beneiden oder hassen.

Sie sind unantastbar und passen in keine Kategorie. Jemand wie ich ist nicht imstande, sie einzustufen. Sie entziehen sich mit einer unglaublichen Leichtigkeit allem, was sie beschmutzen könnte.

Der Türsteher tippt mich nun doch an. Er hat langes, goldblondes Haar und ist stadtbekannt. »Ich kann mich nicht erinnern, dich reingelassen zu haben«, sagt er.

»Ich gehe gleich«, sage ich, »lass mich nur eben zu Ende rauchen.«

Der Türsteher weist elegant mit der Hand Richtung Tür. Dabei lächelt er. Ich starre vor mich hin und ziehe an meiner Kippe.

Er wendet sich ab, um neue Gäste zu begrüßen.

»Zwei Minuten, okay? Ich will noch zu Ende rauchen.«

Ich nehme einen letzten, tiefen Zug, der die Glut heiß und lang werden lässt. Ich sehe mir das alles noch mal an und präge es mir genau ein, bevor ich meinen Posten verlasse, um diese Welt in ihrer sorglosen Jugend zurückzulassen und wieder hinaus auf die Straße zu gehen. Irgendwann werde ich berühmter sein als sie. Meinen Namen wird es noch geben, wenn sie längst vergessen sind.

Immer noch Sommer, verregnet,
sieht aus wie Herbst/Winter …

Ich fange an, in der Peepshow zu arbeiten. Es ist Rushhour, es ist viel los. Der alte Putzer lotst mich durch die wartenden Freier nach hinten zur Putzkabine und erklärt mir den Job. Meine Aufgabe ist es, das Sperma, das von den Scheiben tropft, mit einem Wischer abzuwischen. »Es gibt die normalen Kabinen, da wird am meisten gewichst«, erklärt er, »da wirft man Chips ein, die man sich vorne beim Kassierer holt. Manchmal fallen sie auf den dreckigen Boden. Dann musst du sie sauberwaschen und zurück zum Kassierer bringen. Dann gibt es zwei Solokabinen. Sie haben eine Trennscheibe aus Glas zwischen Freier und Mädchen. Du musst sie nach jedem Auftritt saubermachen. Dann gibt es die Supersolo mit der kleinen Tanzbühne da hinten. Sie ist exklusiv und teuer. Der Freier mietet die Kabine und zahlt dann direkt an das Mädchen für die jeweilige Dienstleistung. Das Sperma landet dabei meist auf dem Boden, es sei denn, es werden Pariser benutzt. Du musst auch unter der Couch nachgucken, ob du da welche findest. Sie riechen schnell wegen der Hitze hier drin.«

Ich nicke. »Das ist der Wischer.« Er versucht, mit seinem dünnen Stimmchen gegen den ohrenbetäubenden Lärm aus den Boxen anzubrüllen, ein kleines Männchen, grau wie ein Phantom.

»Erst wischst du die Gülle mit dem Schwamm ab und drückst ihn im Wasser aus. Dann drehst du den Wischer und fährst mit dem Gummi über die Scheiben, bis die Schlieren weg sind. Dann nimmst du den Wischer und hältst ihn über den Eimer. Dann drückst du den Kolben hinunter an den Griff, bis der letzte graue Schaum aus den Poren des Schwamms gepresst wird.«

Ich nicke. Er demonstriert mir den Vorgang anhand einer Kabine.

»Der graue Schaum ist das Sperma. Es schäumt ein bisschen, wie du siehst«, sagt er.

Ich nehme den Eimer und gehe von Kabine zu Kabine. Die Freier haben nur diesen kurzen Slot zwischen sechs und sieben. Sie müssen nach Hause, schnell in die U-Bahn, heim zu Mami, die mit den Kohlrouladen wartet. Sie drehen fast durch, wenn sie nicht schnell genug zum Schuss kommen.

Am schlimmsten ist es, wenn Asita dran ist. Alle warten auf Asita. Es gibt ein riesiges Geschubse und Gedränge vor den Kabinen, wenn sie aufgerufen wird.

Der Kassierer, ein Marokkaner, ein finsterer, eitler Schönling, geht dazwischen, zieht zwei Kampfhähne auseinander, droht ihnen mit dem Gummiknüppel.

Bei Asita zu »One Night in Bangkok« drehen sie völlig durch. Die Wände der Kabinen wackeln, das Sperma tropft literweise hinunter. Ich komme gar nicht mehr nach mit dem Putzen.

Der alte Putzer schüttelt den Kopf. Er findet meine Arbeit nicht gut. Er zeigt mir noch mal, wie man es macht, aber diesmal kopfschüttelnd, ohne Geduld. Ich versuche ihm zu erklären, dass dieser Job für mich ein Nebenjob ist und keine Lebensaufgabe und dass ich trotzdem versuchen werde, ihn so gut wie möglich zu machen. Er versteht mich nicht. Offenbar ist er fast taub.

Um halb acht wird es tatsächlich ruhiger, der Stress ist vorbei. Der alte Putzer hängt seinen Kittel in die Kabine, zieht die graue Windjacke an, huscht hinaus in die Nacht. Ich nehme mein Buch und verkrieche mich in der hintersten Ecke.

Die schöne Schulzeit, wo mir das Lesen Spaß gemacht hat und ich nie das Gefühl hatte, etwas zu versäumen, ist lange vorbei. Seit ich in Berlin bin, kann ich mich nicht mehr konzentrieren. Ich fange an zu lesen und merke schnell, dass ich nicht gelesen, sondern an etwas anderes gedacht habe. In die Schule zu gehen hatte sich nie gelohnt. Ich wusste, dass ich dort nichts verpasse. Deshalb habe ich mich immer so wohl gefühlt, wenn ich im Bett liegen und Hesse, Hamsun oder Dostojewski lesen konnte. Ich dachte, ich hätte den anderen etwas voraus. Und es war auch so. Jetzt ist dieser Schutz vorbei. Und ich habe eher Angst, dass »aus mir nichts wird«, während die anderen studieren und sich um ihre Zukunft kümmern. Ich bin in letzter Zeit immer unkonzentriert beim Lesen.

Vielleicht liegt es daran, dass die Bücher, Frazers Goldener Zweig, Aleister Crowley, Swedenborg, einfach zu abstrakt sind. Ich hatte schon immer den Hang, mich mit solcher Lektüre zu überfordern. Schon in der Schule bin ich an Kant, Hegel, Wittgenstein gescheitert. Aber anstatt Romane zu lesen, wie es mir eigentlich Spaß macht, vergreife ich mich doch immer zwanghaft an diesen viel zu komplizierten Sachen.

Hätte ich bis zum Abitur durchgehalten, dann würde ich

jetzt Philosophie oder Kunstgeschichte studieren. Stattdessen arbeite ich hier als Putzer in einer Peepshow.

Und stehe nicht mal dazu. Ich bin wirklich ein Weichei.

Der eigentliche Grund, weshalb ich mein Abitur nicht gemacht habe, ist auch der eigentliche Grund, warum ich nie studieren könnte: weil es mich immer schon gelangweilt hat, mit dem Strom zu schwimmen, und, wenn ich ehrlich bin, weil mich die meisten Leute einfach zu sehr anwidern, um neben ihnen in der Schule oder in einer Vorlesung zu sitzen. Diese Söhne und Töchter von fleißigen, spießigen Kleinbürgern aus Schwaben, die jetzt so tun, als wären sie Ökos, sind im Grunde Heuchler, denen man eingetrichtert hat, bloß nichts falsch zu machen. Sie tun das alles für ihre Karriere, um besser dazustehen. In Wahrheit sind sie nicht besser als ihre Nazi-Großeltern, genauso kaltherzig und berechnend und ehrgeizig. Sie haben Leute wie meinen Zimmergenossen Gram dazu getrieben, sich als extremer Rechter aufzuführen, einfach nur, um sich abzugrenzen von diesem verlogenen Pöbel.

Deshalb sind Leute wie er oder ich nach Berlin gegangen. Weil es unsere einzige Chance war, uns abzusetzen. Weil wir glaubten, hier Gleichgesinnte zu finden. Dass das alles in einem einzigen Desaster enden könnte? Und wenn schon. Dann schmeißt man sich halt irgendwann vor die U-Bahn, wie das viele andere auch tun. Was wäre so schlimm daran?

Nein, nein. Es ist schon ganz richtig, dass ich hier gelandet bin. Ich versuche weiterzulesen.

Dann läuft Asita rum und drückt ihre Fotze gegen die Kabinenfenster. Sie zieht sie auseinander und drückt sie richtig dagegen! Sie drückt sie den Freiern aufs Auge.

Die kriegen Herzrasen davon, der Sabber läuft ihnen aus dem Maul, sie prügeln sich um die Kabinen, bis der arrogante, marokkanische Schläger kommt und sie mit dem Schlagstock auseinandertreibt. Ich komme mit dem Putzen kaum nach. Überall läuft die Wichse in Strömen über Scheiben und Wände. Es ist kaum zu glauben. Eine Stunde später ist das Ganze vorbei – und es wird leer.

Meine Aufgabe besteht nun darin, den Mädchen, die hungrig geworden sind, etwas zu essen zu holen. Die meisten haben Heißhunger auf etwas Deftiges: Currywurst, Rostbratwürste, Ente süßsauer, dazu Bier oder Piccolo.

Die meisten von ihnen sind Stereotypen: Es gibt eine Barbie, Sunny, mit feinen, weißblonden Haaren, schmalen Hüften und knackigem Arsch, die immer lächelt; es gibt die Zigeunerhure mit den operierten Titten, die ordinär ist und in diesem Fall Asita heißt, die brave deutsche Hausfrau mit den dicken Eutern und den blonden Löckchen, Petra natürlich, und schließlich den düsteren, unnahbaren Vamp, die Dunkelhaarige, Sanja, das Rubensmodell ...

Sanja sieht aus wie einem Fantasy-Comic entsprungen. Sie hat unglaubliche Proportionen. Wenn sie einem zu nahe kommt, wenn man in ihren Bannkreis gerät, ist man erledigt. Sie bestellt bei mir umständlich eine Portion Schweinebraten mit Kraut und Klößen und verhaspelt sich, als sie mir zu erklären versucht, dass sie Kartoffelklöße und keine Semmelknödel dazu will. Als sie merkt, wie eingeschüchtert ich bin, muss sie lächeln, was sie sonst kaum tut. Dabei blitzt das Weiß ihrer schwarzen Augen, die riesig sind, und ihrer perfekten Zähne auf. Schon vorhin, als ich noch nicht wusste, dass Sanja die Freundin des Marokkaners ist, habe ich den Fehler gemacht, sie fasziniert anzustarren.

Er hat es gesehen, und seither bin ich bei ihm unten durch. Die beiden passen zusammen, er mit seinen prachtvollen Schultern und den engen Hosen aus dünnem, schwarzem Stoff, durch die sich seine Lenden und sein großer Schwanz abzeichnen, und sie mit ihrer irren Figur – zwei paarungsbereite, wilde Tiere, größer als der gesamte Rest hier. Einziger Makel – Sanja hat offenbar ein Drogenproblem. Die Mädchen haben vorhin darüber gelästert, dass sie auf der Bühne eingepennt sei, weil sie so stoned war. Jetzt merkt man nichts mehr davon. Ich bin immer noch eingelullt von ihrem Lächeln und ihrem Charme und kann es gar nicht fassen, dass sie es ist, die mich anlächelt – als es zwei Mal gegen meine Schulter klopft: Es ist der Schlagstock. Ich fahre erschrocken herum. Vor mir hat sich Franky, der Marokkaner, aufgebaut, eine undurchsichtige, finstere Maske, die Haut grau vor Enttäuschung, die Augen zwei Schlitze, starrt er mich an.

»Worauf wartest du?«, sagt er heiser. »Was ist los mit dir? Ich dachte, du bist zum Arbeiten hier?« Und dann verächtlich: »Mach, dass du Land gewinnst.«

Er schiebt mich beiseite und baut sich vor Sanja auf. Er redet wütend auf sie ein, während ich langsam den Ausgang anpeile.

Ich überquere die breiten Straßen und hole an den verschiedenen Stationen das Essen. Vor dem chinesischen Imbiss gegenüber vom Kino warte ich und versuche mich zu beruhigen. Der Verkehr ist nahezu versiegt. Windböen treiben Blätter auf die verlassene Kreuzung. Es riecht nach dem nahen Park und den Ausdünstungen der Penner, die auf ihren Parkbänken schlafen.

Ich bringe den Mädchen das Essen und gehe in meine Ecke, um zu lesen.

Die Show ist nun eine traurige Veranstaltung geworden. Alle Kabinentüren stehen offen.

Niemand kommt mehr. Ich putze den letzten Dreck

weg. Jemand lüftet, und der Durchzug sorgt dafür, dass die festgeklebten Tempos auf dem Boden flattern.

Irgendwann kommt es zu einer hässlichen Szene. Ich habe gar nicht mitbekommen, was genau der Auslöser war. Jedenfalls laufen die Mädchen nach draußen und ich hinterher, gerade noch rechtzeitig, um zu sehen, wie Franky Sanja seine Faust mitten ins Gesicht schlägt und sie zu Boden geht. Der Bastard lässt sie liegen und inspiziert die Beulen im Lack seines schwarzen Mercedes, die sie mit seinem Knüppel hineingeschlagen hat. Er weint fast, dass sie sein schönes Auto so kaputtgemacht hat. Sie rafft sich auf und hinkt hinein. Niemand hilft ihr. Die anderen Mädchen starren ihr nach wie in einem Fassbinderfilm. Keine hat Mitleid mit ihr. »Das schöne Auto!« – »Sie hat es nicht anders verdient«, lauten die Kommentare. »Die kommt nicht wieder«, sagt Asita, als Sanja mit ihrer großen Tasche die Show verlässt. »Scheiß Heroin-Junkie«, heißt es noch.

Franky würdigt mich keines Blickes. Er hockt nur da und starrt finster vor sich hin. Wird er nun seine Wut an mir, dem schwächeren Männchen, auslassen?

Ich mache besser einen Kontrollgang durch die Kabinen, um meinen guten Willen zu zeigen. Es heißt, dass Franky sich wegen des Heroins von Sanja trennen will, obwohl sie seine große Liebe ist. Wenn er seine große Liebe schon mit der Faust ins Gesicht schlägt, was macht er dann mit den anderen?

Um halb eins ist die Schicht zu Ende, und ich hole mir mein Geld. Er wirft es mir hin.

Seine Haut ist aschfahl, die Augen sind erloschen wie die eines Gorillas im Zoo.

Ich überquere die breite Kreuzung und gehe Richtung Gedächtniskirche.

Als ich den Breitscheidplatz erreiche, glaube ich einen Moment meinen Vater zu sehen. Er geht breitbeinig, mit dem typischen, auf den Fußballen abrollenden Gang, die Arme breit vom Körper gehalten. Er nähert sich einer Gruppe von Skinheads und ruft ihnen etwas zu. Der Anführer, ein Hüne, erhebt sich.

Es gibt einen Wortwechsel. Ich glaube, die vom Alkohol gedehnte, höhnische Stimme meines Vaters zu hören: »Komm, bleib schön friedlich, Junge, dann passiert dir nichts.« Das sind Worte, die mein Vater benutzt. Sie klingen mir genau im Ohr.

Der Hüne dreht sich fragend nach seinen Leuten um und grinst dümmlich. Dann macht er zwei Schritte auf meinen Vater zu, der abwartend vor ihm steht, die Arme gesenkt, die Hände zu Fäusten geballt. Der Hüne ist weit mehr als einen Kopf größer als er.

»Ja, ja, Junge«, höre ich ihn jetzt mit ätzendem Hohn in der Stimme, »ich weiß ja, du bist viel größer als ich. Nun komm, nun setz dich wieder hin«, mein Vater nimmt den Hünen am Arm wie einen kleinen Jungen.

Der Hüne zaudert einen Moment. Er runzelt die Stirn. Dann stößt er den Kopf nach vorn. Man hört es bis hierher knacken. Mein Vater sinkt zu Boden. Der Hüne bleibt über ihm stehen. Ich habe zu viel Angst, um meinem Vater zu helfen. Ich weiß nicht, was ich tun soll, wenn der Hüne zutritt. Aber er tut es schließlich dann doch nicht. Er dreht sich um und geht mit den gemächlichen Schritten des Siegers zu den Stufen der Gedächtniskirche zurück und setzt sich wieder hin.

Ich gehe wie in Trance die dreißig oder vierzig Meter über den großen, leeren Platz.

Mir zittern die Knie vor Angst. Ich komme näher und merke mit großer Erleichterung, dass dieser Mann da am

Boden, der benommen in seinem Gesicht herumtastet, das voller Blut ist, nicht mein Vater ist. Der Mann blickt kurz zu mir her, macht sich dann wieder an die Untersuchung seines blutigen Gesichts.

Ich gehe langsam zurück. Gott sei Dank. Ein riesiger Stein fällt mir vom Herzen.

Jetzt kommt die U-Bahn angerast. Der Zug bremst abrupt, ich springe hinein, die Türen schnappen sofort wieder zu. Ich bin allein in dem leeren Abteil. Der Zug nimmt gewaltig an Fahrt auf und rast dann mit wahnwitziger Geschwindigkeit durch die alten, verlassenen Stationen im Osten der Stadt.

Der Waggon schlingert und quietscht, und ich lasse mich auf der langen Sitzbank von einem Ende zum anderen schleudern. Ich reiße die Türen auf und brülle »Heil Hitler!!« in die Dunkelheit, wo die NVA herumhuscht, mit ihren alten, stinkenden Schäferhunden.

Ich lasse mich auf den schmutzigen, mit Kippen, Bierlachen und Unrat übersäten Boden fallen und drücke meine Stiefel gegen die Türen und brülle »Heil Hitler!«, bis Taschenlampen an den Wänden flackern, bis ich sie sehe, in ihrer Maulwurfsuniform, in ihrer ewigen Verdammnis.

Ich inhaliere diesen abgestandenen, ätherischen Duft, diesen Angstschweiß, den die Stadt absondert. Ich brülle, ich provoziere die Typen: »Trinkt die Pisse von Honecker!«, schreie ich. »Trinkt die Altmännerpisse!«

Die U-Bahn irrt und schlingert immer noch weiter. Bald müssen der irre Fahrer und ich die russische Steppe erreicht haben.

Es kann nicht mehr weit sein. Ich habe jedes Zeitgefühl verloren. Jeder Aufschrei befreit mich. Völlig verwirrt liege ich am Boden des Abteils zwischen dem Abfall, dem Sausen, dem Quietschen, dem polternden Echo der dunklen Wände und lasse mich abtransportieren dahin, wo meine Geschichte aufhört. Nie wieder will ich aufstehen und in der Gegenwart ankommen. Ich hasse das!

Und mein Fahrer vorn in der Kanzel fragt sich, warum die Kohlsuppe immer nach Krieg riecht, wenn er abends nach Hause kommt. Und warum er immer diesen Klammergriff spürt, im Nacken und an seinen Eiern. Und warum er immer das Gefühl hat, dass hier nichts mehr zu holen ist, dass er nicht mehr anhalten sollte im Westen, sondern einfach durchrasen – bis nach Stalingrad.

Vor den Kabinen herrscht Andrang. Ich zwänge mich mit Eimer und Wischer zwischen den Freiern hindurch und putze im Akkord.

Nina ist wieder da. Ihre Fotos hängen in der Auslage. Immer, wenn »Private Dancer« läuft, weiß ich, dass sie tanzt. Asita tanzt zu »One Night in Bangkok«. Sanja zu »Upside Down«. Sunny zu »Staying Alive«. In den Kabinen ist es heiß von der Körperhitze der Typen.

Jedes Mal, wenn eine Tür aufgeht, dampft mir die verbrauchte Luft ins Gesicht. Ich gehe hinein und halte den Atem an, bis ich zu Ende geputzt habe. Dann zwänge ich mich in die nächste Kabine. Überall läuft und tropft es hinunter, fließt und tropft es auf den Boden.

Der Boden hat Noppen, man kriegt das Zeug nie ganz raus. Deshalb verbreitet sich hier dieser süßliche Gestank. Wenn ich einmal durchgeputzt habe, geht die ganze Scheiße wieder von vorn los, und ich verliere die Geduld. Ich rase mit dem Wischer über die Spermagülle, reiße die vollgewichsten, am Boden klebenden Taschentücher ab, schnaufe, fluche dabei, ich bin kurz davor, in die Ecke zu kotzen, der Schweiß läuft mir in Bächen hinunter. Ich fluche, ich rotze gegen das Sperma, ich motze.

Asita drückt ihre Fotze gegen die Scheiben – der hochkonzentrierte Ausdruck der wichsenden Freier dahinter, das Stöhnen, wenn ihnen das Hirn explodiert, die getönten Brillen, die hochgeschlagenen Mantelkrägen, ein gigantisches Karussell der Gier überall auf diesem Planeten, dem niemand entkommen kann und das hier seinen adäquaten Ausdruck findet. Ich will die Wichser überholen, noch schneller putzen – aber die Lektion des Tages lautet: Die Wichser sind immer schneller als du. Sie sind vorne immer schon fertig, bevor du hinten zu Ende geputzt hast. Fuck!

Nina ist schon ein paar Mal vorbeigekommen, um sich vorne beim Kassierer Wechselgeld für die Supersolo zu holen. Ich habe das Gefühl, sie mischt sich nicht gerne unter die Freier. Sie geht geduckt, mit kleinen, hastigen Schritten, das durchsichtige Negligé über die Schultern gezogen.

Der Kopf mit der ärgerlich gerunzelten Stirn ist gesenkt, ärgerlich, weil sie warten muss, bis ein Freier seine Chips bekommen hat, gesenkt, weil sie keinen Kontakt aufnehmen will. Als sie mich sieht, nickt sie mir förmlich zu. Der ganze Trubel scheint ihr ziemlich auf die Nerven zu gehen. Vielleicht hat sie keine Lust mehr zu rackern.

Später, als es ruhig wird und ich den Mädchen das Essen gebracht habe, kommt sie mich hinten in meiner Ecke, wo ich stehe und zu lesen versuche, besuchen und fängt an, mich mit einem gewissen Übereifer über mein Leben auszufragen. Sie kann nicht verstehen, warum ausgerechnet ich hier arbeite und nicht studiere. Normalerweise seien hier Jungs aus der Unterschicht oder alte Rentner. Man verdiene sehr wenig.

Ich zucke die Achseln. Ich habe keine rechte Antwort

parat. Ich versuche ihr zu erklären, dass ich ein echter Dichter bin, der seine Sprache verloren hat. Das interessiert sie, das hätte sie sich schon gedacht. Ich versuche ihr klarzumachen, dass dieser Ort hier der richtige für mich ist, um das Leben kennenzulernen. Sie nickt zwar immer wieder, aber so ganz frisst sie es nicht. Sie denkt offenbar, es muss mehr dahinterstecken, und versucht es herauszufinden, indem sie mich löchert. Ich bekomme den Eindruck, dass sie meine Antworten nie ganz zufriedenstellen. Sie fragt immer, wie ich das genau meine – und bohrt weiter, nachdem ich versucht habe, es ihr zu erklären. Dabei runzelt sie permanent die Stirn, als müsste sie sich durchbeißen durch eine schwierige Aufgabe (die es ja auch ist und sein sollte, mich zu begreifen).

Am Ende hat sie ein nahezu vollständiges Mosaik meines Lebens, in dem nichts zusammenpasst. Sie sitzt vor diesem grässlich ungeordneten Puzzle mit den vielen Lücken und verkehrt ineinandergefügten Puzzleteilen, das ich ihr gelegt habe.

Eine sehr unbefriedigende Angelegenheit.

Sie grübelt. Es ist detektivische Schwerstarbeit. Immerhin geht es darum, ein schwerwiegendes Problem zu knacken – mich.

Ich betrachte sie in ihrer Ratlosigkeit. Sie wird nicht aufgeben. Sie hat sich in das Rätsel, das ich für sie darstelle, bereits zu weit verbissen.

Ich muss lächeln. Sie sieht es und fragt mich, ob ich mich über sie lustig mache.

Ich frage sie, ob sie Lust hat, mit mir draußen eine Zigarette zu rauchen. Ich erzähle ihr von meinem Freiheitsbegriff und dass es unwichtig ist, wo ich herkomme. Schließlich glaube ich nicht daran, dass das Sein das Bewusstsein bestimmt. Ich frage sie, ob sie Lust hat, mit mir ins Kino zu gehen. Wir gucken zu dem riesigen gemalten Plakat, das über dem Eingang hängt. Sie ist die Art Mädchen, die einem nicht auf den ersten Blick gefallen. Aber ich spüre, dass irgendetwas zwischen uns in der Luft liegt.

Sie beeilt sich, mir zu sagen, dass sie Lust hat, mit mir ins Kino zu gehen, und als unser Gespräch dann wieder ins Stocken gerät, beeilt sie sich wiederum, mir zu sagen, dass sie nun wieder hineingehen muss.

Ich bleibe noch einen Moment draußen und genieße den Augenblick.

Über sich hat sie die Auskunft verweigert. Herausgequetscht habe ich lediglich ein paar Fakten, die ihr allesamt unangenehm zu sein schienen: dass sie aus Wuppertal stamme und Tochter eines Klempners sei. Dass sie eigentlich Roswitha heiße, aber nicht so genannt werden wolle, sondern bei ihrem Künstlernamen: Nina.

Und dass sie mit »einem Freund« zusammenwohne, der Peter heiße und Cellist sei.

»Über mich gibt es nicht viel zu erzählen«, hat sie gesagt.

Um halb zwölf wartet ein junger Mann, der ziemlich unscheinbar wirkt, ruhig in der Nähe des Ausgangs. Sein Haar ist bereits etwas schütter, der Gesichtsausdruck nachdenklich und in sich gekehrt. Wenige Minuten später kommt Nina ungeschminkt und ganz in Zivil von hinten nach vorn. Ich muss zweimal hinsehen, um sie zu erkennen, so unscheinbar sieht sie auf einmal in Straßenklamotten aus. Die beiden begrüßen sich mit einem Küsschen und gehen hinaus. Da sie mich nicht gesehen hat, folge ich ihnen auf die Straße. Sie gehen zusammen weg wie ein altes Ehepaar, das sich seit fünfzig Jahren kennt.

Ich mache meinen letzten Rundgang, bevor die Schicht zu Ende ist.

Die Tür zur Supersolo steht einen Spaltbreit offen. Ich sehe Asita auf der kleinen Bühne auf allen vieren, mir zugewandt. Hinter ihr ein dicker, türkischer Gorilla mit dichtem, öligem, schwarzem Haarbewuchs am ganzen Körper.

»Ja, fick die Fotze. Fick die geile Fotze!! Tiefer! Tiefer! Fick mein geiles Loch!«, schreit Asita und sieht mich dabei feixend an. Ich kehre mit Kehrichtschaufel und Handbesen den Müll zusammen.

Die beiden wechseln die Stellung. Der Gorilla stemmt Asita hoch und wirft sie sich über die Schulter. Sein finsterer, klobiger Schädel mit den dichten Augenbrauen befindet sich jetzt zwischen ihren Beinen. Er fängt an, sie zu lecken. Sie stützt sich mit den Händen an den dicken, behaarten Beinen ab. Sie spuckt volle Ladungen Speichel auf seinen kurzen, dicken Schwanz.

»Leck mich, du geile Ficksau«, spornt sie ihn an. »Spritz mir ins Gesicht!«

Der Gorilla lässt sich nicht aus der Ruhe bringen. Er grunzt und schmatzt, seine Augenlider gehen auf halbmast …

Ich bringe den Müll weg. Die Show ist wie leergefegt. Lucky, der harmlose Kassierer mit den Schäfchenlöckchen, sitzt vorn an der Kasse und nuschelt seine Ansagen ins Leere: »Hereinspaziert, hereinspaziert, meine Herren, es tanzen für Sie heute Abend Asita, Barbie und Sunny. Fünf Minuten für nur fünf Mark in der Solokabine allein mit dem Mädchen Ihrer Wahl. Hereinspaziert, hereinspaziert …«

Umsonst. Es kommt niemand mehr. Lucky schaltet die rosa Glühbirnengirlanden am Eingang aus. Ich lasse mir mein Geld geben und trete erneut in die kühle Nachtluft hinaus. Ich setze mich an den Rand des Rinnsteins und rauche andächtig eine Zigarette. Dieser Augenblick ist herrlich für mich.

Ich hole mein Büchlein mit Gedichten heraus und schlage Robert Frosts berühmtes Gedicht »Stopping by Woods on a Snowy Evening« auf.

Whose woods these are I think I know
His house is in the village, though;
He will not see me stopping here
To watch his woods fill up with snow.

My little horse must think it queer
To stop without a farmhouse near
Between the woods and frozen lake
The darkest evening of the year.

He gives his harness bells a shake
To ask if there is some mistake.
The only other sound's the sweep
Of easy wind and downy flake.

The woods are lovely, dark and deep
But I have promises to keep
And miles to go before I sleep,
And miles to go before I sleep.

Flüsternd, mit gebrochener Stimme, wobei mir immer wieder die Tränen kommen, lese ich es und bekomme Gänsehaut dabei. Am Ende, bei »miles to go …« kann ich mich der kathartischen Wirkung nicht länger entziehen. Ich schluchze, es folgen bittere Tränen, und ich bin zittrig, in einem hypnotischen Zustand.

Ich stehe auf und gehe einfach, stolpere fassungslos hinaus in die Nacht, von einem ungläubigen Staunen ergriffen, dass es möglich ist, solche Zeilen zu schreiben.

Die Gänge zum Sozialamt sind mittlerweile Routine geworden. Der Beamte blickt nicht mal mehr auf. Ich berichte ihm von den entsetzlichen Zuständen im Umfeld meiner Wohnung (Hausmeister scheißt in den Hinterhof, prügelt seine Frau, steht morgens betrunken vor meiner Tür und lallt mich voll usw.) und dass ich daher unter Angstzuständen und Schlafstörungen leiden würde. Und dass ich umziehen wolle.

Der Mann lächelt dünn über so viel Naivität. Er weiß genau, dass sich in jedem anderen Hinterhof hier im Wedding genau die gleiche Drecksau von einem Hausmeister befindet und ich diesem Problem nirgends entgehen kann, solange ich in Berlin bleibe.

Geh nach Westdeutschland zurück, wenn du nicht hart genug für diese Stadt bist, mag er denken. Ein wenig Enttäuschung darüber schwingt in diesem dünnen Lächeln auch mit, dass ich offenbar nicht genug zu schätzen weiß, was dieses Amt für mich tut.

Er schlägt mir vor, doch das Viertel zu wechseln. Dann allerdings müsse ich auch auf ein anderes Amt gehen, um mir mein Geld zu holen. Dann werde ich schon sehen.

Was meint er damit? War das eine Drohung? Wenn ja, hat sie gesessen.

Sollte ich tatsächlich diesen riesigen Sprung ins Ungewisse wagen? Ich habe unter seiner Ägide bereits ein solches Sicherheitsdenken entwickelt, dass ich kaum noch von ihm loskomme. Was wird aus meinem selbstverständlich gewordenen Wohlleben, das er mir bisher immer garantiert hat, ohne je unangenehme Fragen zu stellen?

»Meinen Sie wirklich?«, stottere ich.

Er blättert gleichgültig in seinen Papieren, als wäre ich nicht mehr da, aber hinter dieser Gleichgültigkeit verbirgt sich eine tiefe, allgemeine Enttäuschung über die Undankbarkeit der Klientel, die hier neuerdings aufläuft, weil es schick ist, nach Berlin zu kommen. Irgendwelches Volk aus Westdeutschland, das nicht mal berlinert, Leute, die er nicht auf dem Schirm hat, weil er nie in Westdeutschland war.

Die kommen hier an und wollen einfach eine andere Wohnung, bloß weil ein Hausmeister in den Hinterhof kackt. Als wäre das nicht völlig normal. Was bilden sich diese Leute bloß ein?

Er will hier nur seine Arbeit machen und wäre froh, wenn ich endlich verschwunden wäre, damit er endlich einen Schluck aus seinem Flachmann nehmen kann, den er in der Schublade hat.

Aber auch ich kann mich nicht abbringen lassen von dem jedem Neuankömmling inhärenten Trieb, innerhalb der Stadt aufzusteigen, indem ich vom Wedding nach Schöneberg oder Kreuzberg ziehen will. Ich versuche ihm zu vermitteln, dass ich ein Kind meiner Zeit bin, versuche durch unterwürfige Gesten meine Dankbarkeit auszudrücken, aber es beeindruckt ihn nicht. Er hat mich längst abgeschrieben.

Er raschelt mit seinen Papieren, seine Geduld ist am Ende, sein Pegel ist runtergegangen, das ist es nicht wert, das kann man nicht von ihm verlangen, er kann sich nicht länger von mir aufhalten lassen. Er blickt auf, blickt mich an mit einem Blick, der aus den tiefsten Tiefen seiner Existenz zu kommen scheint und der gequält und vorwurfsvoll ist. Eine Grenze ist überschritten, ich bin zu weit gegangen, ich habe ihn aufgestört und genötigt, von seinen Papieren aufzublicken, anstatt mit dem vorliebzunehmen, was er mir bereitwillig gab. Ich habe ein Sakrileg begangen.

Gleichzeitig bemerke ich die ungeheure Verwundbarkeit und unendliche Traurigkeit im Blick dieses kleinen, preußischen Beamten, der in einem System dient, das ihm eine jahrhundertealte Immunität garantiert – und merke, in dieser Stadt hängt alles mit allem zusammen, alles ist miteinander verzahnt. Mache ich hier einen Fehler, dann taucht er dort in einem Aktenvermerk wieder auf.

Ich habe nicht geahnt, welche Konsequenzen dieser kleine Schritt haben kann. Vielleicht sollte ich doch für immer im Wedding bleiben. Und dem Beamten mitteilen, dass ich meine Entscheidung rückgängig mache.

Dafür ist es bereits zu spät. Er überreicht mir eine Art Überweisungsformular für das Bezirksamt Schöneberg, das ich brauche, um mich dort zu melden. Ich merke, wie mich eine ungeheure Tragik übermannt, die Beine schwer wie Blei werden, mir schwarz vor den Augen wird. Einsilbig, nahezu stumm, mit einem Kopfnicken, verabschiede ich mich, wie kurz vor der Exekution. Mit den finstersten Gedanken schleiche ich durch den Wedding zurück Richtung Wohnung, bleibe eine Weile unschlüssig dort stehen und denke: Was soll jetzt werden? Ich blicke an der hässlichen Fassade hinauf. Aus dem Hauseingang dringt mir der leicht schweflige Geruch von Kohlenrauch und Abfall entgegen. Mir wird klar, hier kann ich nicht bleiben. Ich kann mich nicht einmal mehr überwinden, hineinzugehen und meine Habe zu holen, so sehr ekelt mich die Vorstellung an, noch einmal dem Hausmeister zu begegnen.

Es ist nun ein halbes Jahr vergangen, dass ich in Westberlin bin. Zum ersten Mal denke ich daran, in den Landwehrkanal zu springen.

Es wird allmählich Herbst. Ich habe die neue Wohnung bekommen. Sie sieht exakt aus wie die alte, nur dass sie im ersten Stock liegt. Der neue Beamte in Schöneberg hat auch keine Fragen gestellt und mir anstandslos alle Gelder gegeben. Jahreszeitlich bedingte Bonuszahlungen kamen hinzu: Kohlengeld, Kleidergeld, was die Summe erhöhte.

Die Wohnung liegt in der Nähe vom Risiko, Luftlinie etwa ein Kilometer.

Ich decke mich ein mit Wodka, Raki und vielen Stangen Lexington vom Kiosk am Grenzübergang Friedrichstraße.

Beim Versuch, in alter Gewohnheit nachts aus dem Fenster zu pissen, falle ich fast hinunter.

Regelmäßig kommt Nina nach hinten in meine Leseecke am Ende des Gangs. Sie zieht den Kopf ein, die Schultern nach vorn, als würde sie durch strömenden Regen gehen. Dabei regnet es hier nichts weiter als Sperma. Sie hält ihr Negligé zusammen, damit die Freier nichts von ihrer Figur sehen.

Sie fragt mich aus nach meiner Lektüre. Einmal erlaube ich mir einen kleinen Scherz mit ihr. Ich lese gerade Célines »L'École des cadavres«, und sie fragt mich belustigt: »Was ist das, Cadavre?« Ich erkläre ihr, dass das Buch ein Erfahrungsbericht von einem Mädchen namens Céline ist, die noch in die Schule geht, sich aber fragt, was das Ganze überhaupt soll, wenn sie doch eines Tages ein Kadaver sein wird.

In Wirklichkeit ist die »L'École« ein Hetzpamphlet gegen die Juden, das der alte, verbitterte und von Sartre (den er wegen seiner Hässlichkeit tartre, Kröte nannte) angekotzte Céline in seiner gesellschaftlichen Isolation nur deshalb geschrieben hat, weil er, der Frontkämpfer, diese Salonkommunisten, die mittlerweile in Frankreich herrschten und die öffentliche Meinung bestimmten, mit ihrer ganzen Heuchelei aus tiefster Seele hasste und verachtete – und weil ihm die Haut seines Arschs wegen einer blöden Krankheit in Fetzen hing und an sämtlichen

Klobrillen Frankreichs kleben blieb, aber vor allem, weil er die Menschheit hasste, von der er so schrecklich enttäuscht war, weil sie seine großen Werke so schnell vergessen hatte.

Ich beschränke mich darauf, ihr zu erklären, dass dieses Buch ein Klassiker des Bad Taste ist und zum Kanon der dekadenten Literatur des 20. Jahrhunderts gehört, wie »Junkie« oder »Naked Lunch« oder »Querelle de Brest« oder auch »Die Haut«.

Sie sieht mich mit großen Augen an. Dann lacht sie und meint vergnügt: »Ich lese lieber die Bunte.«

Ich bekomme sofort einen Ständer. Sie merkt es und wird koketter.

»Was ist denn das beste Buch, das du kennst?«, fragt sie mich lasziv.

»Die 120 Tage von Sodom«, kommt es wie aus der Pistole geschossen.

Sie kichert. Davon hat sie gehört.

Ich beschließe, mir ihre Show näher anzugucken. Ich trinke den Jim Beam, den sie mitgebracht hat, in großen Schlucken hinunter, damit sie schneller verschwindet und ich endlich in die Kabine gehen kann, um sie abzuspannern. Sobald sie aufgerufen wird, gehe ich in eine Kabine und werfe einen Chip ein. Die Scheibe ist von ihrer Seite verblendet. Sie kann mich nicht sehen. Sobald sie den Drehteller der Show betritt, geht eine phänomenale Veränderung mit ihr vor, wie bei einer Schauspielerin, wenn sie die Bühne betritt.

Sie verwandelt sich in eine laszive Vollblutnutte, die splitternackt an ihrer Perlenkette nuckelt und dabei ihren Hintern und ihre Brüste sanft hin und her schaukeln lässt. Sie kichert voller Befriedigung darüber, dass sechs

Typen in engen Kabinen um sie herumstehen und sich im Schweiße ihres Angesichts einen auf sie abwichsen.

Ich begreife nun, warum zwischen sieben und neun ständig das Besetzt-Lämpchen über ihren Fotos blinkt.

Zum Teufel mit meinem armseligen Intellektualismus. Zum Teufel mit den Schwarten, die ich ihr zu erklären versuche. Ich bin steif wie ein Stock – und muss selber hobeln, wenn der Stock steif wird. Ich hätte nicht mal das Geld, mir einen von ihr abwichsen zu lassen. Gesellschaftlich stehe ich mindestens zwei Ränge unter ihr. Sie könnte eine Geldheirat machen. Das Zeug hätte sie dazu. Oder zumindest Messehostess werden.

Diesen Beruf hatte sie bereits in Erwägung gezogen. Dann wäre sie in noch anderen Sphären, bei den Geldsäcken auf der Millionärsmesse in Düsseldorf, und hätte sehr schnell vergessen, dass ich hier unten möglicherweise auf sie warte.

Ich bin ein Möchtegernpoet, der sich für etwas Besseres hält. Einmal durchschaut, kann sie mich ganz schnell abservieren. Sie hat ganz andere Möglichkeiten.

Ziemlich deprimiert verlasse ich die Kabine. Ich putze ein wenig, um mich abzulenken, aber sie kommt nicht mehr.

Irgendwann gegen halb eins wartet wieder der unscheinbare, freundliche Junge mit dem lichten Haar auf sie.

Sie stellt ihn mir vor. »Das ist Peter«, sagt sie.

Dann gehen die beiden einträchtig weg. Ich staune.

Tage später …

Wir sind im Risiko! Hocken dort an der Bar, Nina und ich. Ein Uhr nachts. Nichts los.

Blixa ist nicht da. An der Wand kündet ein Spruch von der wahren Auffassung des Wirts über die gleichgeschlechtliche Liebe: »Gott ist nicht im Arsch der Schwulen.«

Bis vor einer halben Stunde haben wir draußen gesessen, auf den schmalen Stufen vor dem Eingang. Sie trägt einen engen, schwarzen Lederrock, in dem sie nicht gut laufen kann. Deshalb setzen wir uns an die Bar und trinken Tequila. Ab und zu ziehen wir eine Line Speed.

Sie ist wieder sehr neugierig, saugt sich mit ihrer Neugier förmlich an mir fest.

Ich will sie abschütteln, diese Neugier, versuche es ein paarmal mit blasierten Bemerkungen, aber es gelingt mir nicht. Zu ernsthaft ist ihr Bemühen, zu verstehen, warum ich kein Abitur machen wollte, was da genau schiefgelaufen ist. Ich merke, es will in ihren Kopf nicht rein, weil ich aus einer Akademikerfamilie stamme und sie davon offenbar eine sehr idealisierte Vorstellung hat. Wuppertal! Klempner! Mittelschule!

Sie tippt sich mit der Hand an die Stirn. Sie meint, ich

habe einen Vogel. Sie hat ein eingefleischtes Obrigkeitsdenken, was ich prekär finde angesichts der Aussicht, dass ich später noch einen hochbekommen soll.

»Dichter«, versuche ich ihr zu erklären, »müssen nicht gebildet sein, nicht einmal intelligent. Sie müssen nicht einmal gute Beobachter sein, wie man gemeinhin glaubt.« Ich mache eine rhetorische Pause. »Sie benötigen das alles nicht, denn sie haben ein viel tieferes Wissen von der Welt als der Rest der Menschheit.«

Sie sieht mich ob meines Größenwahns, den ich hier absichtlich deutlich zum Ausdruck bringe, mit großen Kulleraugen an. Sie weiß nicht, dass ich seit Wochen an einem einzigen Satz herumbastle.

Vorhin waren ihre Augen klein und verschlafen. Jetzt hat sie richtige Gucker, mit großen Pupillen und einer gewissen melancholischen Tiefe. Das Speed macht sie auf jeden Fall attraktiver.

»Komm, wir ziehen uns noch eine«, schlage ich vor, in der Hoffnung, dass sie noch attraktiver wird.

Hinten im Drogenraum kommt das Gespräch auf den Tod.

»Ich habe mich dem Tod schon immer näher gefühlt als dem Leben«, sage ich programmatisch.

»Stimmt das denn?«, fragt sie. »Oder sagst du das nur so?«

Ich fühle mich ein wenig entlarvt. Vielleicht merkt sie allmählich, dass ich mich nur wichtigmachen will. Ich versuche, von meinem hohen Ross etwas herunterzukommen.

»Sagen wir mal so«, sage ich, »jedenfalls handeln meine Gedichte davon.«

Sie fragt mich, ob ich eines zitieren könne. Ich zitiere drei Strophen eines Gedichts von George, das sie bestimmt nicht kennt. Sie ist beeindruckt. Es gefällt ihr wirklich. Sie sieht mich bewundernd an.

»Das hast du tatsächlich geschrieben?«, fragt sie.

»Wieso nicht?«, frage ich trocken zurück und kann mir ein Schmunzeln dabei nicht verkneifen.

Ich versuche das Gespräch auf ein anderes Thema zu lenken.

»Da du über dich ja nicht reden willst, kannst du mir wenigstens sagen, wo du sonst noch gerne hingehst?«

Sie sagt tatsächlich, dass sie gerne in den Dschungel geht. Die Antwort ruft bei mir erstaunlicherweise sofort heftige Ressentiments gegen sie hervor. Der Dschungel ist ein elitärer Club, wo sich die Jeunesse dorée dieser Stadt trifft, und wenn sie denkt, dass sie da etwas zu suchen hat, dann grenzt das ganz schön an Selbstüberschätzung.

Hinzu kommt, dass ich Schwellenangst habe, was den Dschungel betrifft. Außerdem tanze ich äußerst ungern. Hoffentlich fragt sie mich nicht danach.

»Was machst du denn da, im Dschungel?«, frage ich missmutig.

»Ich geh tanzen«, antwortet sie leicht geziert.

O Gott.

»Du gehst wohl nicht so gern in den Dschungel?«

»Tough guys don't dance«, antworte ich dumpf und erschrecke über die Plumpheit meiner Antwort. Ich senke den Kopf. Schweigen. Schlechte Laune.

»Komm, wir gehen nach vorn und trinken noch ein paar Tequila«, schlägt sie vor.

Nach ein paar weiteren Tequilas ist die Situation wieder im Lot.

Mit Peter, sagt Nina, sei sie nicht mehr zusammen. Es sei auch schon lange nichts mehr gelaufen. »Aber wir wohnen noch zusammen.«

Warum bleibst du nicht bei ihm?, denke ich bei mir, ihr passt so gut zusammen. Ich habe euch gesehen, wie ihr zur U-Bahn gegangen seid. Mit diesem Typen könntest du wirklich alt werden. Du bist im Begriff, einen großen Fehler zu machen.

Schicksalhafte Gedanken, aber ich spreche sie nicht laut aus.

Wir gehen in die Ruine und trinken einen Absacker. Die Ruine hat oben ein riesiges Loch in der Decke, das durch vier Stockwerke geht. Von oben regnet es rein. Die Typen, die meisten von ihnen Rockerjunkies und Biker, stehen mit Maßkrügen an Biertischen herum, auf denen sich die Kurzen türmen, die sie bereits getrunken haben, und blicken stoisch vor sich hin. Im Grunde das gleiche Bild wie im Risiko vorher, nur brutaler, gefährlicher. Manchmal hauen sie einem, wenn man zu nah kommt, den Maßkrug einfach in die Fresse und lassen ihn dann am Boden liegen. Man muss aufpassen hier.

Sie amüsiert sich, dass ich sie hierhin und dahin geführt habe, und gibt mir ein gutgelauntes Küsschen.

Als wir draußen sind, wird sie nachdenklich. Irgendwann sagt sie mir ziemlich unvermittelt, dass sie sich sehr von mir angezogen fühlen würde.

»Was denkst du«, fragt sie mich, »ist das schlimm, dass ich dir das sage?«

Ich schüttle den Kopf.

»Wie dem auch sei«, sage ich, um den Ernst der Lage zu überspielen, »wenn dem so ist, dann ist dem so. Mach dir nicht so viele Gedanken darüber.«

Sie boxt mich gegen den Arm. Sie ist jetzt gekränkt.

Ich versuche, meinen Arm um sie zu legen, was sie widerspenstig geschehen lässt.

Wir sind bei mir in der Wohnung. Es ist dunkel. Sie steht am Bett, mit dem Rücken zu mir. Sie hat den schwarzen Lederrock runtergezogen und ihren Slip.

Sie flüstert: »Nimm mich von hinten.«

Ich versuche es. Es ist alles total glitschig bei ihr da unten.

»Entschuldige«, flüstert sie, »ich bin so erregt, ich habe mir das schon die ganze Zeit gewünscht.«

Mir wird schlecht. Mein Schwanz ist nicht richtig steif. Ich gehe wieder hinein in den Glibber. Sie hält sich an dem Bettpfosten fest, sie sagt: »O Gott, o Gott, das ist mir ganz peinlich, dass ich so nass da unten bin.«

Ich laufe zum Fenster und kotze den ganzen Tequila in Reinform wieder hinaus. Ich spüle den Mund aus und lege mich hin und keuche.

Sie legt sich zu mir und nimmt meinen feuchten Kopf in ihre Hände. Sie fragt mich, ob es mir besser geht. Ich nicke. Sie liegt auf der Seite und stützt sich mit dem Ellbogen auf dem Bett ab. Ich betrachte den schönen, zarten Körper. Ich bin erstaunt, wie schön sie ist, wenn sie nackt ist. Die weichen Brüste sind weiß und birnenförmig und wölben sich unten nach vorn. Die Brustwarzen stehen etwas nach außen. Ihre Taille ist ganz schmal. Darüber wölbt sich ein winziges Bäuchlein. Der Bauchnabel geht tief hinein. Dann wird der Körper etwas breiter und ausladender an den Hüften. In seiner Ruhe strahlt dieser Teil etwas Mächtiges aus. Die Bikinizone ist hell, wie ein Slip aus weißer Haut über dem leicht gebräunten Körper. Die Beine wirken länger, wenn sie liegen und die Muskeln entspannt sind. Es ist ganz still im Raum. Sie betrachtet mich reglos unter ihren verschatteten Lidern. Der Mund kommt groß heraus.

Alles an ihr ist jetzt entspannt und leicht geöffnet. Sie betrachtet mich, und ich betrachte sie.

»Sie sind aufregend, diese Bikinistreifen«, flüstere ich.

Sie lächelt und fängt an, mir über den Kopf zu streichen, langsam und eindringlich und immer wieder, fast unsanft. Ihre Berührung ist intensiv wie ihr Blick.

Ich merke, wie sich bei mir etwas regt. Sie berührt mich, und ich fange an, sie zu berühren.

Irgendwann frage ich sie, ob ich mich auf sie legen darf.

Ich liege wie ein Kind auf ihr. Ich bewege mich ganz langsam und zögerlich in ihr, und es kostet mich eine enorme Anstrengung und Konzentration, bis ich endlich komme.

Ich habe das Gefühl, es hat Stunden gedauert. Sie reagiert auf jede winzige Regung, nichts entgeht ihr, ich quäle mich und ich quäle sie. Immer wieder wirft sie ihren Kopf auf dem Kissen hin und her, dann sind wir wieder absolut still und horchen in uns hinein, was als Nächstes passiert. Der Vorgang ist stumm und unglaublich intensiv.

Sie hält meinen Hinterkopf, der pitschnass an ihren Hals sinkt, und als ich ihn irgendwann erhebe, um sie anzusehen, sehe ich ein Glitzern in ihren Augen und ein sanftes, verzücktes Lächeln.

Ich falle in einen leichten Schlaf. Beine und Arme sind von mir gestreckt, ich bin entspannt wie sonst nie. Als uns kalt wird, kuscheln wir uns nah aneinander, beginnen erneut, uns zu küssen, und es geht wieder von vorn los.

Diesmal geht es besser. In einer intensiven, innigen Umarmung nehmen wir uns.

Ich bleibe auf ihr liegen und schlafe ein.

Mein Vater hat mir Folgendes mitgegeben, was den Beischlaf mit Frauen angeht:

Vater: »Am Ende zählt nur die Missionarsstellung, Junge. Und glaub mir, ich weiß, wovon ich rede. Weil am Ende nur zählt, wer die Kontrolle hat. Und die Kontrolle hast du nur, wenn du oben liegst. Nicht mal von hinten hast du die totale Kontrolle. Selbst da können sie dir auskommen und ihre Faxen machen. Nur von oben kannst du sie wirklich festnageln. Denk immer daran, was dir dein Vater gesagt hat. Was hat dir dein Vater gesagt?«

Sohn: »Dass am Ende nur die Missionarsstellung zählt.«

Vater: »Sehr richtig, mein Junge. Du bist allerdings von hinten gezeugt worden. Aber das tut der Sache überhaupt keinen Abbruch. Ich beurteile die Menschen schließlich nicht danach, in welcher Position sie gezeugt wurden. Wie sollte ich auch? Ich weiß es ja gar nicht. In dieser Hinsicht bin ich gezwungenermaßen Demokrat.«

Am nächsten Tag geht Nina mit mir ins KaDeWe. Sie hat gestern viel verdient und möchte ein bisschen Geld ausgeben. Sie ist beschwingt und gut gelaunt. Meine Stimmung dagegen ist trübe. Ich komme nicht damit klar, dass die Nacht mit ihr so gut war. Ich, der ich geistig so überlegen bin und den sie so angebetet hat, kann mir doch unmöglich eingestehen, dass ich mich etwa getäuscht haben könnte, dass sie unter meiner Würde und mir vollkommen gleichgültig ist. Es verbittert mich, und gleichzeitig fühle ich mich mutlos, weil sie mir offenbar etwas bedeutet – und zwar aufgrund von Sex, was ja eigentlich in ihrem Leben nicht viel mehr als eine normale Dienstleistung ist.

Es kann nicht sein, dass sie von nun an in der Lage ist, meine Eifersucht zu provozieren, oder dass ich eventuell gezwungen bin, ständig an sie zu denken, während ich in meinem Loch sitze und mich dadurch von meiner wichtigen Arbeit, dem Schreiben!!, abhalten lasse, wegen dieser banalen Nacht! Es kann nicht sein, dass sie gut gelaunt ist, während ich immer schlechter draufkomme. Mit welcher Selbstverständlichkeit sie sich hier bewegt, als würde sie jeden Tag hier einkaufen in dieser Luxuswelt. Sie will sich unbedingt Slips und »Lingerie« für mich kaufen. Sie kichert dabei, weil sie sich schon so freut, sie mir zeigen zu können. Ich ziehe ein langes Gesicht.

»Ich muss heute noch schreiben«, sage ich vorwurfsvoll. Sie merkt noch immer nicht, wie schlecht gelaunt ich bin. Ich muss langsam schwerere Geschütze auffahren.

Sie kauft die Unterwäsche, lässt sich stundenlang bedienen, lässt mich warten, lässt sich das Zeug stundenlang einpacken, erst in rosa Seidenpapier, dann in eine Pappschachtel mit Blumenaufdruck. Dann wird das Ganze noch mal verpackt und mit einem Schleifchen versehen. Sie kichert wieder, so gut gefällt es ihr. Denkt sie gar nicht mehr ans Ficken, jetzt, wo sie es so oft hintereinander bekommen hat? Hat sie vergessen, wie unersättlich sie war und wie sehr sie mich ausgelaugt hat? Meine Beine sind wieder mal schwer wie Blei, während sie durchs KaDeWe tänzelt.

Wie ist es möglich, dass sie nicht ans Ficken denkt, nach der Nacht, die hinter ihr liegt? Erstreckt sich jetzt ihre Unersättlichkeit aufs Einkaufen? Was kommt als Nächstes?

Ihre Genusssucht scheint ja keine Grenzen zu kennen! Mein scheiß Mantel, den ich immer noch mit mir rumschleppe, ist dreißig fucking Kilo schwer! Dass sie einen Freak wie mich mit diesem knöchellangen Ding überhaupt hier reinlassen! Am liebsten würde ich das Scheißding von mir schleudern. Ich tigere ziemlich wütend neben ihr her. Ihre Hand lehne ich ab.

»Fuck KaDeWe!«, zische ich. Sie hört es nicht. Sie ist

schon wieder woanders. Sie will mich beschenken. Ich sage nein. Sie will mir neue Schuhe kaufen. Ich frage, warum? Gefallen ihr meine Knobelbecher plötzlich nicht mehr?

»Weil sie vielleicht für den Sommer zu schwer sind?«, bemerkt sie schnippisch.

Was für eine Unverschämtheit. Jetzt maßt sie sich auch noch an, herabsetzende Bemerkungen über meine Kleidung zu machen. Ich dachte, sie betet mich an! Ich lehne das Angebot grundsätzlich ab.

»Na komm, jetzt sei nicht beleidigt. Das war doch nur nett gemeint. Mir gefallen deine Schuhe doch. Alles an dir gefällt mir.«

»Ach ja, auch der scheiß Mantel!«, rufe ich wütend.

»Jetzt setz dich doch nicht selber herab. In dem Mantel hab ich dich doch kennengelernt. Er ist süß.«

»Fuck«, schreie ich und zerre den Mantel an mir herunter und trample auf ihm herum. »Hier hast du deinen scheiß Mantel.«

Sofort kommt ein Verkäufer angelaufen, fordert mich auf, mich zu benehmen, fordert mich auf, den Mantel aufzuheben. Nina beruhigt ihn, hebt den Mantel auf, gibt ihn mir. Sie glaubt, dass ich eine Pause brauche. Sie führt mich in die berühmte Lebensmittelabteilung. Wir hocken vor der großen Panoramascheibe an einem Bistrotisch. Sie hat ein Törtchen vor sich, das wie eine Dekoration für sie aussieht. Ich wollte unbedingt eine Currywurst. Sie schmeckt hier nicht. Die Soße ist viel zu lasch.

Wie ich auf die Bäume heruntergucke, die ihre Blätter, schwer vom Regen, hängen lassen, fange ich an, ein bisschen zu weinen. Ich fühle mich so gedemütigt.

»Am liebsten würde ich alles stehen- und liegenlassen und abhauen«, sage ich irgendwann. Sie sieht mich verständnisvoll an. Noch immer ist ihre Geduld nicht am Ende.

»Am liebsten würde ich dieser dreckigen, verschissenen Stadt den Rücken kehren. Es war ein riesiger Fehler, wieder hierher zurückzukommen. Hier kann nichts aus mir werden. Manchmal frage ich mich, ob es überhaupt meine Entscheidung war, wieder hierher zurückzukommen, oder ob mich irgendein dunkles Schicksal dazu gezwungen hat«, sage ich.

»Warum bist du denn so unglücklich? Du hast doch mich«, erwidert sie voller Naivität.

»Fuck«, sage ich und schlage auf den Tisch.

Sie wird langsam sauer, runzelt die Stirn. Jetzt hab ich sie allmählich da, wo ich sie haben wollte. Das tut mir gut. Ich kann sie noch ein bisschen weiter runterziehen, aber irgendwann werde ich ein wenig einlenken müssen, denn in etwa einer Stunde werden wir uns trennen, weil sie zur Arbeit muss, und ich will auf keinen Fall, dass wir im Streit auseinandergehen, in einem Streit, an dem ich schuld bin.

Wir schweigen, ich starre nebulös zum Fenster hinaus, in die nebulöse Stadt hinunter, wo sich, nebulös, mein nebulöses Schicksal abzeichnet.

»An was denkst du?«, fragt sie schließlich.

»An nichts«, antworte ich.

Irgendwann, mit einer faden, ausdruckslosen Stimme, die von Missbehagen und Frust gequält ist, erkläre ich ihr, dass ich früher schon einmal im KaDeWe war, in einer ähnlich beschissenen Situation wie heute, nur dass ich damals danach aus der Stadt abgehauen bin, und zwar beinahe für immer, und zwar war ich hier mit meiner Großmutter Gertrud, die mich noch einkleiden wollte, bevor sie mich aus den Klauen meines Vaters, dieses Vollalkoholikers, gerettet hat.

»O ja, wir kaufen dir auch was zum Anziehen«, ruft Nina mit unverbesserlicher Freude aus. Sie nimmt offenbar jeden Brocken, den man ihr hinwirft, auf, um meine schlechte Laune in etwas Positives umzumünzen. Ich starre schweigend auf die Tischplatte.

»Und deine Großmutter«, fragt sie, »was ist aus ihr geworden?«

»Sie ist tot«, murmle ich.

»Komm«, sagt sie, »wir kaufen jetzt lauter schöne Sachen.«

Sie nimmt mich an der Hand und führt mich in die Spirituosenabteilung. Wir kaufen Jim Beam und Gläser (da ich keine habe) für nachher, wenn sie mit dem Job fertig ist.

Sie fragt mich, ob ich sie von der Arbeit abhole. Ich nicke.

Sie kauft sich Shalimar, das sie immer trägt, und will mir unbedingt auch ein Parfum kaufen. Schließlich lasse ich mich breitschlagen, einen Spritzer von dem Parfum Pascha, das sie so toll findet, an meinen Hals zu sprühen. Sie schnuppert daran und meint, sie würde vergehen. Ich schäme mich, weil der Name des Parfums – »Pascha« – so gar nicht zu mir passt. Er passt viel eher zu dem Gorilla, der Asita in der Supersolo gefickt hat.

Sie lässt das Parfum einpacken. Darauf legt sie wert. Sie genießt es wieder mit dieser offenbar nicht totzukriegenden, kindlichen Freude, wie die Schleifchen um das Geschenkpapier gebunden werden.

Dann will sie noch mal Erdbeertarteletten. Diesmal mit Mandeln. Wir müssen noch einmal hoch. Es ist eine Zumutung! Von der Currywurst stoße ich auf der Rolltreppe laut auf. Diesmal bin ich es, der lacht. Wir haben nun überall diese Verpackungen mit ihren Schleifchen, all diese Tüten, auf die sie so stolz ist. Wie viele Schwänze musstest du dafür lutschen?, will ich am liebsten fragen.

»Was denkst du?«, fragt sie.

»Nichts. Ich habe gerade an meine Großmutter gedacht … und an meine Zukunft.«

»Kannst du denn gar nicht genießen?«, fragt sie ein wenig schnippisch.

»Alles, was wir hier machen, hält mich ab vom Schreiben«, ist meine Antwort. »Was soll ich genießen? Dass ich dir dabei zusehen muss, wie du unbedingt noch mal Erdbeertarteletten essen musst?«

Schweigen ist die Folge. Das Patt ist erreicht. Ich habe wirklich mit größter Mühe versucht, mich zu einer mittelmäßigen Laune aufzuschwingen, und auch wenn mir das nicht gelungen ist, so ist es mir nun doch wenigstens gelungen, ihr die Laune zu verderben.

Ich lenke ein. »Ist der Kuchen denn gut?«, frage ich, »oder sieht er nur so gut aus?«

»Du kannst ja ein Stück probieren«, sagt sie gnädig.

»Gerne, oh, das schmeckt ja gut!«, sage ich.

Sie blickt auf die Uhr.

»Wie lange haben wir noch?«, frage ich ängstlich.

»Zehn Minuten«, sagt sie, »dann können wir aber nicht mehr laufen, dann muss ich ein Taxi nehmen.«

O.k. Ich habe also genau zehn Minuten, um die Stimmung, die ich kaputt gemacht habe, wiederaufzubauen.

»Soll ich dich denn trotzdem noch heute abholen?«, frage ich.

Sie sieht mich an und nickt schließlich. »Wenn du auch brav bist«, sagt sie.

Ich verspreche es.

Ein Uhr nachts.

Ich hole sie aus dem Laden ab, und wir gehen sofort zu mir.

Als wir uns, jeder in seiner Ecke, ausziehen, kichert sie vor Vorfreude, als sie meinen Ständer sieht. Sie liebt das Ficken so sehr wie den Luxus, anders als Laura, für die es nur eine Belohnung für mich war, weil ich sie abgehört hatte, und die eigentlich lieber mit mir Federball spielen wollte.

Ich ficke sie genauso gerne. Wir ficken die ganze Nacht auf Captagon und Raki, den ich immer zwischendurch unten beim Türken holen muss.

Sie überschüttet mich mit Komplimenten, ich sei der allerschönste Mann – oder großer, schöner Mann, sagt sie auch. Sie sagt mir, dass ich all das verkörpere, von dem sie immer geträumt hat. Es ist die Zeit der großen Schwüre, der Kniefälle, des Bluts und der Tränen.

Wund vom Ficken, verlässt sie am Mittag meine Bude. Ich renne ihr hinterher, blind vor Sehnsucht, renne dem Taxi nach, in das sie gestiegen ist, auf dem Weg in ihr normaleres Leben für eine kurze Verschnaufpause, um die Wunden zu stillen und ein wenig das Brennen der Haut und des Herzens auszuheilen nach den endlosen Berührungen.

Ich renne um mein Leben, über die großen Kreuzungen des abgelegenen Teils von Schöneberg und schreie: »Nina, ich liebe dich!! Nina, ich liebe dich!!«

Die Vergeblichkeit der Träume, das Schwangergehen mit dem Phänomen der großen Liebe, das wir uns gegenseitig eintrichtern, hoch erhoben über der grauen Wirklichkeit – vollkommen selbstvergessen lullen wir uns gegenseitig ein.

Manchmal ist sie nach dem Ficken so schön, dass mir das Herz blutet.

Ich habe ungeheure Kapazitäten, die alle frei fließen in dem Moment, in dem ich sie ficke. Es ist diese riesige, romantische Seite in mir und die Sinnlichkeit, die dieser Angelegenheit immer mehr Zunder gibt, ein gefährlicher Cocktail.

Ich versuche eine Geschichte, die ich: »Bombfire of Love« nenne, schreibe eine halbe Seite, gebe auf …

Warum ich begehre? Es ist der kleine Junge in mir, der nie vergessen hat, wie schön die Mütter der anderen sind, die sich nicht um ihn kümmern, und dem nichts je mehr bedeutet hat, als trotzdem die Hand nach ihnen auszustrecken und davon zu träumen, mit zärtlichen Küssen von ihnen bedeckt zu werden.

Dabei die Angst vor Verlassenheit, die tiefe Müdigkeit und Trauer, in die ich mich einrolle, wenn ich in meiner tristen, vollgemüllten Bude sitze, mit all den Resten, die mich an sie und an die letzte Nacht erinnern, und nichts mehr mit mir anzufangen weiß.

»Ich werde dich nie, nie verlassen«, flüstert sie zärtlich, »hier, guck, und schau mich an: Ich bin nur für dich gemacht.«

Es ist Winter geworden, und wir haben die ganze Nacht nicht geschlafen.

Eine dünne Schicht Neuschnee bedeckt den Boden, als wir gerade meine Bude verlassen, um zur Leber-Brücke zu gehen, zu welcher ich sie nach einer langen, hartenFicknacht begleite, weil sie »auf Arbeit« muss. An der Brücke werden wir uns verabschieden.

Sie wird ins Taxi steigen, und ich werde zurückbleiben, winken und schließlich kehrtmachen und wieder in meiner Bude landen.

Klar, sie muss zur Arbeit – die Zivilisation fordert ihren Tribut. Ich habe keine Zivilisation in mir, ich bin ein Wilder, ein Köter, ein zum Ficken abgerichteter Köter.

Ich kapiere nicht, wie es so weit kommen konnte, aber es ist so.

Ich werde nicht über die Brücke gehen, dahin, wo das aktive Leben ist, die U-Bahn, die Menschen, die Geschäfte und Jobs, die Peepshow, das KaDeWe, die Kolleginnen, die Freier, das Geld.

Ich gehe zurück in mein Loch mit dem Bett mit den vielen Flecken und den Aschenbechern mit den vielen Kippen und den Gläsern und Flaschen und leeren Captagon-Schachteln und dem Fickmüll der Nacht, dem leeren Schreibtisch mit den angefangenen Sätzen.

Das System, das sie sich ausgedacht hat, ist gut für sie und schlecht für mich.

Ich kann daran nichts ändern, meine Verbindungen zur Außenwelt sind gekappt, seit ich nicht mehr in der Peepshow arbeite.

Ich leere die Aschenbecher, schmeiße die Flaschen weg, fege den Rest mit dem Handbesen auf den Boden und lege mich wieder hin. Ich nehme ein winziges Büschel roten, verklebten Schamhaars, das ich auf dem Laken finde, zwischen Daumen und Zeigefinger und reibe daran, um das Aroma besser zu riechen. Diese große Liebe, als die dieses System deklariert ist, ist dazu da, mich in meinen Zwinger zu sperren, bis sie die Gnade hat, wieder zu kommen.

Der zum Ficken abgerichtete Köter wälzt sich eine halbe Stunde unruhig auf den schmutzigen Laken – schlafen gelingt überhaupt nicht –, schließlich springt er auf, in heilloser Unruhe. Er fragt sich, wie sie, nach so einer Nacht, überhaupt noch arbeiten kann und nicht, wie er selbst, völlig erschöpft und ausgelaugt ist.

Er macht sich auf den Weg in die Peepshow, weil er wissen will, was da gespielt wird.

Er trägt eine Schirmmütze aus Lackleder, die er vor Toms Bar auf der Straße gefunden hat, und eine Spiegelglassonnenbrille, damit er anonym bleibt. Er wartet mit den anderen Freiern, bis ihr Lämpchen über den Fotos blinkt, geht in die Kabine und wirft seine letzten Chips ein. Der Verdacht, den er gehabt hat, bestätigt sich.

Ihre Unersättlichkeit kennt keine Grenzen. Sie hat sich in eine Edelnutte verwandelt, in ein Kunstwerk, an dem alles stimmt: der rote Lippenstift, der hochgezogene Lidstrich, die frisch ondulierten, roten Locken, die Dessous, die sie langsam fallen lässt, vor allem aber der verderbte, nuttige, gelangweilte Ausdruck, mit dem sie einen offen anguckt und mit Verachtung straft, während sie ihre Beine spreizt und ihre Fingernägel durch ihre Fotze gleiten lässt. Die Pupillen sind noch immer groß vom Captagon, das ihr so gut steht. Sie wälzt sich in einer Art Trance auf ihrer rosa Decke.

Ich sehe das zum zweiten Mal, da sie mir immer (aus guten Gründen, wie ich jetzt sehe) verboten hat, mir ihre Show anzusehen. Sie kann die Freier wegen dem Spiegelglas nicht sehen. Deshalb weiß sie nicht, dass ich auch da bin und jetzt auf sie wichse, bedeutungslos und anonym wie die anderen schmutzigen Freier, denen ihr verächtlicher Blick gilt. Ich habe in dem Moment das blutige, unendlich traurige Gefühl, sie auf einmal verloren zu haben. Ich wichse aus Masochismus und werfe aus Masochismus weiter Geld ein, weil es mich anturnt, durch ein paar schmutzige Mark die Essenz dessen, was uns ausmacht, zurückzukaufen.

Wenn ich nicht abspritzen kann, werde ich wütend werden. Verzweifelt bemühe ich mich darum, zum Schuss zu kommen. Ich bin letzte Nacht so oft in ihr gekommen.

Jetzt ist sie eine stilisierte Ikone, die Liebesgöttin von

»Private Dancer« – dem Song, der immer lief, seit wir uns kennen, und immer weiter läuft als Begleitmusik unserer Liebe. Genau wie die rosa Bling-Bling-Lichter hier überall, die alles in dieses illusorische Bühnenlicht tauchen.

Gleichzeitig blutet mir das Herz, weil sie so schön ist. Ich könnte vergehen vor Eifersucht, wie sie sich allen und jedem hingibt. Und ich bin wütend über das Ausmaß ihres Narzissmus, das mir erst jetzt bewusst wird: Es schnürt mir die Kehle zu, ihre männerverschlingende Eitelkeit, gegen die ich ohnmächtig bin und die mich zu einem bloßen Statisten degradiert.

Ich wichse, ich verzehre mich nach ihr, ich flüstere die obszönen Namen, die ich ihr gegeben habe, ich erniedrige mich in der anonymen Masse vor ihr.

»Ich kann dir nie so viel geben, wie du brauchst«, denke ich, »weil du sie alle brauchst, alle, die kommen und gehen, um dich zu sehen.«

»Das zahl ich dir heim«, stöhne ich und spritze auf die Scheibe, direkt dahin, wo ihr verächtliches Gesicht darauf wartet.

Ich stehe draußen an der Kasse. Als sie mich sieht, wird sie wütend. Was ich hier will, fragt sie. Sie habe mir doch gesagt, dass ich während der Arbeit nicht hierherkommen soll. Meine Hand ist noch klebrig vom Sperma. Ihre Locken duften. Sie fühlt sich entlarvt als Nutte, die ertappt worden ist. Ich frage sie, wie sie meine neue Schirmmütze aus Lackleder findet. Sie findet meine neue Schirmmütze aus Lackleder scheußlich. Sie will, dass ich sie abnehme, aber ich nehme sie nicht ab.

»Du siehst auch nicht besser aus«, sage ich. »Wie schaffst du nur die Verwandlung?«

»Welche Verwandlung?«, will sie wissen.

»Die von der rheinischen Spießerin zur Nutte«, denke ich.

Ich überlege, wie ich sie beleidigen kann, ohne ins Hintertreffen zu geraten. Sie zieht die Stirn kraus. Ihre Geduld geht langsam zu Ende.

»Was willst du?«, fragt sie.

Dir am liebsten eine in die Fresse schlagen, denke ich. Ich nehme ihr das Versprechen ab, dass sie am Abend kommt und bei mir schläft.

»Nur, wenn du es uns schön machst und gut gelaunt bist, wenn ich komme«, sagt sie.

Widerwillig nehme ich ihr Geld, von dem sie heute viel verdient haben muss, gehe einkaufen, knalle Teller, Gläser, Löffel und Gabeln auf den Tisch und hocke mich hin, um zu warten, bis sie kommt.

Für Nina und mich gibt es zwei Möglichkeiten: entweder Pornofilme drehen oder am Ku'damm einen Laden aufmachen, wo wir Paninis verkaufen. Paninis sind gerade groß in Mode. Beides können wir, über beides beraten wir im Bett.

»Man kann auch beides machen«, schlage ich vor, »tagsüber Paninis, nachts Pornos. Oder mit den Pornos den Laden finanzieren.«

Wir überlegen hin und her, spinnen Pläne für die Zukunft, lachen uns tot darüber.

Sie hat mittlerweile eine beängstigende Macht über mich, was das Sexuelle angeht.

Ich will immer, sie hingegen kann sehr zickig sein und sich verweigern, wenn ihr etwas nicht passt. Daraus resultieren Streits, die sehr schnell sehr heftig werden und in Schlägereien ausarten.

Ich bin allerdings auch ein manischer Ficker und lasse ihr keine Ruhe.

Sie wirft mir vor, nur ihren Körper zu wollen und gar nicht sie: »Du liebst mich ja gar nicht, du willst mich nur ficken.«

Meine Antwort lautet stets: »Ich kann nichts dafür, du hast mich dazu konditioniert.«

Sie vergleicht mich mit ihren Freiern, die sie hasst und verachtet und für die sie offenbar keinerlei Verständnis hat. Dreckige, verstunkene Typen, die über sie herfallen würden, über ihre Titten, ihren Arsch, während ihnen der Speichel aus dem Maul läuft; ich sei mittlerweile genauso, wahrscheinlich habe sie sich in mir getäuscht.

Ich frage sie, ob sie sich vielleicht schon mal überlegt habe, dass sie die Mitschuld daran trägt, wenn sie sich von allen Seiten, von vorne, von hinten, auf allen vieren nackt präsentiert, und welche Reaktion sie erwartet, wenn sie den Freiern ihre Fotze fast ins Gesicht steckt: Kameradschaft? Dass man sich wie ein Gentleman benimmt?

Sie schreit und keift, weil ich offenbar Verständnis habe für »diese versauten Säue«, die sie »wie ein Stück Fleisch behandeln«.

»Du vergisst, dass du eine Menge dabei verdienst«, sage ich.

Ihr Gesichtsausdruck wird kalt und verächtlich, was mich am meisten anmacht.

Ich will sie jetzt unbedingt ficken, jetzt, sofort, und zwar von hinten, anal.

Sie will auch, der abgefeimte Ausdruck besagt es.

»Na komm, dann nimm's dir doch einfach«, sagt sie.

Ich streife ihr ihren Rock ab und dann das Höschen, während sie wie ein Eisklotz dasteht. Ich ficke sie durch. Und stöhne und schreie unflätiges Zeug. Sie lässt es verächtlich über sich ergehen. Es dauert nur fünf Minuten, nicht länger.

Der unschuldige Jüngling, als den sie mich kennengelernt hatte, ist nun ein ausgewachsener, ausgebuffter Ficker geworden, der genau weiß, welche Knöpfe er drücken muss. Ich lächle milde, während sie sich das Sperma mit einem Taschentuch vom Arsch wischt wie eine Bahnhofsnutte, Höschen und Rock wieder hochzieht.

Nun ja, denke ich, dass ich dich ununterbrochen von hinten ficke, gefällt dir nicht, das seh ich schon. Aber von vorne funktioniert leider nicht mehr. Die Nummer ist abgehakt.

»Wer hat mich denn an die Leckerbissen der Sexualität herangeführt?«, frage ich stattdessen und verkneife mir ein Lachen.

Sie sieht es. »Willst du mich etwa verarschen?!«, fragt sie in schneidendem Ton.

Sie ist aggressiv, weil sie nicht gekommen ist, weil es zu schnell ging, wie so oft in letzter Zeit.

»Soll ich noch mal?«, frage ich.

»Fick dich«, gibt sie zurück. Sie nimmt etwas vom Herd. Die Bratpfanne etwa? Ich gehe vorsichtshalber schon mal in Deckung.

Ich muss lachen, ich hocke im Staub in der Ecke, schütze den Kopf und giggle vor mich hin. Ich muss aus Versehen furzen.

Sie schlägt mit der Bratpfanne auf mich ein, trifft die Schulter, trifft das Knie. Schließlich gibt sie auf und setzt sich wie ein Preisboxer in ihre Ecke des Rings, auf den einzigen Hocker.

Sie drischt, wenn ich Pech habe, mit dem Gürtel, mit den Fäusten, mit einem Lederriemen auf mich ein. Rechts-links-Kombinationen hageln auf meine Leber, meinen Dickdarm, meine Milz (und Milzschläge tun weh!!).

Manchmal tritt sie nach mir, wenn ich mich, wiehernd vor Lachen, auf dem Boden wälze.

Die romantischen Momente? Einmal, es ist dunkel, wir liegen im Bett, und als Schneeflocken fallen, wird ihr noch einmal bewusst, wie sehr sie mich liebt, und Heulkrämpfe schütteln sie, und sie klammert sich an mich und redet unter Tränen stundenlang auf mich ein, stammelt irgendwelche Worte, die mit »großer Liebe« und »Leidenschaft« und »für immer und ewig« zu tun haben, während mir ihre Tränen über Gesicht und Finger rinnen, bis sie völlig leergeweint ist und erschöpft zur Seite fällt.

Am anderen Morgen ist das Ganze schon wieder vergessen. Die Wut, der Hass kehren bei den kleinsten Unstimmigkeiten zurück. Gott sei Dank habe ich keine teuren Sachen in der Wohnung, nichts, woran mir noch liegt. Die Schreibmaschine ist längst kaputt.

In meiner Wut habe ich irgendwann die Tasten herausgebrochen und das Ding in die Ecke geschmissen. Außer meinem Schwanz habe ich nichts, was in der Zukunft noch zählt. Soll sie ruhig alles zertrümmern, soll sie von mir aus die Wände herausreißen.

Ich habe nichts zu verlieren.

Als sie eines Tages den Weihnachtsbaum schmückt (ja, ich habe einen Weihnachtsbaum vom Weihnachtsmarkt am Nolli geklaut – und ja, wir wollen uns schöne Weihnachten machen!!!), versuche ich ihr die Klamotten vom Leib zu reißen, was nicht funktioniert.

Festgeschnürt wie eine Korsage bis oben hin. Ich gerate in Rage. Ich ficke mit meinem Ständer in die steifen, harten Falten des Rocks, hinten und von der Seite hinein. Sie schreit, dass ich sie wenigstens jetzt in Ruhe lassen soll, und schmückt weiter. Ich tänzle um sie herum und wichse.

»Bitte, bitte, lass mich dich ficken!«, winsele ich. »Ich halte es nicht mehr aus!«

»Jetzt willst du auch noch Weihnachten kaputtmachen!«, ruft sie höhnisch mit ihrer eiskalten Visage, die mich so anmacht. Sie schmückt einfach weiter. Sie lässt sich nicht aus der Ruhe bringen.

»Warum nicht?! Warum nicht?! Warum nicht?!«

Sie zuckt mit den Achseln: »Halt so!«

Weihnachten, denke ich und gucke mir die dreckige Penner-Behausung an, dreckige, staubige Dielen, ein altes, vollgewichstes Doppelbett, ein Allesbrenner-Ofen und mittendrin dieser mit Kugeln geschmückte Baum. Mein Leben.

Ich habe bereits eine viertel Flasche Whiskey intus, während sie noch gar nichts getrunken hat. Ich kicke ihr Glas, das ich bereits eingeschenkt habe, vom Allesbrenner-Ofen.

Sie dreht sich um und guckt mich voller Verachtung an.

Ich schreie: »Fuck you!« Ich laufe in die Küche, weil ich nicht der Erste sein will, der zuschlägt. Ich entdecke das Brotmesser und nehme es. Ich laufe zurück und steche kreuz und quer auf den Weihnachtsbaum ein. Kugeln fallen herunter, platzen am Boden.

»Frohe Weihnachten«, schreie ich, »frohe Weihnachten! Da hast du sie!«

Sie bleibt diesmal cool.

»Komm«, sagt sie, »tu das Messer weg, du hast schon getrunken.«

Ich ratsche mir mit dem Messer quer über den linken Arm. Das Blut quillt bzw. sprudelt heraus. Ich ratsche noch mal, diesmal den rechten Arm.

»Na, gefällt dir das!? Willst du noch mehr davon sehen?!«, schreie ich und renne hinaus.

Draußen ist es merkwürdig still. Die Straßen sind mit dünnem Pulverschnee bedeckt.

Ich laufe (barfuß natürlich) die Pallasstraße hinunter. Alles ist menschenleer. Nicht einmal Autos fahren mehr auf der Straße. Ja, natürlich, fast hatte ich es ja vergessen: Es ist Heiligabend. Ich schleiche, um keinen Lärm zu machen. Die beiden ausgestreckten Arme mit den Wunden, die wie kleine, blutende Vaginas aussehen, halte ich von mir. Wie ein Staffelläufer ohne die dazugehörige Olympiade …

Ich laufe vor bis zum Selbstmörderpalast, so nennt ihn der Volksmund, weil aus dem Gebäude immer mal wieder Leute vom Dach springen. Ein Sozialbau, bei dem man es gut gemeint hat mit den Leuten, eigentlich schöner als die hässlichen Plattenbauten, mit Balkons und irgendwie heimelig, und doch ist es hier, dass sie springen. So ist es manchmal. Und keiner kann es sich erklären.

Ich biege auf den großen, stillen, dunklen Parkplatz davor ab, der ebenfalls leer ist. Nur ein paar schöne Reifenspuren im Schnee. Überall glitzern Schneekristalle. Und Weihnachtslieder, leise, hinter den erleuchteten Fenstern.

Ich blicke die Wunden an. Was soll ich tun mit ihnen? Ein metallischer Schmerz höhlt die Arme aus, kalt wie Eis. Ich werde erfrieren. Das ist mein erster Gedanke. Außerdem bin ich nackt. Fast hätte ich das vergessen.

Was tun? Ich verkrieche mich in die hinterste Ecke des Parkplatzes, dahin, wo kein Licht hinkommt, und befinde mich plötzlich auf einem Kinderspielplatz, mit Klettergerüst und allem Drum und Dran. Wow, denke ich. Was nun? Ein paar Purzelbäume im gefrorenen Sand schlagen? Ich habe nicht einmal Zigaretten. Ich blicke auf die beiden Schlitze. Sie haben aufgehört zu bluten. Sie sehen nun aus wie aus Wachs. »Scheiße, Mann«, flüstere ich.

Plötzlich kommt eine Gestalt um die Ecke. Ich sehe sie

von ganz weit hinten, der einzige Mensch auf der Welt außer mir. Sie bleibt stehen, ruft nach mir, eine feenhafte Erscheinung. »Nina! Nina!« Ein Impuls, so zu schreien wie damals, als alles noch voller Leidenschaft war, überkommt mich, aber die Stimme ist heiser und leise und sagt mir, dass das alles schon lange her ist. Zwei kleine, ziemlich kaputte Menschlein bewegen sich in einer Weihnachtsnacht aufeinander zu. Von oben sieht es bestimmt romantisch aus.

»Komm«, sagt sie, als wir uns schließlich erreichen, und nimmt mich am Ellenbogen.

Wir schaffen es, nach Hause zu gehen, Schritt für Schritt, Schritt für Schritt. Oben verbindet sie mir das Handgelenk mit dem Klopapier, das noch da ist. Meine Füße stellt sie in eine Schüssel mit warmem Wasser. Wir sind beide stocknüchtern, pragmatisch, ganz sachlich geworden.

Wir wissen nicht, was aus uns wird.

Ich liege, mit den Handflächen nach oben, auf dem Rücken, sie in der gleichen Position neben mir. Das Handgelenk pocht, ein ziehender Schmerz bis hoch zu den Schultern und von dort hinunter zur Lunge. Ich weiß nicht, was morgen sein wird, was aus dem Arm wird. Ich habe einen Fehler gemacht, der nicht rückgängig gemacht werden kann. Ich werde mit den Konsequenzen leben müssen. Wenn Nina mich verlassen sollte, wäre das ein vernichtender Schlag für mein Selbstbewusstsein.

Ich weiß nicht, ob sie wach liegt oder bereits schläft, ob sie zu den Schneeflocken hinausblickt, die seit Tagen beharrlich weiter fallen. Ich kann den Kopf nicht drehen. Alles tut weh. Ich merke nicht, ob sie noch meine Hand hält. Ich gerate in Panik, weil ich die Hand nicht spüre. Vielleicht sollten wir ja doch ins Krankenhaus. Aber das

Telefon ist abgestellt. Und jetzt wieder hinausgehen und ein Taxi rufen?

Ich weiß nicht, wie sie mit der Situation umgehen wird.

Es könnte schwer werden für mich, den Winter heil zu überstehen. Er ist noch lang, und ich habe mich durch diese vollkommen hirnrissige Aktion völlig geschwächt.

Vielleicht habe ich keine Zukunft. Dann würde ich zu denen gehören, die nur ein kurzes Schattendasein in dieser Welt geführt haben und an die sich bald keiner mehr erinnert.

Wochen später, Januar 82

Sie ist bei mir geblieben und hält zu mir. Die beiden Schlitze heilen und verwandeln sich in blutrote Male über dem Handgelenk. Sie schenkt mir ein dickes, schwarzes Lederarmband, das die Narben kaschiert. Es sieht schick aus, sagt sie.

Der bedürftige Zustand, in dem ich mich im Moment befinde, gefällt ihr. Dadurch, dass mir der rechte Arm weh tut und ich sie daher mit der rechten Hand nicht so gut streicheln kann, fallen meine Berührungen weniger routiniert aus, und der Sex erinnert sie ein wenig an die tastende, vorsichtige Phase am Anfang unserer Beziehung.

Sie hat aufgehört, nachts zu arbeiten. Ein Instinkt sagt ihr, dass nun der normale, bürgerliche Teil unseres Lebens begonnen hat, nach dem ganzen Wahnsinn vorher.

Sie hat die Führung übernommen, ich folge ihr brav und trotte hinter ihr her, den Ku'damm hinunter, wo sie nach einem kleinen Laden Ausschau hält, in dem wir im Sommer unsere Paninis verkaufen können.

Jeden Nachmittag hole ich sie von der Peepshow ab, ein in enge Jeans gezwängtes Mädchen mit resoluten Bewegungen und einem zuversichtlichen Ausdruck im Gesicht, wie gemacht für ein praktisches Leben. Sie nimmt mich, das dünne, papierne Männlein, an der Hand und führt es hinaus auf die Straßen, damit es nicht so allein ist und endlich Hoffnung schöpft.

Die spröden Versuche der linken Hand, ihr Lust zu verschaffen, genießt sie in einem krankhaft übertriebenen Maße. Sie stöhnt, sobald ich meine Hand zwischen ihre Beine führe, mit geschlossenen Augen. Oft bleibe ich dabei ohne jede Erregung. Ich hocke an der Bettkante in unbequemer Position, muss den Arm verrenken und befummele sie mechanisch zwischen ihren Beinen, während sie stöhnt.

Ich sehe die dünnen Beine vor mir liegen und das geheimnislose Loch mit meinem Finger darin, und hinter mir stöhnt es. Den Kopf, der nach hinten gekippt liegt, sehe ich nicht. Er ist hinter dem Kopfkissen verschwunden. Nur ihre angespannte Kehle und ihren starken Unterkiefer kann ich sehen.

Ich wichse sie geduldig, bis sie kommt. Das bin ich ihr schuldig.

Das Zimmer ist sauber und aufgeräumt, getrunken wird nicht mehr, geschlafen wird früh. Wenn sie am Morgen zur Arbeit aufbricht, kommen mir erste Zweifel, ob sich dieser friedliche Zustand auf Dauer halten lässt. Für mich wäre es eine Möglichkeit, so den Rest meines Lebens zu verbringen. Ich habe ohnehin die Nase voll von den andern und bin überhaupt nicht neugierig darauf, was das Leben ansonsten noch zu bieten hat.

Ich bin vierundzwanzig und habe eigentlich schon genug.

Aber wie ist es mit ihr? Sie ist sehr vital, hat Unternehmungsgeist und solch lästige Sachen. Ich muss ihre Energien kanalisieren, muss sie manipulieren und dafür sorgen, dass sie diese überschüssigen Energien mit ihren Paninis verplempert, damit sie nicht auf dumme Gedanken kommt, sondern abends müde ist und Lust hat, mit mir vor dem Fernseher herumzulungern.

Überall sehe ich hübsche Mädchen auf der Straße. Allen blicke ich nach, manchen folge ich bis zur U-Bahn. Ich verliebe mich in eine Blondine auf einem Werbeplakat, das überall hängt. Ich will alle ficken, nur Nina nicht, mit der ich gern durch die Fußgängerzonen gehe und Apfelkuchen esse. Ich vergehe vor Verlangen nach all den unerforschten Gebieten. Es ist heikel, selbst wenn sie dabei ist, muss ich mich umdrehen, voller Scham, blass, schuldbewusst, gehe ich neben ihr wie ein Gefangener.

Manchmal reden wir über Flucht. Sie hat Geld gespart und will mich einladen zu einer großen Reise, nach Brasilien. Das soll einen neuen Anfangspunkt markieren.

Es ist bereits Ende Februar, und der Winter hört einfach nicht auf. Es wird, im Gegenteil, immer kälter und immer dunkler von Tag zu Tag. Ich beziehe das natürlich auf mich.

Ich bin es, klage ich, dem es so schwergemacht wird …

Damit dieser hässliche Winter endlich vorbei ist und ich mich erholen kann. Sie will mir das schenken, weil wir uns nun schon bald ein Jahr kennen. Sie reicht mir die Hand über den Tisch, und ich nehme sie mit der empfindlichen Rechten. Es ist eine ganz zarte Geste an unserem kleinen Stammtisch im Schwarzen Café am Fenster, wo wir oft sitzen, nachdem ich sie von der Arbeit abgeholt habe. Ich bin berührt und schwöre ihr innerlich ewige Treue dafür. Darin liegt das ganze Dilemma. Warum kann man sie nicht trennen, die beiden Pole, die einen zerreißen, die Liebe und das Bekenntnis füreinander, und den dunklen Trieb, der damit nicht zu vereinbaren ist.

Äußerlich bin ich ganz brav geworden. Ich trage Seitenscheitel, glatt gekämmtes Haar und Spießerklamotten. Ich gebe mir besondere Mühe, nicht aufzufallen. Ich bin wieder zum kleinen Jungen geworden, der Angst vor der Schule hat. Ich bin retardiert. Ich bin in mehreren Stufen – unschuldiger Jüngling, ausgebuffter Ficker, psychopathischer Schläger – nun wieder zu meinem Urzustand zurückgekehrt, dem des hospitalistischen Kindes.

Kleinlaut frage ich bei jeder Gelegenheit, ob Nina mich immer noch mag. Sie will es mir beweisen. Eines Tages kommt sie mir mit einem Brief in der Hand auf der Straße entgegen, der die Tickets nach Brasilien enthält. Rettung in allerletzter Minute.

Wir fahren nach Brasilien und rammeln dort, weil wir vor Langeweile sonst umkommen würden, zwei Monate in einem billigen Hotelzimmer in São Paulo miteinander zum ohrenbetäubenden Lärm brasilianischer Karaoke-Musik aus Lautsprechern vor einer Säuferkneipe direkt gegenüber. Es ist eine Art Revival für uns. Wir ficken auf Rum und nicht auf Raki, aber der Effekt ist der gleiche. Wir betrinken uns wieder, manchmal aus Spaß, manchmal, weil wir bei dem Krach sonst nicht schlafen können.

Manchmal krümmen wir uns vor Lachen über die Sinnlosigkeit unserer Existenz, bis uns die Rippen weh tun, manchmal zerfleischen wir uns und reißen uns gegenseitig bündelweise Haare aus dem Kopf.

Dann wieder erwischen uns schwere Depressionen und sehr schlechte Laune.

Ab und zu latschen wir die Sandpiste vor dem Hotel hinauf und hinunter, aber die Sonne brennt so heiß auf unsere Köpfe herab, dass wir uns schnell wieder in der stickigen Bude verkriechen. Die meiste Zeit liegen wir im Bett. Nina will nichts mehr von der Stadt sehen. Sie will liegen und trinken; ich lasse sie und gehe hinaus, um mir die wahnsinnig schlecht operierten Transen mit ihren Totenkopf-Nasen anzugucken, die am Straßenstrich stehen. Wenn ich zurückkomme und die Bettdecke aufschlage, stinkt es manchmal so entsetzlich darunter, dass ich mich fast übergebe.

Einmal fahren wir in die Innenstadt von São Paulo. Überall vor den U-Bahn-Eingängen sind in langen Reihen Stahlgitter aufgestellt, um die Menschenmassen in Schach zu halten, die uns in der Rushhour entgegenkommen und uns fast zertrampeln. Ganze Armeen rennen mit ihren Aktentaschen und ihren billigen Anzügen durch diese monumentale, hässliche Architektur. Es herrscht ein enormer Druck hier. Offenbar wollen diese Indios, was Stress angeht, was unmenschlichen Leistungsdruck angeht, die USA schlagen, in deren Windschatten sie sich befinden. Das Beispiel USA hat offenbar diese armen Gehirne völlig verstrahlt. Wir halten uns an den Gattern fest wie Ertrinkende bei einem Tsunami.

Nach einer halben Stunde ist der Run vorbei, und die Straßen sind wie leergefegt und mit Dreck und Abfall übersät. Bettler und Krüppel biegen um die Ecken und laufen auf uns zu. Wir ergreifen die Flucht. Eine Bettlerin holt uns ein und schwenkt uns ihr totes Kind im Arm entgegen. Wir haben für alle Zeit genug von Brasilien.

Im April sind wir wieder zurück. Ich bin braun wie ein Neger. Meine Zukunftsaussichten sind gleich null.

Sie fängt wieder an, nachts in der Peepshow zu arbeiten.

Das Jahr geht dahin. Wir ficken, prügeln, trennen uns, ficken, prügeln, trennen uns.

Ficken geht nur noch von hinten, prügeln geht auch noch von vorn.

Trennen geht über Wochen, bis einer sich wieder meldet, weil er Sehnsucht hat, weil er ficken will, weil er denkt, dass es doch so schön war und man es doch noch mal versuchen sollte.

Das ist die traurige Bilanz. Und die noch traurigere ist, dass ich ahne, dass dieser Körper, ihr einziges Kapital, allmählich verwelkt, die Brüste zu hängen beginnen, sich an den Oberschenkeln vom vielen Rauchen Besenreißer breitmachen, die nun wirklich der Tod sind. Sie belauert mich durch den Spiegel und bemerkt, dass ich sie begutachte.

Breitbeinig steht sie am Waschbecken, mit ihren dürren Haxen, barfuß, das Haar fettig.

»Was guckst du so blöd. Kann man sich nicht mal in Ruhe anziehen?«

Die Stimme hat etwas Schnarrendes, ihr beleidigtes, kleines Gesicht erinnert mich immer wieder an einen vor Wut aufgeplusterten Wellensittich, der am liebsten gleich auf mich einhacken will. Die winzigen, aggressiven Pupillen! Der Hass!

»Oder willst du wieder ficken?«

Ich schüttle den Kopf. »Keine Angst«, sage ich, »du bist mir zu wütend!«

»Was ist das schon wieder für eine kranke Gehirnwichse?«, fragt sie.

Ich versuche ihr den Mechanismus, der meine Lust auf sie erzeugen könnte, zu erklären, dass es darum geht, dass ich Wut und Hass, sprich Eifersucht empfinde – und nicht sie.

Unsere Rollen sind, finde ich, klar verteilt. Sie als Objekt der Begierde darf abfällig, verachtend, gleichgültig sein, aber niemals wütend.

Sie schüttelt den Kopf. Ihr fällt nichts anderes ein, als

zu sagen: »Du bist ein eiskaltes Arschloch. Wie konnte ich mich nur so täuschen. Du bist genau wie die anderen dreckigen Freier.«

Ich kann es mitsprechen. Sie sagt immer wieder das Gleiche.

»Magst du die Strapse nicht anziehen?!«, frage ich.

»Nein!!«, brüllt sie außer sich und pfeffert ihr Schminkzeug in die Ecke. Ich gehe in Deckung.

»Bitte«, sage ich kleinlaut, »zieh dir Strapse an.«

Ihr Ausdruck wird verächtlich und eisig. Nun habe ich sie da, wo ich wollte – und will sie ficken. Wir sind auf dem richtigen Weg.

»Du kriegst gar nichts von mir mehr umsonst, du dreckiger Freier«, sagt sie kalt, wendet mir ihren Rücken, ihr hübsches Hinterteil zu, das ihr ganzes Kapital ist, und kämmt sich die Haare. Ich schöpfe Hoffnung.

Ich will sie begehren, ansonsten bin ich aufgeschmissen, was uns angeht. Bei anderen Leuten mag es so etwas geben wie ein gemeinsames Leben, gemeinsame Verpflichtungen, etwas, das man zu verlieren hat, eventuell sogar Verständnis und Zuneigung. Wir hingegen haben nichts zu verlieren, denn wir haben das schon alles sehr schnell verloren auf diesem unserem blutigen, autistischen Weg!

»Ich will deine Fotze lecken«, sage ich und knete ihre Titten.

»Nimm deine dreckigen Finger weg«, sagt sie.

Ich lege ihr hundert Mark auf den Rand des Waschbeckens.

»Dafür kriegst du nicht viel«, pariert sie höhnisch.

Ich knete die Titten. Schließlich bin ich der Tittenkneter, der Fotzenficker. Ich hole meinen Schwanz raus und reibe ihn zwischen ihren Pobacken. Sie lässt es geschehen.

Ich dringe ein und ficke sehr schnell und sehr kurz mit halber Länge zwischen dem Slip in sie hinein.

»Na, war's das?«, fragt sie, als ich fertig bin.

Es ist noch relativ früh. Sie hat den Tag frei. Sie zieht sich missmutig an.

»Was soll jetzt geschehen?«, fragt sie.

Ich zucke schuldbewusst mit den Achseln.

»Ich habe kein Programm für den Tag aufgestellt«, gebe ich zu.

»Fällt dir denn nie etwas ein, was wir tun können?«, fragt sie.

Verzweifelt greife ich mir an den Kopf. Was soll mir denn einfallen?

Es gibt nichts, was wir tun könnten oder jemals getan hätten, was nicht ganz und gar lächerlich wäre. Ich werde dennoch versuchen, diese unzumutbare Mammutaufgabe zu bewältigen, die es bedeutet, mir etwas zu unserer Unterhaltung einfallen zu lassen. Ich mache mit meinem Speichel eine riesige Blase. Sie starrt mich fassungslos an. Die Blase ist jetzt so groß wie eine Apfelsine. Sie berührt meine Nasenspitze. Sie hält sich, bis ich wieder einatmen muss, dann fällt sie ein wenig zusammen. Ich blase sie wieder auf. Irgendwann platzt sie.

»War das alles?«, fragt sie. Ihre Wut ist etwas verraucht. Sie ist sich der Lächerlichkeit unserer Streits bewusst.

»Wollen wir in die Bäckerei gehen und einen Kaffee trinken?«

»Fällt dir wirklich nichts Besseres ein?«

»Für dich nur das Beste«, erwidere ich.

Sie sinniert finster vor sich hin und zupft sich die Augenbrauen.

»Komm, zieh dich an«, bettle ich.

»Ich bin angezogen«, schreit sie.

Auf Berlins Straßen haben wir beide gemeinsam nichts zu suchen. Berlins Straßen, das ist in unserem Fall die Yorckstraße, die sie wütend, ärgerlich wegen ihrer hohen Absätze, hinunterhastet. Die Bäckerei ist mit diesen Absätzen nahezu unerreichbar.

Sie blökt mich an, wie weit es denn noch sei.

»Beruhig dich, nur noch zwei Straßenecken.«

Da heult sie auf vor Wut. Sie stampft, mich überholend und zurücklassend, wütend weiter. Auf den hohen Plateaus sieht sie gut aus. Ich will sie wieder ficken und gehe hinter sie. Im Laufen umklammere ich sie und reibe meinen Schritt zwischen ihren Arschbacken. Sie schlägt wie eine Furie um sich. Eine Faust trifft mich fast ins Gesicht.

»Du hättest meine Augen treffen können«, schreie ich ihr hinterher.

Sie verschwindet in der Bäckerei. Sie mampft ihr Stück Kuchen hinunter, kalt und abweisend, stumm wie ein Fisch.

Männerhass und Verachtung bündeln sich in ihrer Miene und eine grobe, undifferenzierte Enttäuschung, die Furchen in ihr Gesicht schneidet und es hart, alt und brutal aussehen lässt. Ich weide mich an diesem Hass, der primitiv ist und unter der Oberfläche brodelt. Sie denkt an ihre Frisur, die lädiert ist und die der Wind auf dem Rückweg total kaputtmachen wird. Sie denkt mit ihrer Fotze, denke ich.

»Eine Schnapsidee!«, zischt sie. »Was für eine scheiß Schnapsidee wieder mal!«, und stopft ein großes Trumm in sich hinein. Sie ist jetzt ein dialektischer Abgrund aus dem, was sie eigentlich im Alltag sein will, nämlich ein glückliches Mädchen, einen Kuchen essend mit jemandem, der sie glücklich macht, und dem, was ich aus ihr gemacht habe, nämlich ein unglückliches Wrack, das einen eklig schmeckenden Billigkuchen in sich hinein fressen muss und Angst hat, dicker zu werden. Es macht sie rasend, es zerrt an ihr, es macht sie so wütend, dass sie fast platzt. Sie ist ramponiert. Es ist Wahnsinn.

Der Alltag ist nichts für uns. Von Anfang an war ich der Freier und sie die Nutte.

»Was glotzt du mich so blöd an? Was ist?«, keift sie schon wieder.

»Gar nichts, ich schmiede Pläne für den Nachmittag. Wir könnten Minigolf spielen.«

Sie lacht laut los, kann sich gar nicht mehr bremsen.

»Minigolf!! Du willst mit mir Minigolf spielen!« Sie hat Tränen in den Augen.

Ich sehe sie an.

»Seit wir uns kennen, hast du mich immer wieder damit belämmert, dass du mit deinem Exfreund immer so schöne Sachen machen konntest wie Minigolf spielen oder Picknicken oder Grillen oder irgendetwas ‹Normales, was andere Leute auch machen›. Jetzt mache ich eben mal diesen Vorschlag.«

»So was kann man mit dir doch nie machen, das weißt du doch selber ganz genau«, schreit sie mich wütend an.

»Das stimmt doch nicht«, lenke ich, aus Angst vor Schlägen, ein. Die Anlage ist irgendwo in Britz. Allein der Gedanke, dass sie zustimmt und wir mit dem Taxi hinausfahren müssen, ist grauenerregend. Aber es regnet mittlerweile Gott sei Dank in Strömen. Also fällt die ganze Sache sowieso ins Wasser.

»Du willst doch nur ficken, deshalb bist du so nett«, sagt sie in völliger Unkenntnis der Lage, denn genau das ist es, was ich nicht will.

Wir blicken uns lange ausdruckslos an. Wir wissen beide, dass keine Minigolfanlage auf uns wartet und auch kein

Grill. Sondern höchstens eine Schlägerei. Oder ein Fick. Diese beiden Möglichkeiten gibt es. Wir sehen uns an. Wir wissen beide Bescheid. Wir gehen schnell Richtung Wohnung zurück, der Regen klatscht ihr die Haare an den Schädel, sie will in ein Taxi.

»Wir haben uns nichts mehr zu sagen. Stimmt doch«, sagt sie.

»Nein, das stimmt eben nicht«, erwidere ich. Auf keinen Fall darf sie mich jetzt allein lassen. »Es ist doch so schön«, sage ich, »bitte, komm mit.«

Am Ende lässt sie sich breitschlagen.

Sie ist auf dem Bett auf allen vieren, wie es sich gehört. Ich schiebe sie mir noch ein wenig zurecht, drücke die Beine weiter auseinander und rammle sie im Stehen von hinten. Irgendwann rammt sie mich mit dem Ellbogen, um mich darauf aufmerksam zu machen, dass ihr diese Position sehr unbequem geworden ist. Sie will keinen Krampf bekommen. Sie lässt ihn rausgleiten und springt wütend auf.

»Hey, ich bin noch nicht fertig! Was soll das?!«

Der Streit eskaliert. Wir prügeln uns quer durch die Wohnung. Ficken und prügeln und trennen uns. Ficken, weil wir uns prügeln. Prügeln, weil wir uns ficken.

»Wollen wir es nicht noch einmal versuchen, es war doch am Anfang so schön?«

»Du hast mir das Nasenbein gebrochen.«

»Sorry, tut mir echt leid. Das wollte ich nicht. Möchtest du vielleicht einen Tee?«

Sie packt das Küchenmesser, an dem noch symbolisch das Blut meiner Pulsadern klebt, und geht damit auf mich los. Ich packe sie an den Haaren und schleife sie ein Stück durch die Wohnung. Schürfwunden überall an ihrem Körper, herausgerissene Haarbüschel, blaue Augen, ich lande splitternackt auf dem Hof, die Türken holen die Bullen.

Seitdem wochenlang Funkstille. Aber dann ruft sie doch wieder an, und wir treffen uns bei mir in der Wohnung. Sie putzt gerade die Küche, aus Wut oder weil sie nichts Besseres zu tun hat, sie hat fast nichts an.

Wir bekommen Streit, und plötzlich hat sie einen Abgang, verliert einen drei Monate alten Fötus, er liegt auf dem schmutzigen Küchenboden, es ist alles ein Irrsinn, ich begreife erst überhaupt nicht, was sie meint, als sie mich anschreit: »Da hast du deinen Surya! Hier, dein Surya!«, und den Fötus mit dem Fuß in meine Richtung kickt.

Surya hat sie unser erstes Kind nennen wollen, sie hat immer wieder von einem Kind gesprochen, das eine Mischung sein sollte aus mir und aus ihr, und was es von wem hätte, wenn es ein Junge würde, und was es von wem hätte, wenn es ein Mädchen würde. Und da liegt es nun, dieses Ding, das wie ein kleiner, bleicher Muskel aussieht, ein wenig durchsichtig, bläulich schimmern die Adern hindurch, und der wie schlafend wirkende, kleine amphibische Kopf, ein lebloses, kaum geformtes Stückchen Fleisch, benannt nach einer vedischen Gottheit.

Das Entsetzen packt mich, als ich das Blut ihre Schenkel hinunterlaufen sehe. Wir haben gar nicht gemerkt, wie es herausgefallen ist aus ihr, sie war immer noch beim Putzen. Horror. Eiskalt läuft es mir den Rücken hinunter bei dieser unheimlichen Begegnung mit dem, was unter anderen Umständen vielleicht mein Sohn geworden wäre.

Sie hantiert mit dem Besen, um das Ding auf die Kehrichtschaufel zu kicken, sie tut ganz ruhig, aber ihre Hände zittern stark, es geling ihr nicht, trotz Konzentration, und sie zittert noch mehr. Sie trägt ein Kopftuch und eine Küchenschürze, und durch das offene Fenster dringt die Sonne herein. Sie sieht auf den ersten Blick aus wie eine Hausfrau, die Frühlingsputz macht.

Ich gerate in Panik, als ich die kleine Blutschliere auf dem Küchenboden sehe, gehe auf die Knie, flehe sie an, damit aufzuhören, das blutige Ding auf die Kehrichtschaufel kehren zu wollen. Sie zittert vor Wut. Ich versuche ihr den Handfeger aus der Hand zu nehmen, aber sie sagt nur: »Nimm deine Hand weg, sonst bring ich dich um.«

Es ist alles ein Irrsinn – und der Sommer bricht an.

»O Gott, wie furchtbar«, muss ich auf einmal denken, als ich ihr hartes, zu allem entschlossenes Gesicht sehe, das an die Frauenporträts der alten fränkischen Meister erinnert, an die »Vanitas« von Dürer, an die »Frau des Stadtrats Falk« von Altdorfer, an die »alte Frau« von Baldung Grien.

»Beisetzung des Sohns Surya!«, denke ich.

Was soll jetzt noch kommen?

Ich laufe hinaus auf die Straße, um Zigaretten und Raki zu holen, und als ich zurückkomme, liegt sie auf dem staubigen Küchenboden und schluchzt. Sie schreit und schlägt um sich, als ich sie anfassen will, ich verziehe mich schuldbewusst auf den Hocker in der Ecke, wo ich paralysiert sitzenbleibe und verfolge, wie ihre Brust sich hebt und senkt. Irgendwann ist sie eingeschlafen, und es wird dunkel, und ich lege vorsichtig eine Decke über sie.

Sie ist ganz klein geworden, sie liegt da wie eingeschrumpelt und in ähnlich fötaler Haltung wie unser nicht zustande gekommener Sohn. Ich blicke zum Fenster hinaus und merke, dass ich zum ersten Mal über sie nachdenke. Sie hat wegen dem beknackten Speed nichts gemerkt von der Schwangerschaft. Es sind schon harte Zeiten, sie hat Tag und Nacht Schwänze gelutscht für Geld und hat, um nichts mehr zu merken, das viele Speed in sich reingeschaufelt.

Sie tut mir echt leid für das alles.

Dieses Kind der Liebe, wahrscheinlich noch unter der

heißen Sonne Brasiliens gezeugt, aufs Erbärmlichste verreckt nun, gespenstischer geht es nicht, ehrlicher, krasser, trostloser geht es nun wirklich nicht mehr.

Ich denke daran, wie sie all die Nächte mit mir ausgelaugt haben müssen, in denen ich über sie hergefallen bin wie ein hungriges Wolfsrudel und ihr alle Löcher gestopft habe, von vorn, von hinten, mit allen Hilfsmitteln, Gurken, Bananen, Dildos, mit ihr im Duett gestöhnt und geschrien und mich in ihrem Schweiß und ihren Säften gebadet habe, bis eine dicke, schlierige Schicht aus Staub, Schweiß, Smegma, Sperma, Scheiße, Urin und Blut unsere geschundenen, von Striemen, Kratzern und blauen Flecken bedeckten Körper überzog.

Jetzt, wo sie zu meinen Füßen liegt wie ein geschändeter Leichnam, jetzt und erst jetzt tut es mir leid, was ich angerichtet habe mit ihr, und ich kann endlich verstehen, was sie damit gemeint hat, dass ich sie ständig nur ausgenutzt habe. Ich möchte sie in die Arme nehmen und trösten, anstatt sie hier unten auf dem Boden in der Kälte liegen zu lassen, aber ich traue mich nicht mehr. Es ist zu spät dafür.

Und dann überkommt es mich eines Nachmittags mit einer Heftigkeit: Die Sätze sprengen heran vom Horizont meines Gehirns, aus dem Kern einer dunklen Bedeutung heraus dringen sie hervor wie Dämonen und rasen heran. Ich renne barfuß über die Stoppelfelder meines verdörrten Handwerks und versuche sie mit bloßen Händen einzufangen, springe, werfe mich gegen den Himmel, verletze mich an den Schründen und Krusten meines Gedächtnisses, stürze und richte mich wieder auf …

Ich pflanze die Fingernägel in die von der Dürre getrocknete Erdscholle hinein, grabe mit bloßen Händen, schlage mit dem Kopf, mit dem Gebiss auf der Erde auf. Bis zur Betäubung, bis zur Besinnungslosigkeit verbeiße ich mich in den Spasmus meiner Geschichte. Ich mahle, ich malme, ich hämmere, ich zucke.

Es ist spät geworden. Schwarz und hart stehen die Buchstaben, klar und still, in ihrer Bedeutung autark. Schwarz und hart Zeile gegen Vers.

Ich lese die Prägung und ahne, wem die Widmung gilt.

Am Morgen ist mein Kopf von Schorf und Aussatz bedeckt und meine Kehle durchschnitten. In meinen Augenhöhlen liegen ausgedrückte Zigarettenkippen.

Ich kotze und pisse Blut.

Ich steuere um elf Uhr nachts das Risiko an. Das Risiko ist eine Kneipe, in die sie bis auf das eine Mal mit mir nie hingehen würde. Sie mag diesen Laden nicht, mag die elitären Loser nicht, die sich massiv, wie an kaum einem anderen Ort, hier zusammenrotten. Deshalb glaube ich meinen Augen nicht zu trauen, als ich sehe, dass die einsame rothaarige Frau am Tresen, mit dem perfekt ondulierten Haar, die ich schon von draußen durchs Fenster gesehen habe, tatsächlich sie ist.

Was macht sie hier? Warum ist sie hier? Wegen mir bestimmt nicht. Wir haben seit Wochen nichts voneinander gehört.

»Was machst du hier?«, frage ich sie.

»Das Gleiche könnte ich dich fragen«, erwidert sie gleichgültig und wendet sich ab.

Ich höre, wie jemand aus dem Hinterraum kommt, und drehe mich um. Matt Stallion kommt mir entgegen, mit zwei Kästen Bier in seinen Pranken, und ich erfasse sofort den Zusammenhang. Mir sackt das Herz in die Hosentasche. Das kann nicht sein! Sie und Matt Stallion!? Es kommt so plötzlich, so ohne Vorbereitung.

Und ich Idiot dachte schon, ich hätte bereits mit der ganzen Sache abgeschlossen.

Ich konnte sogar ganz gut schreiben.

Meine Knie werden weich. Ich muss mich erst einmal setzen. Ich hocke mich zwei Stühle entfernt von ihr auf einen Barhocker. Stallion runzelt die dichten Brauen und sieht mich kurz an. Er ist das, was man als sehr gutaussehend bezeichnet, ein männlicher, hartgesottener Typ mit hellblauen Augen und schwarzen Haaren. Er trägt ein Muscleshirt, das seine kräftigen Schultern und seine muskulösen Arme zur Geltung bringt. Sie sind dicht behaart. Das ist das Einzige, was mich irritiert, denn sie hat immer beteuert, dass sie behaarte Typen nicht mag. Stallion ist Frontmann einer New Yorker Band, die hier hängengeblieben ist. Er ist der eher stoische Typ, der nicht viel sagt und alles in seinen Blick legt.

»Wodka«, sage ich heiser.

Er stellt mir das Glas hin, ohne mich anzusehen, und geht nach einem kurzen Blickwechsel mit Nina wieder nach hinten, hinunter in den Keller, wahrscheinlich, um noch mehr Kästen zu holen. Ich blicke zu ihr hinüber. Sie nippt an ihrem Wodka, raucht und blickt gelangweilt vor sich hin. Das frisch ondulierte Haar fällt ihr in sanften, roten Wellen über die Schultern. Ihre Züge sind weich, ja verträumt, verschleiert fast, wie sie nach langen Liebesnächten waren. Sie ist begehrenswert wie nie.

Es ist erstaunlich, wie schnell sie sich seit unserem letzten Treffen, als sie halbtot am Boden lag, wieder berappelt hat. Nichts davon ist ihr mehr anzusehen. Sie wirkt wie eine völlig Fremde. Mein Herz beginnt mit jeder Sekunde stärker zu hämmern, die ich hier sitze, um von ihr ignoriert zu werden, die ich hier sitze, ohne zu wissen, was los ist.

»Was machst du hier?«, frage ich.

»Das geht dich nichts an.«

»Sag es mir doch, bitte.«

Sie schweigt, raucht, ignoriert mich.

»Bitte«, sage ich dringlicher.

»Mach dich nicht lächerlich«, erwidert sie hart.

Stallion stellt ein paar Kästen im Drogenraum ab und kommt ein paar Schritte nach vorn.

»Can I do something for you, darling?«, fragt er und wirft dabei einen harten Blick auf mich.

»No, everything is allright«, antwortet sie mit butterweicher Stimme.

Beide lächeln sich an, er geht wieder runter in den Keller. Ich fasse es nicht.

Ja, er fickt sie, und sie ist verliebt in ihn, total verliebt, und wartet am Tresen auf ihn, bis er fertig ist. Ich halte das auf keinen Fall aus, was hier passiert. Ich steige langsam vom Barhocker, ich fasse sie am Arm und sage: »Komm, wir gehen.«

Sie will ihren Arm wegziehen, ich halte ihn mit einem Klammergriff.

»Lass mich gefälligst los!«, ruft sie empört.

Ich lasse sie los. Ich habe für einen Moment das seltsame Gefühl, dass sich die Erde ohne mich weiterdreht. Ich suche Halt an ihr, versuche sie, hilflos, wie ich bin, zu küssen und zu umarmen.

»Komm, hör auf damit«, sagt sie und wehrt mich ab.

»Es kann doch nicht sein, dass du nach so kurzer Zeit …«, stammle ich, »findest du ihn besser als mich?«

Ich habe Stallion bereits in mehreren Robert-Nuts-Videos gesehen. Er spielt dort einen Biker, der gern die Hose herunterlässt, um Groupies auf den Toiletten heruntergekommener Tankstellen im Mittleren Westen zu vögeln und im Zweifelsfall sogar zu fisten. Er hat einen prachtvollen Schwanz.

»Du langweilst mich«, antwortet sie.

Ich überlege, was ich in der kurzen Zeit tun kann, um das Blatt zu wenden, bis Stallion aus dem Keller zurückkommt. Ich nehme erneut ihren Arm.

»Bitte, komm mit«, bettle ich, »oder sag mir wenigstens, dass es nicht stimmt.«

Sie lässt ihren Blick einen Moment auf mir ruhen.

»Na gut, ich sag's dir. Ja, Matt und ich treffen uns«, ist die niederschmetternde Antwort.

Ich nicke still vor mich hin. Es poltert hinten an der Kellertreppe. Stallion kommt zurück, mit weiteren Kästen Bier. Er stellt sie hinten unter den Tresen und wendet uns, mit Einräumen beschäftigt, den Rücken zu. Sie trinkt ihr Glas leer und stellt es ab. Die ganze Sache ist ihr offensichtlich einigermaßen unangenehm. Ich warte, dass Stallion endlich wieder abhaut. Er hantiert viel zu lange da herum. Die Situation wird immer angespannter. Nina dreht sich zu mir.

»Ich will, dass du jetzt gehst«, sagt sie.

»Ach, wirklich?«, antworte ich.

»Ja«, antwortet sie, »aber eines solltest du noch wissen, bevor du gehst. Ich habe dich die ganze Zeit schon betrogen, seit wir uns kennen, nicht erst jetzt.«

Ich kann nicht glauben, was sie mir da sagt, nach den ganzen Liebesschwüren im Bett, den Beteuerungen, dass ich »der absolut Einzige« gewesen bin.

»Was meinst du damit? Meinst du die Freier, deine Arbeit in der Show?«, frage ich mit letzter Kraft.

»Nein, andere Männer. Ich bin auch manchmal mit anderen Männern ausgegangen.«

»Wann?«, frage ich.

»Wenn wir uns nicht gesehen haben.«

»Ich kann nicht glauben, was du da sagst«, antworte ich.

Sie sieht mich mitleidig an.

Hilflos, wie ich bin, greife ich nach ihrer Hand. Sie entzieht sie mir.

»He, Matt, machst du mir noch ein Glas Wodka?«, ruft sie.

Wie in Trance hole ich aus, schlage nach ihrem Gesicht und verfehle sie knapp. Matt Stallion packt meine Faust, bevor ich nochmals zuschlagen kann. Er reißt mir den Arm herum und schleudert mich vom Barhocker. Ich liege einen Augenblick wie betäubt am Boden. Damit habe ich nicht gerechnet. Der Arm tut oben am Gelenk höllisch weh. Vielleicht ist er ausgekugelt. Stallions Gesicht, eine finstere, diabolische Maske mit wütend zusammengezogenen Brauen, taucht über mir auf. Gleichzeitig sehe ich seine geballte Faust drohend vor meinen Augen. Sie ist riesig.

»Out!«, bellt er und zeigt auf den Ausgang. Ich erhebe mich wacklig und gehe mit zittrigen Beinen hinaus.

Despair

Berlin-Schöneberg. Wir schreiben das Jahr 83.

Ich habe mich in Razorhead umbenannt. Mein Geburtsdatum habe ich auf den Tag meiner Ankunft in Westberlin, auf den 7. Januar 1981 festgelegt.

Auf meinem Grabstein soll stehen: Gehörte der Westberliner Subkultur an.

Status: unbedeutend.

Freunde: keine.

Über mich soll wahrheitsgemäß gesagt werden: Er liebte die Literatur. Aber sie liebte ihn nicht zurück. Deshalb griff er, wie die anderen Epigonen dieses kurzen, nihilistischen Zeitalters, das im Übrigen kulturgeschichtlich völlig unbedeutend war, zu harten Drogen.

Flankiert wurde diese Zeit des absoluten Vakuums von einer sozialpolitischen, kulturellen und menschlichen Katastrophe: der Ausbreitung der Seuche Aids.

Die ersten Aidstoten der schwulen Szene flankieren auf schmerzhafte Weise den schleichenden Tod der Subkultur Westberlins und führen uns dramatisch vor Augen, wie schnell es zu Ende gehen kann mit dem Spaß.

»The party is over«, verkündet der New Yorker Bürgermeister Koch.

In der bayrischen Politik werden erste Stimmen laut, die sagen, dass es dringend erforderlich ist, infizierte Homosexuelle in Internierungslager zu stecken, um die Bevölkerung vor Ansteckung zu schützen.

»In dunklen Ecken haben sie ihre abscheulichen, perversen Fickereien begangen, haben die schreckliche Seuche über uns gebracht mit ihrer Amoral und ihren Sauereien. Das Strafgericht Gottes folgt auf dem Fuße. Jetzt wird ihnen der Garaus gemacht. Auch wir können nicht länger dulden, dass sie unter uns weilen und unsere Kinder auf der Straße anstecken. Wir müssen jetzt handeln. Lasst nicht länger zu, dass sie sich in ihren Pornokinos verkriechen, wo sie mit ihren grässlichen, offenen Stellen in dicke Schals gehüllt husten und Händchen halten und weinen. Schließt diese Brutstätten, von wo aus sie ihre Seuche verbreiten! Sie müssen endlich weggesperrt werden. Wir können ihren Anblick nicht länger ertragen! Gott ist nicht im Arsch der Schwulen!«, sagte der Bischof und wischte sich mit Weihwasser seinen jungfräulichen Popo ab.

Okay. So far mit diesem politischen Zwischenbericht.

Auf der gesamten Kurfürstenstraße ist die Kanalisation aufgerissen. Ich hangle mich zwischen den Baubrettern entlang die Potsdamer hoch. Einzelne Gestalten straucheln mir entgegen und verschwinden in einer nebligen Dunkelheit. Ich biege links Richtung Yorckbrücken ab und stehe vor dem Risiko. Es hat dichtgemacht. Das Fenster und die Tür sind mit Brettern vernagelt.

»Das große Clubsterben«, titelte ein Stadtmagazin vor kurzem. Ich habe nichts davon mitbekommen, ich bin lange nicht mehr draußen gewesen. Ich habe mich in mein Bett verkrochen, mehr oder weniger. Ich habe angefangen zu hinken, eines Tages, auf dem Weg zu der

Bäckerei, weil ich dachte, dass es besser passt, wenn ich hinke.

Ich habe mich aufs Klauen von Lebensmitteln verlegt, da ich nicht mehr zum Sozialamt gehe. Meine Befürchtungen damals im Wedding, dass ich zukünftig Nachweise bringen muss, um mein Geld zu erhalten, haben sich leider bewahrheitet. Meine Miete zahle ich schon seit Monaten nicht mehr. Vor vielen Jahren, als ich noch zur Schule ging, gab es den lieben Schularzt Dr. Bremer. Er schrieb mich krank, wann immer ich wollte. Oft sehne ich mich nach diesem vom Schularzt legitimierten Kranksein, das einem die innere Sicherheit und Geborgenheit gab, im Bett zu liegen und in Ruhe zu lesen. Oh weh, Dr. Bremer, wo sind Sie geblieben, leicht und freundlich mir die Brust abhorchend und immer lächelnd? Wo ist Ihre Eukalyptussalbe, wo Zwieback und Tee, während von draußen die Sonne hereinschien? Dank Ihnen, lieber Herr Doktor Bremer, habe ich im Internat Hunderte von Romanen verschlungen, vom lästigen Korsett der Schulpflichten in weite Ferne gerückt. Jetzt, wo es Sie, lieber Herr Schularzt, nicht mehr gibt, werden die Abgründe um mein Bett herum immer größer.

Es ist kein Land mehr in Sicht.

Der Luxus des Lesens ist einer unsichtbaren Bedrohung gewichen, etwas Bodenlosem, einer herannahenden tiefen Depression am Horizont, die mich wie ein schwarzes Loch einzusaugen droht, mitsamt meinem Bett, auf dessen fleckiger Matratze meine Cut-up-Texte liegen, die aus den Texten von Burroughs, Celine und Malaparte zusammengeschnitten sind.

Einen Leserbrief habe ich allerdings zusammengebracht und an das ehemalige Frontmagazin geschickt.

Der Inhalt lautet:

»Ich hasse die verdammten Bürger, ja, ich hasse sie, verflucht noch mal. Ich könnte sie alle töten. Deswegen bin ich hier in Kreuzberg, weil man sie normalerweise hier nicht sieht. Wenn ich ein Diktator wäre, würde ich als Erstes die Bürger töten. Es war ein großer Fehler der Nazis, die Juden zu töten anstatt die Bourgeoisie.
Tötet die Bürger! Werft endlich Steine in die verfickte Bürgerkneipe am Paul-Lincke-Ufer.«

Dieses Schreiben ist das Destillat der Hunderte von Büchern, die ich gelesen habe.

Mehr ist offenbar dabei nicht herausgekommen. Das ist schon sehr deprimierend und bietet nicht gerade Anlass zu großer Hoffnung, was meine schriftstellerische Zukunft betrifft. Der Leserbrief ist nicht einmal abgedruckt worden.

Ich bin ein verhinderter Künstler. Ich will zerstören. Mich kotzt die Welt an, und die Leute kotzen mich noch mehr an: die Filmhochschulen, das Theater, der ganze Schwachsinn. Mich schert der ganze Scheißdreck schon lange nicht mehr. Umso größer ist mein Hass auf die, die studieren oder sich für die Volontariate bewerben.

Nur ein verkacktes Mamasöhnchen bewirbt sich beim Theater oder bei der Zeitung und macht ein beschissenes Volontariat. Ich denke bereits in den Kategorien Hitlers. Jeder Satz meines Denkens fängt an mit: Wer zu schwach ist …

Wer zu schwach ist, um auf der Straße zu leben …

Wer zu schwach ist, um es zu ertragen, Abschaum zu sein …

Wer zu schwach ist, das Mal des Scheiterns auf seiner Stirn zu tragen …

Wer das Versagen auf der ganzen Linie nicht kennt, wird

nie zu den wirklich Großen gehören, sondern ist und bleibt eine Memme, ein dreckiger Feigling, ein Bürger …

Ich könnte Volksreden halten. Das wäre eine Möglichkeit.

Ich gucke zum Fenster hinaus und sehe, wie der Riese namens Depression mit großen Schritten auf mich zugewankt kommt, alles niedertretend, was ihm im Weg steht.

Er ist genauso betrunken wie ich. Ich hebe die Flasche ihm zum Gruß und lasse den Kopf auf die Schreibtischkante sinken.

Bevor ich mich wirklich vor die U-Bahn werfe, gehe ich zu einem Psychiater, den mir mein Vater empfohlen hat, mit einem dichten Bart und Jesuslatschen an den Füßen. Er ist ein trotteliger, ernster Bär, der vielleicht irgendwann einmal gutmütig gewesen ist, und gilt als Koryphäe auf seinem Gebiet. Welches Gebiet? Ich weiß es nicht. Gruppenzusammenführung oder so etwas Ähnliches.

Er hat in Italien mit dem sozialistischen Patientenkollektiv zusammengearbeitet, unter dem Motto: »Erst mal raus aus der Scheiße der Gesellschaft, bevor es an die Scheiße im eigenen Kopf geht!«, und schwört auf die Methode des gemeinschaftlichen Fahrrad-Reparierens als Therapieform.

Er fragt mich Dinge, die Stimme so leise und sonor, dass mir schlecht wird, und die Pausen zwischen den Sätzen so lang, dass ich aufschreien mag in meinem Wahnsinn. Was lässt sich dieser Mensch Zeit!

»Ich habe keine Zeit mehr!!«, schreie ich. »Mir brennt bereits der Arsch ab, du Trottel«, und renne hinaus.

Ich ergreife die Flucht vor mir selbst, indem ich in die Stadt hineinrenne, bis ich Auswurf bekomme. Ab und zu werfe ich mich auf den Boden, schlage Purzelbäume auf dem Asphalt. Ich klaue eine Waschmaschine, schleppe sie zu einem Hauseingang und wuchte und trage sie vier Stockwerke hoch bis zum Dachboden, wo ich sie stehenlasse und nie mehr abhole.

Aus schierer Verzweiflung ratsche ich mir mit der Schere kreuz und quer sämtliche Haare vom Kopf, bis nur noch kleine, zerrupfte Büschel herumstehen. Wütend, wie ich geworden bin, schneide ich mit dem Rasiermesser blutige Schacken in die Kopfhaut. Halb schneide ich, halb reiße ich mir mit dem stumpfen Rasierer die Augenbrauen ab. Dann schneide ich mir die Wimpern alle ab. Mit den kahlen Augenlidern sehe ich jetzt wirklich zum Fürchten aus. Ich gehe in einen Foto-Fix-Automaten und verkrieche mich darin über Stunden. Ich mache von meinem letzten Geld Dutzende von Fotostreifen von mir. Ich mutiliere die Bilder, schneide die Augen heraus, den Mund, klebe die Foto-Fix-Streifen an Laternenmasten mit der Aufschrift: gesucht. Schließlich nehme ich Anlauf und springe in den Landwehrkanal. Ich durchquere die warme, stinkende Brühe, ziehe mich an Land und schlafe unter einer Brücke ein.

Ich gehe in den Film Eraserhead. Jemand, den ich flüchtig kenne und der auch im Kino war, holt mich ein und will mit mir über den Film reden.

»Der Film«, fängt sie an, »hinterlässt ein Gefühl lähmender Ausweglosigkeit, findest du nicht? Ähnlich wie der Prozess, wenn man sich darauf einlässt, wobei die Schuld im Prozess ihre Wurzeln in der Kabbala hat …«

»Ruhe«, schreie ich, »halt die Schnauze, ich will den Film nicht erklärt haben.«

»Lynch hat Ähnlichkeit mit Hitler«, fängt sie wieder an, »sieh dir mal sein Konterfei an, ich glaube, er ist schizophren.«

»Schnauze, Schnauze!«, schreie ich. »Ich will allein sein«, und schlage meinen ersten Purzelbaum auf dem Asphalt.

»Hör auf, du dreckige Fotze«, schreie ich, »hör auf, hör auf!!!«

Ich schlage einen weiteren Purzelbaum auf dem Asphalt.

Ich bin zutiefst beeindruckt und mitgenommen von dem Film und kann überhaupt nicht begreifen, wie jemand so unsensibel sein kann, nicht zu sehen, dass ich jetzt unbedingt alleine mit der Wirkung dieses Meisterwerks auf mich und meine Gedanken sein muss.

Wie konnte der Film an dieser Person so vorbeigehen, dass sie sofort darüber zu schwafeln anfängt.

»Ruhe«, schreie ich, »Schnauze, lass mich allein, du stupide Fotze. Merkst du nichts mehr?!«

Es ist zu spät. Die Kuh hat es geschafft, die Magie zu zerstören. Der ganze Abend ist ruiniert. Ich gerate so sehr in Rage, dass ich ausschere und erneut in den Landwehrkanal springe. Ich bin immerhin ein Gewohnheitsmensch. Hier wird es deutlich. Die weibliche Person kommt ungeschoren davon, bleibt am Ufer stehen, guckt dem Wahnsinn zu.

Diesmal schwimme ich länger. Ich kraule, ja, ich schwimme sogar Butterfly, trotz des Wehrmachtsmantels. Ich spüre, dass die Wahrheit des Augenblicks darin besteht, der Ausdruck des gesammelten Wahnsinns von Westberlin zu sein – das Wahrzeichen sozusagen. Ein lautes, gurgelndes Lachen steigt aus meiner Kehle auf.

Ich stinke nach dem ganzen Landwehrkanal, nach all den toten Ratten, der Hundescheiße und den toten Kommunisten, die hier ertränkt wurden.

Schäumend vor Wut gehe ich den Kanal hinunter, grummelnd, motzend und rotzend, Selbstgespräche führend, den Kopf dabei schüttelnd.

Vor der Bürgerkneipe steht ein Grill, an dem sich ein fettes Spanferkel am Spieß dreht. Ich lungere, verdreckt, wie ich bin, eine Weile am Ufer herum und gucke rüber.

Ab und zu kommt ein Kellner, schneidet ein Stück vom Spanferkel ab und bringt es zu den Bürgern, die da an ihren weißgedeckten Tischen tafeln.

Das Typische an den Bürgern ist, dass sie immer in ganzen Clans dahocken und damit protzen, welchen Reichtum an Nachwuchs sie haben und wie groß ihre Familien sind. Dabei sind sie immer ganz für sich und tun so, als gäbe es den Rest der Welt nicht.

Meist sind sie mit der Nahrungsaufnahme der Enkelkinder beschäftigt, die ihr ganzer Stolz sind und um die sich ausschließlich alles dreht.

Die Mütter erteilen den Ehemännern barsch Befehle. Sie haben die Herrschaft in der Kleinfamilie übernommen und die Ehemänner zu reinen Befehlsempfängern degradiert, die sie rüde abservieren, jeden Widerspruch im Keim ersticken. Sie sind so kalt und hart ihnen gegenüber, wie man Kindern gegenüber ist, die man nicht liebt. In kategorischen Worten erklären sie ihnen, was zu tun ist, und behandeln sie, als wären sie so dumm wie Kleinkinder. Das alles haben sie bei der Aufzucht gelernt, wie man Befehle erteilt, wie man Widerreden kategorisch abschmettert, was für eine Miene man aufsetzen muss, damit ein für alle Mal Schweigen herrscht. Der tolle Ehemann sitzt beleidigt daneben, frisst alles in sich hinein und lässt es dann am Kellner aus.

Diese hartgekochten, oft hübschen Matronen mit ihren

blonden Haaren und ihren Reiterstiefeln haben bestimmt mal Spaß am Ficken gehabt. Aber der Spaß ist vorbei.

Sie sind im goldenen Käfig gefangen. Der Mann ist weitergezogen. Er zahlt zwar und kommt am Wochenende, aber er fickt andere und schaltet innerlich ab, wenn sie von ihren Problemen erzählen. Er hat sich in die Berufswelt gerettet, während sie völlig absorbiert sind von der Aufzucht der Brut und ihre großen, ehrgeizigen Pläne, die sie mal gehabt haben, in den Wind schießen können.

Der totale Frust darüber, dass sie ihr Leben ruiniert haben, hat sie zu Teflon gemacht, obwohl sie niemals von sich selbst zugeben würden, dass das alles ein Riesenfehler war, dass ihr Leben verpfuscht ist und alles eine todtraurige Angelegenheit.

Wenn der Mann einmal aus Versehen lacht, weisen sie ihn sofort zurecht, weil er die Nudel auf dem Latz von dem Kleinen noch nicht weggemacht hat.

»Was ist mit dieser Nudel? Willst du sie nicht endlich wegnehmen? Siehst du nicht, dass auf dem Latz von dem Kleinen eine Nudel liegt?! Mit TOMATENKETCHUP!!!!!??? Könntest du das vielleicht auswaschen gleich!!!???«

Der Mann ist erstaunlich jung geblieben, dynamisch, muskulös; feine Falten auf der gebräunten Haut, blonde, dichte Härchen auf den Unterarmen, blaue Augen, die blitzen, ein Prachtexemplar. Sie hasst ihn, weil sie alles weiß, allzu versteckt flirtet er mit der Bedienung, allzu offensichtlich seine Bemühungen, es zu verbergen.

Aber sie sind stark, sie sind unerschütterlich, diese Bürger. Nichts kriegt sie kaputt.

Sie hocken da und halten die Stellung und verteidigen mit Klauen und Zähnen die Überzeugung, dass es richtig ist, was sie tun. Man hat es ihnen von Anfang an eingeimpft, wie sie zu leben haben, und sie haben sich immer genau daran gehalten. Rigide sind sie, innerlich vertrocknet wie Mumien.

Ich kratze am Grind auf meinem wunden Schädel, der juckt und mir weh tut. Ich entferne den Seetang und die dreckigen Algen und starre dabei zu ihnen hinüber.

Der Papi winkt einem Kellner und deutet dezent in meine Richtung. Der Kellner bedauert. Er kann nichts machen. Ich bin auf der anderen Straßenseite.

Da darf ich mich aufhalten.

Ich betrachte die älteste Tochter von Papi, die schon ziemlich hübsch ist und einen Busen hat. Der Opi, das Alphatier, verfolgt das alles finster unter seinen buschigen Brauen. Aus seinen Augen glimmt bereits der Hass. Er will mich wegstarren, aber es gelingt ihm nicht. Die alte Glucke, seine Frau, guckt schon die ganze Zeit indigniert weg.

Jetzt starrt auch der Papi böse zu mir herüber, mit seinem gutgeschnittenen Blondhaar und seiner Tennisbräune. In Wahrheit ist seine glatte, verwöhnte Fratze hässlich.

Er sieht aus wie die Norm, kleinkariert, kleingeistig, hartherzig, wie diese Bürger seit Jahrhunderten sind.

Ich starre böse grinsend zurück und spucke Algen, die ich zu einem Brei zerkaut habe, auf die Straße.

»Der Führer hätte seine Freude an dir gehabt«, rufe ich.

Die frustrierte Glucke in ihren Reiterstiefeln und ihrer weiß-blau gestreiften Bluse redet jetzt auf ihn ein, während er weiterhin zu mir rüberstarrt. Der Patriarch winkt den Kellner her. Es folgt eine kurze, heftige Diskussion. Der Kellner will offenbar nichts unternehmen. Es ist ihm zu heikel, sich mit mir auseinanderzusetzen. Der Alte fuchtelt jetzt mit den Armen, er ist wütend, frustriert, er springt auf und marschiert in den hinteren Teil des Lokals, wo er wahrscheinlich den Maître ruft.

Ich hole einen Backenzahn von meinem Schädel, der vielleicht von Rosa Luxemburg stammt, und stecke ihn in den Mund. Ich spüre einen Juckreiz am ganzen Körper. Meine Hände schwillen an, ich beginne, sie zu kratzen. Es nützt nichts, der Juckreiz wird immer schlimmer. Ich verliere das Interesse an der Bürgerfamilie. Meine Hände sind geschwollen, blutrot, auch der Rest des Körpers schwillt an. Dass so etwas möglich ist! Ich gehe weiter, mich überall kratzend, bis ich überall blutig bin.

Da ich nichts anderes habe, balsamiere ich mir meine geschwollenen, teilweise aufgeplatzten Hände und Handgelenke mit Sperma ein und umwickle sie anschließend mit Mull. Sie sehen nun aus wie Hasenläufe. Ich lege mich schlafen. In der Nacht werden diese Läufe ganz steif und gefühllos. Ich richte mich auf und gehe ans Fenster, hebe die Läufe und starre hilflos in die Nacht hinaus. Dann kommt mir eine Idee. Ich hole meine Mullvorräte unter der Spüle hervor und fange an, meinen gesamten Körper zu bandagieren. Ich beginne beim rechten Fuß, am Ende zieht sich der Verband bis hinauf zum Hals.

Ich liege auf dem Rücken im Bett. Leise fange ich an zu wimmern. Allmählich werde ich lauter. Ich heule und schreie. Ich reiße meinen Mund auf, reiße die Augen auf und brülle los.

Ich keuche, ich schnaufe, ich spüre die Pusteln und Flecken unter dem Verband, die sich entzündet haben und fürchterlich jucken. Ich habe das Gefühl, dass meine Leber und meine Milz von einer dräuenden, schwarzen Flüssigkeit vollgepumpt werden; sie werden platzen, der Schmerz ist jetzt schon ungeheuerlich. Ich brülle entsetzlich los.

Ich bin in großer Atemnot und spucke Blut.

Ich schreie: »Mama!! Gib mir einen Löffel Brei!!«

Ich spucke, ich huste, meine Augen schielen vor Schmerz.

Jetzt tritt mein Vater heran, unbeholfen und ängstlich. Er nimmt die Nagelschere und sticht zaghaft in den Mullverband, um nachzusehen, was los ist. Er ritzt meine Leber.

Ein Schwall schwarzer Flüssigkeit ergießt sich aus dem Verband über mein Gesicht. Mein Vater flüchtet. Das heiße, schäumende Blut läuft mir in großen Schüben in Mund und Nase.

Ich ersticke daran. Wut ist meine erste Regung. Schreckliche Wut.

Ich stoße ein schrilles Wutgeschrei aus. Meine Eltern sind bereits bis zur Tür zurückgewichen. Hass, Schmerz und Empörung potenzieren sich zu einer elektromagnetischen Kraft, die den gesamten Raum in Flammen setzt.

Glühbirnen flackern auf und platzen. Kabel schmoren durch. In einem hellen Funkengestöber bricht der Strom aus ihnen hervor und ergießt sich über den Teppich. Meine Eltern verschmoren. Mein Hass brennt sie so klein, dass sie in einen normalen Haushaltsaschenbecher passen.

Ich hocke am Bettrand. Der lose Verband hat sich stellenweise gelöst.

Draußen wird es allmählich hell. Ich blicke auf meine bandagierten Füße.

»Nein«, murmle ich leise, »ich bin nicht Eraserhead. Meine Gedärme werden durch eine funktionierende Muskulatur zusammengehalten, mein Kopf ist nicht abgehäutet, sondern nur rasiert, und ich werde nicht von einer weißen, metaphysischen Scheiße aus dem Weltall erstickt. Ich bin nicht Eraserhead, meine Gedärme werden durch eine funktionierende Muskulatur zusammengehalten. Mein Kopf ist nicht abgehäutet ...«

Ich murmle das Mantra und werde allmählich ruhig. Ich pule den Mullverband ab. Ich lege mich auf die Seite, mit Blick zur Wand, und ziehe meine Beine an den Körper.

Mit diesen Händen werde ich wohl in nächster Zeit nicht mehr wichsen können.

Ich finde bei dem alten Herrn Lipinski, zu dem ich immer die Bücher bringe, die ich bei Kiepert am Ernst-Reuter-Platz klaue, Gesamtausgaben von Goethe bis Kleist, die ich mir einfach unter den Mantel klemme, eine alte Schwarzweiß-Bolex-Kamera und kaufe sie ohne jeden Grund. Die Kamera, die im Krieg verwendet wurde, hat ein Gehäuse aus dickem Stahl, ist schwer wie Blei und unverwüstlich und sieht im Grunde aus wie eine große Handgranate. Ich bekomme die Bolex zum Tausch für eine Thomas-Mann-Dünndruck-Gesamtausgabe, die ich noch in München bei Hugendubel geklaut habe.

Ich hatte mir dort angewöhnt, und es war mir zur lieben Gewohnheit geworden, große Löcher in die Regale von Hugendubel zu reißen. Das Leerklauen der Regale von Kiepert am Ernst-Reuter-Platz ist nur die logische Fortsetzung davon.

Herr Lipinski, der Antiquar, ein vornehmer, älterer Herr, fragt nicht lange, woher die Ausgaben kommen, Hauptsache Kalbsleder, Hauptsache Dünndruck und Goldschnitt. Dann passt die Sache schon. Er gibt für eine Thomas-Mann-Gesamtausgabe im Wert von sechshundert Mark etwa so viel, dass ich mir am Bahnhof Friedrichstraße ein paar Stangen Lexington und ein paar Flaschen Wodka kaufen kann. Immerhin.

Zur Bolex bekomme ich 16-mm-Umkehrmaterial schwarzweiß, ohne Garantie.

Zu Hugendubel bin ich in München immer gegangen

und habe die Filiale am Marienplatz ausgeraubt. Manchmal bin ich mit zwei fetten Riegeln Bücher unter dem Arm die Rolltreppen heruntergesprungen. Ich bin am Marienplatz, der sich in der BRD für solche Raubzüge quasi am besten anbietet, auch in die gegenüberliegenden Edel-Kaufhäuser gegangen, zum Lempinger und zu Lodenfrey, und habe teure Jacken und alles Mögliche andere unnütze, teure Zeug mitgehen lassen. Ich habe mir die Klamotten oft doppelt übergezogen und bin aus dem Kaufhaus rausgestürmt. Irgendwann kannten sie mich. Ich habe auch Stehlampen und Teppiche geklaut. Am Schluss habe ich wahllos alles geklaut, was nicht niet- und nagelfest war, so sinnlos kam mir alles in München vor.

In Berlin habe ich, wohlgemerkt, aus Verzweiflung und nicht aus Langeweile und Überdruss wieder angefangen, Bücher zu klauen. Und ich bin ganz puritanisch beim Bücherklauen geblieben. Verzweiflung reizt nicht zum Übermut, ist aber in gewisser Weise für alles eine Rechtfertigung. In mancher Hinsicht war die Langeweile von München aber schlimmer, weil verkommener, weil amoralischer, als es die pure, puritanische Verzweiflung in Berlin je sein kann. Lieber verzweifelt in Berlin als gelangweilt in München. In München klauend durch die Fußgängerzonen zu laufen macht einen zu einem degenerierten Spießer, wie fast alles in München.

In Berlin dagegen erfasst einen eine Art Grauen. Der Vorgang der Tat wirkt lächerlich gering gegen die Dimension der Verlorenheit, in der sich die Tat vollzieht.

Die Tat wird gewissermaßen verschluckt von den Straßen, dem Grau, der Leere dieser Rentnerstadt, in der alles zur Vergangenheit geworden ist und nichts mehr Zukunft hat. Man ist ein einsamer Dieb, kein verkommener Spießer. Das macht den Unterschied, wie sich Berlin überhaupt durch Noblesse auszeichnet und denjenigen adelt, der diese Stadt aushält, die Armut, die Winter, den Regen, das Grau, im Grunde auch die vollkommene Abwesenheit von Konsum, außer Alkohol, Kaffee, Zigaretten natürlich und Speed, was aber als reine Durchhaltedroge deklariert werden kann, also als Mittel zum Zweck.

Alles andere, was man sonst so braucht, holt man sich bei irgendeinem Trödler oder Altwarenhändler oder in einem Secondhandladen.

Alles ist allein darauf angelegt zu marschieren. Westberlin ist die totale Reduktion auf das Wesentliche, sowohl für das geistige als auch für das körperliche Überleben im Krieg gegen sich selbst.

Es ist eine Frage der Moral, ob man lieber in München verspießert oder in Berlin total verzweifelt ist!

Mir ist klar, dass das Reservoir an deutschen Klassikern bald erschöpft sein wird und auch die Geduld des Herrn Lipinski. Er wirkt zunehmend überfordert, wenn ich im Laden auftauche. Manchmal winkt er schon hinter der Glasscheibe ab. Die Brecht-Gesamtausgabe in Leinen hat er schon von mir. Er will sie nicht zweimal, er will sie nicht mal geschenkt. Die kann ich jetzt wegschmeißen.

Es nützt nichts, dass ich versuche, ihm zu erklären, dass es eh bald nichts mehr gibt.

Er wehrt ab, er braucht nichts mehr. Sein Laden ist eh schon bis zur Decke voll mit Klassikern und Nicht-Klassikern aller Art.

Ich lege das Umkehrmaterial in den Korpus der Kamera ein. Schon die mechanische Arbeit macht ungeheuren Spaß. Das Material widersetzt sich nicht und schnurrt durch, wenn ich an den Zahnrädern drehe. Ich verschließe die Kamera. Es klickt herrlich. Ich drehe das Objektiv. Wieder das herrliche Klicken. Ich ziehe die Kamera auf.

Ich gehe hinaus auf die Straße wie ein rasender Reporter. Ich filme alles. Ich stehe mitten auf den riesigen Straßen und halte die Bolex gegen S-Bahn-Überführungen und Himmelsformationen, auf leere Parkplätze, schwenke Neubauten ab, folge alten Omas mit Einkaufstüten, filme Junkies hinter S-Bahn-Treppen, tote Tauben, Kinder beim Spielen, den Straßenverkehr. Ich filme Menschen, die nicht gefilmt werden wollen und sich die Hand vors Gesicht halten und weglaufen. Ich schwenke über den Straßenverkehr. Es ist eine Art Chronik der laufenden Ereignisse, wo nichts passiert, außer dass der Verkehr sich zäh bewegt oder irgendwelche Leute die Straße überqueren oder nicht überqueren.

So löst sich mein Leben allmählich in nichts auf.

Irgendwann schmeiße ich eine Ladung Psilocybin-Pilze ein und warte, was passiert.

Ich lege mich auf meine Pritsche und starre die Wand an. Eine halbe Stunde vergeht. Plötzlich öffnet sich die Wand, und es kommen Dämonen aus einem Loch gekrochen und bevölkern die Tapete. Sie haben die üblichen knochigen Dämonenköpfe und kräftige, behaarte Arme, Beine und Schultern. Sie führen ein regelrechtes Ballett auf. Sie nehmen sich an den Händen und tanzen Polonaise, dann einen Reigen, dann drehen sie sich in einer temperamentvollen Polka und klatschen in die Hände dabei.

Ich habe bei Aleister Crowley gelesen, dass sich Gespenster und flüchtige Erscheinungen auf Film bannen lassen, wenn man vorher dicke Mengen Salz in die Ecken streut, denn dann können sie nicht flüchten. Dies tue ich hiermit.

Ich nehme die Kamera und filme alles, bis das ganze Spektakel wieder verblasst.

Ich besorge mir bei dem Altwarenhändler Bullrich einen alten 16-mm-Projektor.

Er demonstriert mir, wie er funktioniert. Am nächsten Tag hole ich die entwickelten Filmrollen ab. Ich habe plötzlich richtig zu tun.

Ich lege die erste Filmrolle ein. Der Projektor rattert los. Ich sehe mir alles an, was ich gefilmt habe. Das Beste, die Dämonen, hebe ich mir bis zum Schluss auf. Ich bin aufgeregt wie ein kleiner Junge. Ich lege den Film ein und lasse den Projektor laufen. Nichts. Ich versuche es mit der nächsten Rolle. Wieder nichts. Das ist Betrug! Ich probiere alle Rollen noch mal durch.

Nichts. Wütend und enttäuscht nehme ich den Rest der Pilze. Vielleicht muss man etwas nehmen, um die Verbindung herzustellen. Ich warte, bis das Zimmer zu wabern beginnt. Dann werfe ich den Projektor an und lasse eine Rolle durchlaufen. Wieder nichts.

Ich nehme die ganzen auf dem Boden verstreuten Filmrollen und packe sie in den Topf auf dem Herd. »Ich mach eine Suppe aus euch, ihr beschissenen Viecher!«, rufe ich. »Ich lass euch in der Hölle schmoren!«

Ich lasse Wasser in den Topf laufen und zünde den Herd an. Irgendwann fängt das Wasser an zu blubbern. Ich betrachte fasziniert, wie die Filmrollen kochen. Ich warte, bis die Dämonen aus den Filmrollen kriechen. Ich bringe die Kamera in Anschlag und halte auf den Topf, damit ich den Moment nicht verpasse, wo sie flüchten und ich sie erneut auf Zelluloid bannen kann. Ich denke, die Sache verdient eine zweite Chance.

Nach einer Weile bin ich total erschöpft – und mein filmisches Frühwerk ist sozusagen vernichtet.

Das Affenweibchen hinter den Gitterstäben hat klaffende Schamlippen und ist durchaus paarungsbereit. Die Fotze ist deutlich zwischen den krummen, behaarten Beinen sichtbar, die Schamlippen hängen heraus, sie sind rot und feucht. Die Äffin steht in zwei Meter Abstand von mir mitten in ihrem Käfig und sieht mich mit ihren verschmitzten Äuglein an. Sie lacht und zeigt ihre Zähne. Es sind riesige, quadratische Hauer. Ihr Lachen ist roh, aber einladend. Soll ich die klassische Reihenfolge einhalten und mir zuerst einen blasen lassen? Oder gleich ficken?

Ich reiße die enge, schwarze Röhrenhose auf und ziehe sie herunter. Die Äffin gackert begeistert, als sie meinen erigierten Schwanz sieht. Ich blicke mich um. Erst jetzt merke ich, dass ich nicht allein bin. Überall sind auf einmal Leute. Es sind Normalos, Touris mit ihren Kindern, Rentner. Ich habe sie gar nicht kommen sehen, dabei bin ich schon die ganze Nacht hier. Ich versuche meinen Schwanz wieder einzupacken, aber er klebt an einer Gitterstange fest. Die Normalos reißen Pflastersteine aus dem Boden und werfen nach mir.

Meine Hände sind glibberig, es ist Blut. Ich muss am Kopf getroffen worden sein, ich habe ein riesiges Loch im Kopf, ich habe es gar nicht gemerkt. Die Äffin gackert begeistert: »Komm her, du Penner«, schreit sie, »ich will endlich deinen Schwanz lutschen.«

Kalter Angstschweiß bedeckt meine Stirn. Ich schrecke hoch.

Ich liege auf dem Küchenboden, ich muss durch den Mund atmen, weil die Nase total dicht ist. Alles tut weh, alles vibriert, meine Eier sind matsch und mein Kopf pocht links und rechts an den Schläfen.

Ich muss Abel anrufen. Meine Mutter braucht zehn Gramm Speed. Mein Herz fängt schrecklich an zu pochen, wenn ich daran denke. Es stürzt mich in Angst und Schrecken, dass die Welt etwas von mir will. Meine Finger kleben, mein Schwanz klebt am Küchenboden fest. Ich angle nach dem Aschenbecher und zünde mir eine Kippe an.

Es klingelt an der Haustür. Was für ein schrecklicher Wahnsinn. Wer kann das sein? Es hat, seit Nina weg ist, niemand mehr hier geklingelt. Es klingelt wieder!

Ein heftiger Kopfschmerz droht mir den Schädel zu sprengen. Diesmal hat mich das Zeug umgehauen. Ich habe zu viel auf einmal genommen. Jetzt fällt mir ein, dass es nur Abel Abgrund sein kann, der vor der Tür steht, denn sonst kenne ich niemanden mehr.

Abel hat immer seine Hausapotheke dabei, alles, was es gibt gegen Schmerzen – bis runter zum Hustensaft! Das ist doch Menschenrecht! Das ist doch Nato-Standard! Wo leben wir denn, im neunzehnten Jahrhundert?! Valium hat er in Unmengen dabei.

Ich kauere stoisch, mit zwischen die Knie gezogenem Kopf, in der Hocke und presse meine Hände gegen die Ohren. Das Arschloch da draußen läutet immer noch Sturm.

Ich wabere hoch … Reste von Ektoplasma und ranzigem Sperma halten mein Hirn noch so weit am Laufen, dass ich die Tür öffnen kann.

Vor mir steht Abel Abgrund, mit einer Rose im Knopfloch, ein echter Gentleman eben, auch wenn seine weiße Smokingjacke leicht angeschmutzt ist und sehr auffällig aussieht im Vergleich zum Rest seiner Kleidung, den abgeschnittenen Gummistiefeln, der seltsamen Buntfaltenhose aus alter Zeit, die nur mit einem Strick am dünnen Körper gehalten wird.

Ja, er hat alles dabei, gegen jegliche Art von Schmerz oder Depression.

»Nato-Standard«, raunt er, »es gehört einfach zur Grundausrüstung eines jeden aufrechten Mannes dazu in diesem traurigen, alten Europa, wo's in jeder Ecke rumspukt.«

Er gibt mir sofort eine hellblaue, in Viertel aufgeteilte Tablette. Das sind immer die Besten, die Stärksten. Darauf ist hundertprozentig Verlass. Er hat auch Zäpfchen dabei, für alle Fälle, falls der Magen sich umstülpt – ist ja alles schon mal vorgekommen in diesen Breitengraden.

Abel redet exakt wie Burroughs. Er hat die Texte verinnerlicht, nicht nur oberflächlich gelesen wie ich. Immerhin ist er ein echter Junkie, ein Junge von der Straße, der sich die Bildung selbst rangeschafft hat. Er geht sofort in die Küche. Gentleman, der er ist, fragt er mich höflich, ob ich etwas dagegen hätte, dass er sich einen Druck macht. Er setzt sich an den Tisch und präpariert den Schuss. Er hasst es, sich das Zeug in die Venen zu drücken. Normal hat er eine Krankenschwester, die das für ihn macht, die ihm auch ab und zu Morphiumampullen aus dem Giftschrank klaut, aber sie ist nie da, wenn man sie braucht. Also haut er sich selber die Nadel rein, flucht, weil er die Vene nicht gleich kriegt, flucht über die ganze Sauerei, die ganze Metzgerarbeit an sich selbst und sackt völlig erschöpft zusammen, als es ihm endlich gelungen ist. Das Blut läuft in einem dicken Faden den Arm hinunter, tropft auf den Boden, tropft in die Gummistiefel hinein.

Endlich erlöst.

Sobald der Kopfschmerz nachgelassen hat, wasche ich mich mit Omis altem Frottee-Waschlappen. Dabei beobachte ich Abel, wie er dahockt, die Augen auf halbmast, die Mundwinkel heruntergezogen, der Speichel fließt ihm links und rechts übers Kinn.

Ich ziehe mich an, brühe Kaffee, der Geruch lässt ihn irgendwann aus dem Koma erwachen.

Das Speed für meine Mutter hat er dabei. Ich zerhacke die klebrigen Kristalle, strecke das Zeug und packe es in einen kleinen Plastikbeutel. Ich schneide mit dem Teppichschneider ein tiefes, quadratisches Loch in die Seiten des dicken Reclamheftchens mit Goethes Faust und stopfe den Plastikbeutel hinein.

Ich schließe den Deckel, verpacke das Heft in einem wattierten Umschlag und schreibe die Adresse meiner Mutter darauf. Parallel stelle ich ihr die Rechnung und stecke sie in ein anderes Couvert mit derselben Adresse.

Ich bin nun der Drogendealer meiner Mutter. Ich nutze ihre Notlage aus, ohne schlechtes Gewissen. Sie kann keine Rezepte mehr einlösen. Die Apotheker haben sie im Auge. Bei dem Arzt, wo sie die Rezepte geklaut hat, hat sie Hausverbot. Nun sitzt sie auf dem Trockenen, kann ohne das Zeug keine Zeile mehr an ihrem Roman schreiben, traut sich nicht mehr aus der Wohnung, ist schon halb wahnsinnig vor Angst, dass ihr Telefon abgestellt wird, weil sie nicht zahlen kann, wenn sie nicht endlich ihren Roman abliefert und den Rest von ihrem Vorschuss bekommt.

»Wenn das Telefon abgestellt wird, dann sind meine Verbindungen zur Außenwelt völlig gekappt, und ich verhungere, weil ich mir keine Lebensmittel mehr bringen lassen kann.«

Hört, hört! Von Käfer? Oder vom Stanglnwirt? Oder von wo?

»Ich verhungere oder werde vom Verfassungsschutz abgeholt, ohne dass irgendjemand etwas mitbekommt!«

Wir tippen uns an den Kopf. Kein Mitleid für Captagon-Wahnsysteme westdeutscher Chemie-Konzerne, die sie ihnen in der Metropole des Wohlstands ins Hirn gepflanzt haben.

Wir werfen die Umschläge ein und gehen die Potsdamer Straße hinunter, um über das traurige, alte Europa zu reden, dessen apodiktischer Kern wir sind, die geistige Elite von Westberlin.

Abel ist Schriftsteller wie ich. Ich habe ihn auf dem Spielplatz kennengelernt, eines Morgens, unten an der Potsdamer Straße. Erst dachte ich, da läge ein Toter im Sand vor dem Klettergerüst, die Augen offen, die Augäpfel nach oben gedreht. Der Mann war in meinem Alter und hatte einen riesigen Kopf, auch so ein gelbes, großes Pferdegebiss, sieht ein bisschen aus wie Iggy Pop, dachte ich und stieß ihn mit dem Fuß an.

Er war an dem Tag ziemlich exzentrisch gekleidet, Einstecktuch, Nadelstreifenhose, rotes Hemd und weiße Lackschuhe. Kann kein Toter sein, dachte ich, sieht irgendwie nicht tot aus, obwohl ich noch nie einen Toten gesehen hatte. Neben ihm lag ein Kassettendeck, das mit einer Windel umhüllt war. Wahrscheinlich legte er es sich ans Ohr, wenn er spazieren ging, und hörte Musik. Wahrscheinlich hatte er eine empfindliche Haut, ein Künstler, nicht unsympathisch. Seine Taschen wirkten irgendwie prallvoll. Ich langte hinein und wühlte. Alles war voll mit Tabletten. An dieser Stelle schien der Mann sehr sensibel. Er richtete sich auf und war sofort wach: »Verdammter Halunke!«, schrie er. »Fass mich bloß nicht an.«

Ich wich zurück, bat höflich um Entschuldigung, was er sofort akzeptierte. Als Erstes guckte er in den Taschen nach, ob irgendwas fehlte. Dann drehte er die Kassette im Tapedeck um und drückte die Einschalttaste. Es liefen die ersten langgezogenen, unendlich qualvollen, düsteren Töne von einem Streicher. Es klang, als würde der Tod persönlich die Saiten streichen, und ihre Klage verhallte in den Ebenen, um die Menschen vor der Apokalypse zu warnen …

Last Few Days hieß die Band, wie Abel mir erklärte. Verdorrte Bäume und verbrannte Erde sah man und den Tod, hoch und aufrecht, in würdevoller Grazie mit seiner Geige über die Felder schreiten. Solche Bilder weckte diese Musik in mir.

Abel hatte sich aufgerichtet und schien auch dem Tod hinterherzublicken. Er gab mir eine Zigarette und zündete sich selbst eine an. Ihm musste fürchterlich kalt sein, nach dieser Aprilnacht auf dem Sand, aber so war es offensichtlich nicht. Er zog genussvoll an seiner Zigarette, holte ein Notizbuch heraus, entschuldigte sich kurz bei mir für diese Unhöflichkeit und fing an zu schreiben.

Ich holte Kaffee in der Bäckerei gegenüber der Potsdamer Straße, und er schrieb immer noch. Erst als die Kassette ans Ende gelaufen war – sie war leider nicht sehr lang, das Stück dauerte nur etwa fünfzehn Minuten –, widmete er mir seine Zeit für ein kurzes Gespräch zum gegenseitigen Kennenlernen. Es gäbe keine Kopie von dieser Aufnahme, keine Platte – diese Kassette sei die einzige, die es gäbe, sagte Abel. Ich schwieg.

Wenig später brachen wir auf, und jeder ging seiner Wege.

Und manchmal, am frühen Abend, wenn die Dämmerung hereinbrach, glaubte ich durch den Straßenlärm der Potsdamer Straße weit entfernt die Geigenklänge von Last Few Days zu hören und ahnte, dass Abel Abgrund irgendwo in der Nähe war. Manchmal sah ich ihn, tief versunken, auf der anderen Straßenseite, wie er mit offenem Mund kleinen Zigeunermädchen nachstarrte oder wild gestikulierend, Selbstgespräche führend, die Straße hinunterging. Wenn er mir entgegenkam, blieben wir stehen und sprachen miteinander. Er erzählte mir all den horrenden Wahnsinn, der in seinem Inneren tobte, wenn er auf Entzug war. Manchmal tranken wir eine kleine Tasse zuckrigen, marokkanischen Tees zusammen, aber immer auf der Potsdamer Straße.

Abel war geheimnisumwittert, das Licht flimmerte um ihn und löste ihn auf, er war eine Erscheinung. Die gewagten Farben an seinem Körper leuchteten besonders stark in der Dämmerung, das Scharlachrot seiner Hemden, das Schwarz seiner Einstecktücher, seine bunten Krawatten, die changierende Seide seiner Jacketts, mal weiß, mal navyblau mit goldenen Knöpfen, und sein bleiches, großes Gesicht, das so stark hervorstach, dass sich die Leute nach uns umdrehten. Abel trank die Dämmerung wie ich. Sie war sein Lebenselixier, so wie sie meines war. Deshalb war es kein Zufall, dass wir uns immer wieder trafen, auf der Potsdamer Straße. Und das wussten wir. Wir trafen uns immer öfter, hockten zusammen in den kleinen Türkencafés, wo die Würfelspieler unterwegs waren, und sprachen über dies und jenes. Abel hatte große Probleme, Wohnungen zu finden. Er schlief mal hier und mal da. Manchmal legte er sich auf eine Parkbank und blickte in den Himmel. »Das Geheimrezept sind die Wolken«, sagte er einmal zu mir. Abel hatte all diese Dinge nicht verlernt, die die normal Sterblichen so schnell verlernen. Er steckte noch mitten in den Geheimnissen der Dinge.

Da ich um seine Wohnungsprobleme wusste, suchte ich ihm eine. Ich ging sogar mit ihm aufs Sozialamt. Als er merkte, dass diese altehrwürdige Westberliner Instituion überhaupt keine Probleme machte und man auch in den Gängen und überall rauchen durfte, ging er sogar ein paar Mal alleine dahin. Er brachte den Beamten sogar so weit, das Geld jeden Monat auf das Konto zu schicken, das ich ihm eingerichtet hatte.

Alle taten etwas für ihn, weil sie wussten, dass er ein besonderer Mensch war.

Und er wickelte sie ein mit seinem Charme …

So haben wir uns kennengelernt.

Abel ist Jude. Ab und zu reden wir über das Thema, aber eigentlich interessiert es ihn nicht. Er meint, die Deutschen wären immer noch genau solche Schweine wie damals. Ich sollte sie mir doch nur einmal anschauen. Sie seien genauso duckmäuserisch, obrigkeitshörig und feige wie damals. Pedantische Erbsenzähler ohne jegliche Phantasie und ohne jede Liebe für das Leben.

Juden würden sie erst mal keine mehr umbringen, das hätte man ihnen gründlich ausgetrieben. Aber sie würden sich bestimmt irgendwann mal wieder etwas Neues einfallen lassen, um die Welt in Ordnung zu bringen. Denn den Ordnungssinn, ihr hervorstechendstes Merkmal, den hätte man ihnen nicht austreiben können. Und die Liebe für das Leben hätte man ihnen auch nicht einimpfen können. Und was wäre der Nationalsozialismus denn anderes gewesen als wahnsinniger Ordnungssinn bei jeglicher Abwesenheit von Liebe für das Leben. Für das ungeordnete, schöpferische Chaos, das man Leben nennt.

Wir sind uns einig. Von diesem Volk ist nicht viel zu erwarten.

»Sie sind lobotomiert worden, diese Arschlöcher. Ansonsten ist hier alles beim Alten geblieben«, pflegt Abel zu sagen.

Außer dass wir um den Block gehen, verkaufen wir nun auch Speed, brechen in leerstehende Wohnungen ein, versetzen Hehlerware in Pfandhäusern, betrinken uns manchmal bis zur Besinnungslosigkeit und wachen in Treppenhäusern auf.

Mit einem Wort, wir sind Freunde geworden. Ich bin ein wenig neidisch auf ihn, weil er, was das Schreiben angeht, so viel zustande bringt und ich so wenig.

Abel schreibt an einem ausufernden Roman, dessen Blätter und Notizzettel sich überall verteilen oder, vermischt mit Comiczeichnungen, an den Wänden der Wohnungen hängen, in die wir eingebrochen sind und die wir besetzt halten, eine winzige Wohnung in Kreuzberg ist die Urzelle. Hier entsteht das Werk, das dann verteilt wird auf die Wohnung in der Potsdamer Straße, wo die Geschäfte abgewickelt werden, und die in der Pallasstraße, in der Abel sich manchmal aufhält, um sich von unserer Speeddealerin, die mal Sekretärin war, Teile des Romans abtippen zu lassen.

Das Manuskript besteht teils aus handschriftlichen Notizen in winziger Schrift, teils aus Schreibmaschinenseiten, die zerschnitten und nach der Cut-up-Methode neu zusammengesetzt sind, und teils aus Texten, die Abel auf einen Kassettenrekorder spricht, während er unterwegs ist, sprich aus Kassetten mit seiner Erzählerstimme.

Er hat mehrere Kassettenrekorder, die er abwechselnd, manchmal aber auch zusammen ablaufen lässt. Dann entsteht eine Kakophonie seiner Stimmen. Die Texte überlappen sich. Manchmal unterlegt er die apokalyptischen Szenarien, die er beschreibt, mit der Musik von Last Few Days. Oder mit U-Bahn-Kreischen, das er aufgenommen hat. Oder mit den leisen Stimmen der Dealer am Kottbusser Tor, im Hintergrund das heisere Gebell von Kampfhunden.

Eine kleine Tischlampe mit gelbem Licht, ein zerfledderter Schaukelstuhl, ein Korbsessel, in dem Abel irgendwann gegen Morgengrauen einschläft, ein zerfleddertes Notizbuch in der Hand, eine abgebrannte Kippe im Mund, ein kleines Fenster, das auf den Hinterhof geht. Hier entsteht Abels Werk, es wächst spürbar, ist haptisch, ist organisch, jeden Tag kommen neue Zettel, Notizen, ausgerissene Comics dazu, werden mit Reißzwecken an die Wand über dem kleinen Schreibtisch geheftet, auf dem auch der Samowar steht, der immer vor sich hin dampft und gluckert, während Abel, sich in Trance wiegend, seine Sätze niederschreibt, der lebendige Mittelpunkt eines wabernden, lebendigen Universums aus Worten, Sätzen, Gedanken, Tönen, Bildern, Musik …

Ich hingegen hocke herum und weiß nichts mit mir anzufangen. Tagsüber an der Bülowstraße, weil da niemand hinkommt, abends hinter Abels krummem Rücken über dem Schreibtisch, wo er hockt wie ein uralter Jude, tief versunken, reglos wie ein Reptil …

Manches Mal trinke ich alten, verbrannten Kaffee in der Bülowstraße draußen auf einem Plastikstuhl direkt an der Straße, und neben mir steht die einbeinige Nutte, die sonst auf dem Stromkasten auf der Potsdamer sitzt, und trinkt auch Kaffee. Einmal kommen wir ins Gespräch, und sie erzählt mir die Stationen ihres Abstiegs.

Ihr Leben ist für sie eine Kurzform geworden. Sie kann da nicht mehr als drei Sätze rausholen, wenn sie beschreiben will, was in den zurückliegenden vierzig Jahren passiert ist. Erinnerung verboten – wie Abel sagen würde. Sie erzählt ihr Leben wie viele Junkies und Leute von der Straße in dieser abgehackten, von der Abrissbirne des Schicksals zerstörten Form. Sie will nicht in die Höhlen des Gedächtnisses hinab, wo noch fauler Schmerz wohnt, noch Leben rudimentär vorhanden sein könnte, sie hastet humpelnd darüber hinweg.

Ich nicke. »Ich habe es übrigens auch nicht leicht. Ich habe auch meine Sprache verloren«, bekenne ich.

Vater im Krieg gefallen. Mutter Schlampe. Bein unter die S-Bahn gekommen, dann Selbstmordversuch, zweiter Selbstmordversuch, Alkohol, Zuhälter, der wie Sylvester Stallone aussieht, Prügel, dann Fotze im Arsch, weil Haut zwischen Fotze und Arschloch beim Ficken gerissen ist. Dann Krankenhaus.

Jetzt fragt sie mich, ob ich mit ihr ficken will. Ich frage, was es kostet. Sie will für eine halbe Stunde einen Zwanni.

»So wenig?«, frage ich.

»Ich bin ja nur ein halber Mensch«, antwortet sie.

Ich gehe mit. Ich will wissen, wie sie wohnt. Wir biegen am Parkplatz ab, überqueren ihn ein Stück und stehen vor einem Autowrack hinter Büschen und hüfthohem Gras.

»Hier?«, frage ich.

Sie nickt.

Ich werfe einen Blick auf den Rücksitz. Ihre Utensilien liegen schon bereit, die große Papierrolle, die Kondome, ein dicker Holzscheit, zum Unterklemmen unter ihren Stumpf, wie ich vermute, eine Plastikflasche mit Wasser und Sagrotan.

»Also gut«, sage ich. Ich frage sie, ob ihre Fotze immer noch kaputt sei, was sie verneint. Sie stellt ihre Krücke ab und zieht mit einer Hand das Stretchkleid über ihren Kopf. Mit der anderen hält sie sich am Auto fest. Was darunter zum Vorschein kommt, ist ein perfekter, sehr weiblicher Körper mit schmaler Taille, breiten Hüften und einem Schenkel, der wie eine Säule auf der Erde ruht. Der andere Oberschenkel ist sauber abgetrennt worden, daneben hängen die Schamlippen ihrer großen, gefräßigen Fotze unter einem Busch dunkler, krauser Haare herab. Ich taste den Stumpf ab. Kein Leben mehr. Fühlt sich irgendwie komisch an.

Über ihrem festen Fleisch liegt, weiß wie Keramik, die

Haut, von einer festen Speckschicht gepolstert, die Oberschenkel sehen aus wie die eines Nashorns.

Und überhaupt hat sie Ähnlichkeit mit einem versehrten Nashorn – die höckrige Nase, die tiefliegenden, schwarzen Augen unter der harten Stirn, das von den Jahren auf der Straße gepanzerte, brutale Gesicht, das aussieht, als würde es aus verschiedenen Platten bestehen, Platten aus Schildpatt, mit dicker, poröser Haut überzogen. Aber darüber denke ich jetzt besser nicht nach …

Stattdessen nehme ich ihren Arm und untersuche ihn nach Einstichen. Keine. Sie bittet mich, ihr die Plastikflasche mit Wasser zu reichen. Ich gebe sie ihr, und sie wäscht sich vorne und hinten mit dem Papier von der Rolle, das sie vorher durchnässt. Ich nehme einen Gummi und stülpe ihn mir über den Finger. Ich bitte sie, sich umzudrehen. Ihr Arsch ist prächtig und ausladend, wie es sich für eine richtige Hure gehört. Ich gehe in die Hocke. Neugierig untersuche ich den Damm zwischen ihrer Fotze und ihrem Arschloch und prüfe, wie er verheilt ist. Dann schiebe ich den Finger mit dem Kondom in ihr Rektum und untersuche das Innere nach Hämorrhoiden. Ich finde keine. Ich bitte sie, sich wieder umzudrehen.

»Bist du pervers?«, fragt sie mich allen Ernstes.

»Keine Sorge«, antworte ich, »ich möchte nur immer ganz gerne Bescheid wissen, mit wem ich es zu tun habe.«

Ihre harten Knopfaugen starren mich an. Sie sehen aus wie Kastanien, die man in einen Schneemann gesteckt hat.

»Hast du Gleitcreme?«, frage ich.

»Wenn du ohne Kondom ficken willst, kostet das extra«, sagt sie.

Ich knete ihre Brüste, die seitlich herunterhängen. Die

Brustwarzen sind erigiert und fühlen sich an wie Gummi. Ich suche den Boden nach gebrauchten Kondomen und Spritzen ab. Alles in Ordnung. Ich frage sie, ob sie sich wieder umdrehen kann. In ihrem Blick sehe ich jetzt ganz deutlich Verachtung. Um ihr zu zeigen, wer hier der Chef ist, nehme ich ein paar Zwanziger von meiner dicken Geldrolle, die ich in der Hosentasche habe, und werfe sie auf den schmutzigen Rücksitz. Sie dreht sich und kriecht dann, auf meine Ansage hin, auf den Rücksitz des Autos, wo sie auf allen dreien verharrt. Ich schiebe ihr den Holzklotz unter ihren Stumpf. Dann dringe ich in sie ein. Ihr Loch ist weit, feucht, tief und heiß. Es lebt noch.

Erst stellt sie sich ein wenig quer, damit ich nicht in ganzer Länge ungehindert in sie eindringen kann. Doch sie nimmt sehr schnell meine Stöße entgegen. Ich habe freie Bahn. Irgendwann versetzt sie mir selbst einen Stoß, der mich fast ins Nirwana katapultiert.

Darauf gibt sie ein dumpfes Stöhnen von sich: »Oh, oh, ich komme.«

»Langsam, langsam, wir haben Zeit«, sage ich, »ich will meinen Saft noch nicht loswerden.« Ich greife in die Tasche und lege eine Line Speed auf ihrem Rücken.

Ich ziehe hoch. Sie dreht ihren Kopf in meine Richtung, fragender Gesichtsausdruck.

Ich nicke. Sie rammelt mich wieder. Ich spüre, wie die Ränder ihrer Spalte locker an mir herauf- und heruntergleiten, von der Spitze bis zur Wurzel. Das Ganze variiert sie, indem sie ihren Arsch kreisen lässt.

»Ich will mit dir gemeinsam kommen!«, stöhne ich. »Ich liebe dich!«

Als ich abspritze, verschwindet die Sonne hinter Möbel-Hübner.

Ich schütte den Rest Wasser über meinen Schwanz und gieße Sagrotan hinterher. Ich ziehe mir die Hose wieder hoch. Ich nehme den Klotz unter ihrem Bein weg und helfe ihr aus dem Autowrack. Wir verabschieden uns. Ich blicke ihr nach, wie sie in weiten Schüben mit ihrer Krücke und ihrem Bein das Niemandsland in Richtung Potsdamer überquert. Ich gehe hoch in die Wohnung zu Abel Abgrund.

Der Händler, von dem wir das Speed bekommen, heißt Graciano und lebt in der Mittenwalder im zweiten Hof, erster Stock.

Auf dem Weg zu ihm erzählt Abel mir, dass Graciano Aids hat. Er meint, es sei ein Wunder, dass er überhaupt noch lebt, er habe die Krankheit als einer der Ersten gehabt, alle anderen habe es bereits vor ihm dahingerafft. Abel nennt ihn den Duce.

Ein winziges Männlein in einem weißen Trench öffnet, das pechschwarze, zurückgegelte Haar schimmert blauschwarz. Und ja, auf tragische Weise gleicht Graciano tatsächlich dem Duce, als hätte man dessen riesigen Herrscherkopf von seinem Leichnam geschnitten und auf diese winzige Büste gesetzt. Vor uns steht eine Wachsfigur, aus der alles Leben gewichen ist. Er reicht mir die Hand, sie ist eisig kalt. Er bittet uns rein.

Er führt uns in ein kahles Zimmer mit einer Plastikcouch. Es riecht leicht faulig hier drin.

Wir setzen uns und warten, bis er mit der Lieferung kommt. Er legt den in Haushaltsfolie gehüllten Klumpen vor uns hin und erklärt uns, warum das Zeug so billig ist und wo es herkommt. Er ist so ernst dabei, dass sich dieser Ernst im Raum ausbreitet und einen sofort ansteckt. Todernst sitzen wir drei nun da, in Schweigen gehüllt.

Nach einer Weile packt Abel beklommen das Geld auf den Tisch.

Graciano nimmt das Geld an sich und huscht zum Fenster. Er scheint allmählich nervös zu werden. Wir wollen ihn nicht länger stören. Wahrscheinlich will er sich einen Druck machen, ihn aber nicht mit Abel teilen. Insgeheim kommt Abel nämlich hierher in der Hoffnung, dass Graciano ihm etwas abgibt von seinem Stoff. Es soll der beste Stoff in der Stadt sein, reines Heroin von der Ming-Dynastie, legendärer Stoff …

Wo er ihn herhat? Von einem reichen Freier. Es ranken sich viele Gerüchte um diese kleine, unruhige Gestalt dort am Fenster. Irgendetwas hält ihn am Leben. Und irgendwer sorgt dafür, dass niemand sieht, dass er die gefährliche Krankheit hat. Der Teufel möglicherweise. Es ist der Trenchcoat von Joseph Goebbels, den er trägt, denke ich.

Abel steht nun auf und raunt ihm etwas ins Ohr. Graciano zeigt in den Hof hinunter.

»Die wollen Fotos mit mir machen«, sagt er. Ich stehe auch auf und blicke hinunter.

Unten im Hof baut ein Typ, der wie ein Surfer aussieht, eine Kamera auf ein Stativ.

Ein anderer Typ mit Halbglatze zeigt in die Richtung, wo fotografiert werden soll.

»Wer sind die?«, fragt Abel skeptisch.

»Endspurt?«, Graciano hebt ratlos die Arme.

Abel lächelt dünn. »Diese Schmutzfinken. Lass bloß die Finger davon.«

»Die wollen mir Geld geben. Ich soll auf den Titel.«

»Und wieso?«

Graciano macht ein paar Knöpfe auf und öffnet den Mantel. Die ganze schneeweiße Brust ist von schwarzen Löchern bedeckt. Ich weiche unwillkürlich zurück.

Graciano verlässt die Stellung am Fenster und setzt sich

auf die Couch. Er holt das Päckchen mit dem Heroin aus der Manteltasche und wirft es auf den Tisch.

Wir setzen uns ebenfalls. Graciano macht eine elegante Geste, die besagen soll, dass Abel sich nehmen darf. Abel packt seine Nadel aus.

Graciano kratzt sich neben mir. An einigen Stellen reißt die dünne Heilhaut über den Löchern auf, und Lymphe und schwarzrote Flüssigkeit laufen seine Rippen hinunter.

Die blutigen Finger wischt er an der Lehne der Couch ab. Mir wird schwindlig.

Ich erhebe mich, so gut ich kann, und überlege, was ich tun soll.

Im selben Moment klingelt es an der Tür. Abel packt fluchend das Zeug weg. Er war gerade dabei aufzukochen. Kopfschüttelnd schiebt er den Löffel mit dem aufgekochten Heroin unter die Couch.

»Verfluchtes Gesockse. Diese blöden Bastarde, kannst du die nicht einfach zum Teufel schicken? Wie viel kriegst du von denen?«

»4000.« Graciano huscht zur Tür, wo sich folgender Dialog entspinnt:

»Wir haben uns überlegt, es doch hier oben zu machen, weil es persönlicher ist. Dürfen wir uns mal kurz umgucken?«

»Ich habe euch doch gesagt, nicht hier oben …«

Halbglatze und Surfer platzen zu uns herein.

»Hallo, hallo, guten Tag, wir sind vom Magazin Endspurt. Können wir uns mal kurz umsehen hier?«

Abel wird blass vor Wut. Seine Mundwinkel zittern.

»Nein! Könnt ihr nicht!«, schreie ich und springe auf.

»Wisst ihr, was Stolz ist?! Was Ehre und Menschenwürde bedeuten?! Nein!! Ihr wisst es nicht!!«, brülle ich. »Und ihr werdet es nie erfahren!! Es sei denn, ich jage euch dieses Ding rein!«

Ich nehme Gracianos Spritze und steche damit vor ihnen in die Luft. Sie weichen zurück. Sie verlassen die Wohnung. Ich brülle ihnen ins Treppenhaus nach: »Es geht um Würde, ihr Abschaum! Soll ich runterkommen und euch anstecken!?«

Ich renne ihnen hinterher. Sie flüchten hinaus auf die Straße. Ich zittere vor Wut. Ich weiß nicht, was mich gepackt hat. Wahrscheinlich war es die Antipathie gegen den Surfer. Ich war knapp davor, ihm das Ding reinzurammen und seinen prächtigen Körper, in dessen Glanz er sich schon sein Leben lang sonnt, in ein zelluläres Chaos zu verwandeln. Er hat Glück gehabt. Das nächste Mal …

Ich komme zurück und sehe, wie Abel ganz vorsichtig den Löffel mit dem Material unter der Couch hervorzieht, ihn mit seinen ewig zittrigen Händen über die Flamme hält und weiter aufkocht. Graciano wirkt vollkommen gleichgültig. Sein großer Mussolini-Kopf hockt leer und schief auf den Schultern und wartet, bis sein Körper endlich genügend Entschlusskraft aufbringt, um nun ebenfalls den Schuss zuzubereiten.

Ich versuche, ein Gespräch zwischen uns in Gang zu bringen.

Es gelingt nicht so recht.

Als er sehr stoned ist, beginnt er zu lallen. Er redet davon, dass er viele Leute angesteckt hat, vor allem in der Kunstszene. Irgendwann hebt er den Arm zum faschistischen Gruß.

Das Zeug ist so stark, dass Abel immer wieder nach Luft schnappt. Aber er hat gute Schutzengel.

»Die Fotografen, diese Idioten«, murmelt Abel, »sind wirklich ein völlig hirnloses, dämliches Pack.«

Es ist ein maßloses, mikrobenähnliches Gewimmel an Missverständnissen, wenn man auf die verhasste Spezies trifft. Es gibt einen einzigen Menschen, mit dem ich eine gemeinsame Sprache hatte. Und dieser Mensch heißt Laura.

Es hat mich Jahre seit meiner Kindheit gekostet, mit Laura ein ausgeklügeltes System der Kommunikation zu entwickeln, eine Privatsprache mit Privatworten, mit leisen, delikaten Veränderungen der Silben, mit Weglassungen, Verkindlichungen, zärtlichen Berührungen durch Worte. Es war eine Stimmungssprache, eine Liebessprache, eine Kindersprache, ein Antippen an Reminiszenzen, eine subtile, zärtliche Tiersprache, wie die von Vögeln oder die von Bibern, die sich mit den Augenwimpern küssen oder mit Nasenstübern oder Gezwitscher. Nun ist diese Sprache eine tote Sprache.

Sie hat Jahre um Jahre an Arbeit, an erwiderten Zärtlichkeiten gekostet. Immer wieder war ein Wort zum anderen gekommen, war wiederholt und wiederholt und wieder verändert worden, bis kein Mensch je die Spur hätte zurückverfolgen können außer uns beiden. Es waren Worte des puren Vergnügens, die den andern in Schwingung versetzten, ihn albern machten, zärtlich, verspielt …

Ein solches Zauberwort hatte die Kraft von tausend Worten. Unser gesamtes Gedächtnis war darin enthalten. Jedes Wort hatte seine Zeit, in der es entstanden war, und erinnerte uns daran. Jahre und Jahre hatten wir dieses Kunstwerk an Worten errichtet, seit unserer frühesten Kindheit. Mit welchem Menschen soll ich jemals wieder eine solche Sprache erlernen, von solcher Reinheit, so heiter und unbeschwert wie Vogelgezwitscher?

Ich habe meine Liebe und meine Sprache verloren.

Mein Gehirn ist leer und mein Kopf blank wie ein abgehackter Schweinekopf auf der Schlachtbank der Worte.

Ich hole mir das Drogengeld meiner Mutter vom Konto und fahre zum ersten Mal seit Jahren wieder nach Westdeutschland. Ich komme in Nürnberg an, setze mich sofort in den Bummelzug nach Bamberg und marschiere gen Stein. Ich gehe die steile Bergstraße hinauf, und mir ist irgendwie bang. Oben ist es immer noch so schön wie früher, überall unberührte Natur, Wiesen, Wälder, die Häuslein eingebettet in dieses Idyll. Ich komme mir vor wie ein Schatten. Ich husche in meiner schwarzen Kluft an den Häuslein vorbei. Der Grind auf meinem Kopf ist geheilt. Eine dünne Haardecke bedeckt bereits wieder den Schädel, Wimpern und Augenbrauen sind nachgewachsen.

Frau Werner empfängt mich an der Haustür, sagt, ich sei dünner geworden. Ja, liebe, liebe Frau Werner, man kann immer noch viel dünner werden, noch besser aussehen. Ist denn Laura da? Ich erfahre, dass Laura in der hiesigen Gemeindeverwaltung arbeitet. Was ist aus ihren Plänen geworden, in Erlangen Lehramt zu studieren? Was ist passiert? Ich frage besser nicht danach.

Laura sitzt hinter dem Schalter der Gemeindeverwaltung, in einem Glaskasten. Ich erkenne sie kaum wieder, ich muss zweimal hinsehen. Hatte ich sie größer in Erinnerung? Kann man Menschen wie eine Wohnung in der Erinnerung haben, die einem plötzlich klein erscheint? Sie kommt mir plötzlich so klein vor. Woran liegt es? An dem altmodischen Kleid, das ihr offenbar zu groß ist, dem runden, am Hals geschlossenen Kragen, dem seltsamen, schlecht geschnittenen Pagenkopf, den sie trägt und der in keine Zeit überhaupt hineinpasst? Als hätte sie sich in das sehr ernste Kind zurückverwandelt, das sie einmal war. Sie hat nichts Weibliches mehr, keinen Busen, die Arme dünn. What the fuck happened? Sie ordnet irgendwelche

Papiere, ohne aufzublicken, penibel, fast manisch wirkt dieser Vorgang. Vielleicht sollte ich schnell wieder gehen, bevor sie mich sieht.

Plötzlich guckt sie mich an, als hätte sie vorher schon bemerkt, dass sie beobachtet wird.

Ihre Brille vergrößert ihre Augen ins Riesenhafte. Sie wirkt sehr ängstlich, fast verschreckt, auf mich. Es scheint sie völlig zu überfordern, mich wiederzusehen.

»Robert?! Was machst du denn hier?«, fragt sie.

Der fränkische Dialekt scheint mir viel stärker zu sein als früher. Ich komme mir vor wie auf Trip, als wäre hier alles verzerrt, vergrößert oder verkleinert, so dass ich allmählich jeden Maßstab verliere. Auch der Abstand zwischen uns erscheint riesig, obwohl es gerade mal ein paar Jahre her ist, seit ich zum letzten Mal hier war. Ich versuche, mir nicht anmerken zu lassen, dass sie eine völlige Fremde für mich ist.

»Ja, ich bin es, Laura«, sage ich. Mehr fällt mir dazu nicht ein.

Das Amt ist totenstill. Man beobachtet uns, wie in einem Fassbinderfilm. Sie kommt nach vorn mit ihren dünnen Beinchen, wir umarmen uns aus Verlegenheit. Ich kann ihre Rippen so genau spüren, die ganze Zerbrechlichkeit, die Aura, das Herz …

Und was das Schlimmste ist: Sie kann kaum noch sprechen. Sie verspricht sich, verhaspelt sich, bleibt die ganze Zeit an den Silben der Worte hängen. Ich habe keine Ahnung, was mit ihr passiert ist. Ich bin nahezu schuldlos daran. Als wir uns getrennt haben, war sie noch sehr vital.

Sie geht hastig nach hinten, um zu sagen, dass sie vorgezogene Mittagspause macht.

Laufen kann sie auch nicht mehr richtig, sie stolpert, vielleicht vor Aufregung.

In einer Kneipe bestellt sie Maracujasaft. Auch dieses Wort kann sie nicht richtig aussprechen, kämpft um jeden Vokal, windet sich vor Scham. Es ist furchtbar. Was ist passiert, verdammt noch mal?

Sie berichtet von einer Verlobung. »Hat nicht geklappt« – sie winkt ab. Hat sich auf ihn verlassen, alles war schon geplant, er war, das ist anscheinend wichtig, der Sohn des Elektrogroßhändlers hier in Stein. Sie sagt das mit großem Respekt. Hatte sie schon immer dieses Obrigkeitsdenken?

Es entsteht eine lange Pause. Worauf verlassen?, frage ich mich. Auf die Liebe? Auf diesen Typen? Darauf, dass in ihrem Leben schon alles richtig laufen wird? Scheiße. Sie tut mir echt leid. Ich bestelle nach langem Zögern die Rechnung. Am großen Brunnen vor dem Rathaus umarmen wir uns noch einmal. Sie umschlingt mich sehr heftig. Stolpert davon Richtung Gemeindeverwaltung. Das ist aus meiner Laura geworden.

Ich gehe langsam zum Bahnhof zurück.

Ich reibe meine Stirn am Zugfenster und weine ein bisschen. Ich bräuchte jetzt meine Schlaftabletten. Es ist ungeheuer anstrengend, Minuten um Minuten in diesem verschissenen Zug zu sitzen. Ich glaube, ich werde nie wieder den Fehler machen, Berlin zu verlassen.

PS: Sich auf das System verlassen, darauf, dass es einen nicht fallen lässt, heiraten, eine Sozialversicherung abschließen, sich krankenversichern lassen und dann eine Anstellung finden bei einer Sparkasse und darauf hoffen, dass diese Sparkasse immer für einen da ist, bis zur Pensionierung, und deshalb einen Kredit auf ein Haus aufnehmen und jeden Tag brav zur Arbeit gehen und sich darauf verlassen, dass die Ehe hält, dass die Sozialverträge halten, dass man gesund bleibt, dass das System nicht zusammenbrechen kann, weil so ein Zusammenbruch, den kennt man nur aus dem Geschichtsunterricht; wir aber sind in einem friedlichen Idyll aufgewachsen, streng zwar und ein wenig ernst, aber ehrlich und gerecht, dem besten System bisher, das es gibt. Und morgens mit dem Bus zur Sparkasse in die Stadt fahren und abends mit dem Bus zurück in die Siedlung hoch und sich dann schön auf die Terrasse setzen und essen und danach fernsehen und dabei ganz viel essen, vor allem Wurst und Fleisch und Chips, bis man dick wird und eines Tages herzkrank und das System zusammenbricht und die Sparkasse einen fallen lässt, und der kalte Wind, der jetzt weht, bringt Unbarmherzigkeit und Ungerechtigkeit und Wildwuchs und Angst in das Leben, und die Krankenversicherung zahlt nicht mehr richtig, und der schöne, sichere, gut bezahlte Job wird vom Konzern ausgelagert und man landet irgendwo, wo man keine Rechte mehr hat und der Willkür von Fremden ausgeliefert ist, und man versteht die Welt plötzlich nicht mehr richtig, weil die Raten fürs Haus nicht mehr bezahlt werden können, und die Ehe, ja die Ehe, die unter den vielen Sorgen einknickt, und die schlimmen Befürchtungen nach den ärztlichen Voruntersuchungen und die vielen anderen Versäumnisse und die Ängste mitten in der Nacht und das große, stille Entsetzen in den Augen, wenn einem das erste Mal der Geruch der Pflegestation in die Nase steigt, in die man bald kommt, weil der Mann wieder einen Job hat, um die Raten abzuzahlen, und sich von daher »nicht mehr den ganzen Tag um einen kümmern kann«. Und den Rest kennt man ja.

Ich begehe dann doch noch den Fehler, einen Abstecher zu meinem Vater zu machen.

Er sitzt beim Griechen, an einem Tisch mit ein paar

langhaarigen Studenten, und baggert eine Frau an. Die Frau hat sehr dicke Titten. Er belatschert sie. Er sieht mich nicht.

Noch kann ich wieder gehen. Noch kann ich rechtzeitig »Vati« rufen, bevor er die Titten anpackt. Ich rufe: »Vati«, und komme einen Schritt näher an den Tisch. Glasige Augen, alkoholisiertes Lächeln: »Was machst du denn hier, Junge?«

Alle sind erleichtert, dass das Drama nicht seinen Lauf nimmt. Ich bin der rettende Engel in der ganzen Geschichte. Der dicke griechische Wirt schafft es, ihn zu überzeugen, dass er sich um mich kümmern soll. Er drückt ihm eine Flasche Retsina als Geschenk in die Hand. Mein Vater torkelt mit mir hinaus in die Nacht.

Wir erreichen die Wohnung, er taumelt in die Küche, fällt über die Flasche her, trinkt in riesigen Zügen und keucht: »Ich schaff es nicht, Junge. Dein Vater schafft es nicht …«

Ich begreife nicht genau, was er meint – betrunken zu werden? Es kann sein, dass er versucht und versucht, sich zu betrinken, mit allen Mitteln, und es dann schließlich nicht schafft. Eine schreckliche Vorstellung. Eine Tantalusqual.

Er keucht, er packt mich am Kragen, ruft: »Nein, Junge. Dein Vater kriegt es in seinem Kopf einfach nicht rum, dass die Gudrun tot ist!«

Was soll ich dazu noch sagen. Er hat es mir tausendmal schon in diesem Zustand erzählt. Er packt mich am Kopf, presst seine Hände gegen meine Schläfen.

»Nein, Junge, nein! Kapierst du denn nicht? Ich war in der Waffen-SS! Und ich bin leider immer noch der Kassenwart der RAF, auch wenn alle schon tot sind! Das Geld liegt da oben!«

Er rudert mit den Armen vor Wut. Ich weiche zurück.

»Keine Angst, Junge, dein Vater tut dir nichts«, flüstert er, »aber es ist alles so eine Scheiße!« Er ballt die Fäuste und schreit: »Es ist Krieg, Junge! Es ist immer noch Krieg.«

Er nimmt Anlauf, bleibt einen Moment wankend im Gang stehen und dreht sich nach mir um.

»Es ist die Arroganz der herrschenden Klasse. Wann begreifst du das endlich?!«

Er stöhnt. Er schlägt sich mit beiden Händen an den Kopf.

»Ich weiß, Vati, ich weiß«, versuche ich ihn zu beruhigen.

»Hier um die Ecke, wo der Groß wohnt, hat die Gudrun ihre letzte Filiale überfallen! Mit dem Baader, dem Arschloch!«

»Ich weiß, Vati, ich weiß.«

»Ich habe dieses Mädchen geliebt wegen ihrem Kopf!«, schreit er wütend und wankt auf mich zu. »Sie war genau wie der Rudi!«

Ich weiche etwas zurück. Das sanfte Lächeln kehrt auf sein Gesicht zurück.

»Dein Vater tut dir doch nichts, Junge!« Er holt mit der flachen Hand wütend aus.

»Ich weiß, Vati, ich weiß.«

»Ich bin kein Held, Junge. Ich bin kein toller Typ! Aber ich bin so wütend!«, schreit er. »Ich habe einen Vater gehabt, der aus Russland zurückkam, ein reines Stück Scheiße, ein reines Stück Dreck, Junge! Und es war meine Mutter, deine Großmutter, die ihn mit Weißbrot und Eigelb wieder hochgepäppelt hat, als er fast an der Ruhr verreckt ist! Ich bin kein Held, Junge! Aber deine Großmutter! Und die Gudrun! So, und nun geh ins Bett!«

Er schwankt die langen Gänge seiner Wohnung hinunter, ich höre ihn brüllen:

»Heidegger hat es noch 1944 gesagt: Ohne Hoffnung gibt es keine Moral!!«

Mein Vater befindet sich noch immer im Krieg. So viel begreife ich jetzt endlich. Er versucht mit dem Alkohol die Angst zu ersticken, aber sie wird mit jedem Glas größer.

Das meint er wohl, wenn er sagt, dass er es nicht schafft.

Ich sehe sein Leben vor mir, die Frauen in seinem Leben, meine Großmutter, meine Mutter, der Zweite Weltkrieg, der ihn geprägt hat mit fünfzehn, und der Krieg der RAF, der für ihn nur eine konsequente Fortsetzung ist. Alles ist den Bach runtergegangen. Und die großen Vorbilder werden zum Schutz angerufen, Stevenson, Melville, Hemingway und Jack London, der »König Alkohol« geschrieben hat, das »wichtigste Buch«.

Er sucht die Bücher in seinem Regal, aber sie sind in all dem Schmodder verschwunden, mit dem er sich in den letzten Jahren beschmutzt hat. Er ist zurück in die Küche gegangen und hat den Pokal vollgeschenkt. Er trinkt ihn leer und umklammert dann das Glas mit beiden Händen so fest, dass es in seinen Fingern platzt. Das Blut läuft dramatisch. »Es ist nur ein Finger, Junge!«, ruft er.

Er lächelt. Ich nehme ihn halbherzig in den Arm, spüre den groben Baumwollstoff seines Hemds.

Er reißt sich los und torkelt zu dem runden, weißen Küchentisch. Er klammert sich an der Tischplatte fest.

Das Scheitern im Alltag hat ihn nur ein müdes Lächeln gekostet. Das zivile Leben hat keine Bedeutung für ihn gehabt. Der schicksalhafte Hintergrund seines Lebens war ein anderer. Er hieß Krieg. Und der Tod ist allgegenwärtig und richtet seine Verheerungen im Kopf an. Er muss sich den Kopf selbst einschlagen. Alles, was er angefasst hat, die Mädchen, die Literatur, ist gescheitert.

Er nimmt seine Lederjacke vom Haken und geht hinaus in die Nacht.

Er hat jetzt genug von seinen unsichtbaren Feinden, dem Staat, der Bourgeoisie. Er muss seinen Frust nun an realen Feinden abreagieren. Er legt es darauf an, dass ihm tatsächlich einmal jemand auf der Straße den Schädel zu Brei schlägt, damit der »Irrsinn in seinem Kopf« endlich aufhört. Irgendwann wird ihn der Hausmeister finden, wenn er mit Schädelbruch, den Kopf in einer Blutlache, im Treppenhaus liegt.

Zweimal bin ich schon mit ihm in einer Ausnüchterungszelle aufgewacht, das Gesicht in meiner Kotze. Mit zugeschwollenem Kopf und fürchterlichen Kopfschmerzen wurden wir von den Bullen in die grelle Sonne hinausgeschoben, einmal hier in Darmstadt und einmal in Frankfurt am Main.

Ich habe genug. Ich verlasse schleunigst die Wohnung und gehe zum Bahnhof.

Abel Abgrund schreibt an »Gedächtnis verboten«. So nennt er das Rumpfstück seines großen Romans. Das kleine Fenster steht offen, ein paar zerfledderte Bücher im Wind schlagen die Seiten um. Ich liege auf der Matratze hinter seinem Schreibtisch, lese Spengler quer, lese Frazer quer, lese Pynchon quer. Kalter Wodka kühlt das Gehirn, warmer Wodka bringt es zum Explodieren.

Der Leichtmatrose Johnny Fleischer hat angeheuert auf der alten Europa, die vor sich hin dümpelt auf einem Sumpf aus Scheiße. Schon lange bewegt sich nichts mehr, nur fauler Zauber und Gestank des Vergessens, der aus der Tiefe der zeitgeschichtlichen Kloake blubbert. Schuld, Völkermord, Krieg, alles vergessen, alles lobotomiert aus den Köpfen, kein kollektives Schicksal mehr, Leute!

Gespenstergleich fährt sie, obwohl kein Windhauch ihre Segel bewegt, nur der tote Seemann kennt noch jene Stationen, die das alte Wrack anpeilt. Sein geschwollener Kadaver furzt und rülpst die Namen hinaus in die schwefelhaltige Luft, während Johnny Fleischer das Deck schrubbt: … Bergen Belsen … Sobibor … Majdanek …

Am Nachmittag kommt die Speeddealerin und tippt weite Teile des Manuskripts ab.

Am Abend kommt dann die Schwester mit der Spritze und verabreicht meinem Freund eine Ampulle Morphium, frisch aus dem Giftschrank des Urban-Krankenhauses. Er lebt im Moment wie ein Pascha, aber er hat auch schon schlechtere Zeiten gesehen und weiß den Status quo sehr zu schätzen.

Ich rauche das Opiat in einer kleinen, gläsernen Pfeife und gucke die vermatschten Bilder eines Schimanski-Tatorts, der auf stumm gedreht ist. Abel hockt zusammengesunken da, nickt ab und zu ein, sein schwarzes Haar, dick wie Rosshaar, steht nach allen Seiten ab …

Wir sind Schöpfer, keine Kritiker. Wir müssen nicht reflektieren. Der Beste ist der, der sich selbst zerstört. Die, die an morgen denken, sind Verräter, Utilitaristen. Die dunkle Sonne des Opiats dringt in uns ein und übergießt uns mit dem goldenen Licht vom Ende aller Tage, lässt uns aufflammen und uns wieder in die Dunkelheit zurücksinken, in deren Schoß wir uns so gerne befinden. Der Mahlstrom von Mohn und Gedächtnis löscht die trennenden Silben, verschluckt die Vokale der menschlichen Sprache …

Die Uhr rückt vor. Nach dem Tatort das Nachtprogramm.

Und dann glaube ich, ich sehe nicht recht, diese Larve, diese Mumie da in der Talkshow kenne ich doch! Diese Geistererscheinung mit dickumrandeten Augen, schwarzen Klamotten, schwarzer Perücke. Ich stelle lauter. Die

Stimme erkennt man sofort, diese mahnende, jede Silbe monoton gleich betonende Stimme – es ist sie, Gisela Ellers, die Schriftstellerin, die mich auf die Welt gebracht hat, vollgepumpt bis zum Anschlag von meinem Speed in irgendeiner österreichischen Talkshow!

Ich hole Abel aus seinem leichten Wachkoma, er ist sofort wieder da und guckt neugierig mit.

Die große Schriftstellerin Gisela Ellers hat im Staate Österreich eine letzte Enklave gefunden, wo sie noch ihre politische Meinung zum Besten geben darf.

Sie nimmt das zum Anlass, darüber zu räsonieren, wie sehr sie die Dummheit der Frauen verachtet, die seit dreitausend Jahren kulturell nichts hervorgebracht haben, weil sie so dumm waren, sich von den Männern zu bloßen Gebärmaschinen degradieren zu lassen. Dann kommt der Moderator auf mich zu sprechen. Er fragt sie, ob das, was sie sagt, nicht ein Widerspruch sei, da sie selbst einen Sohn hat. Sie zuckt mit den Achseln.

»Immerhin habe ich alles versucht, das Balg abzutreiben«, sagt sie.

»Das Balg?«, fragt der Moderator.

»Ja, das Balg. Anders konnte man den Fleischklumpen ja kaum nennen, der immer größer wurde und mich fast zum Platzen brachte. Ich habe Wodka in mich hineingeschüttet, um das elende Getrampel zu ersticken, das mich permanent beim Schreiben meines Romans gestört hat. Ich habe Kette geraucht, um das Balg zu ersticken, ich habe Aufputschtabletten genommen in der Hoffnung, dass es Herzrasen bekommt und endlich stirbt. Aber es hat alles nichts genützt. Das Balg hat es auf die Welt geschafft.« Sie lehnt sich gelangweilt zurück, zieht an ihrer Zigarette, wartet auf die nächste dumme Frage, die sie ebenso grandios beantworten wird.

Ich bin ziemlich geplättet. Abel merkt es mir an.

»Was für eine fucking bitch«, sagt er, »und wir haben ihr noch Speed geschickt.«

Ich höre eine Weile nicht mehr, was sie sagt, so getroffen bin ich.

Ist es die Art, wie sie mit dieser Geschichte umgeht, die Verachtung mir gegenüber, die sie mir so nie gezeigt hat? Ich spüre, dass die Wut in mir, der Hass, den ich immer mit mir herumtrage, mit dieser Person zu tun haben. Dass sie schuld an allem ist, von Anfang an. Nun weiß ich es.

»Ich habe ja Gott sei Dank noch einen richtigen Sohn, einen, den ich mir ausgesucht habe«, sagt sie und blickt ins Publikum, blickt mich direkt an: »Er heißt Winfried Kabeljau. Sie alle kennen ihn. Er ist der frühreife, hochbegabte Autor des Romans ‹Gegenbewegung›. Er ist wie ich, als ich jung war.«

Ich sitze da, ganz klein mit Hut. Sie schleudert ihre Blitze weiter, aber ich höre nichts mehr. Es ist ihr gelungen, sie hat mir den Todesstoß versetzt. Ich werde mich nun nie wieder hinsetzen und versuchen zu schreiben; genauso wenig, wie es mein Vater getan hat, kurz nachdem er sie kennenlernte. Was sie mit ihm gemacht hat, weiß ich nicht.

Ich sehe nur diesen Triumphzug der Selbstherrlichkeit und diese blitzenden Augen bei jedem geistreichen Satz, der ihr gelingt. Sie wird die wahre Siegerin bleiben …

Abel hat den Ton abgestellt.

Abel nimmt einen tiefen Zug von seiner Zigarette. »Bring die Alte um«, sagt er und spricht mir direkt aus der Seele. »Ich mein es ernst: Bring sie um«, wiederholt er, »sie wird dich sonst immer wieder verletzen.«

Ich nicke.

Ein paar Minuten vergehen in nachdenklichem Schweigen.

Dann sagt Abel: »Ich helfe dir dabei, wenn du willst.«

Ich betrachte Abels Profil, sein langes, wildes Zigeunerhaar, sein großes, altes, von Weisheit, Schläue, Trotz und Verwegenheit geprägtes Gesicht mit der starken Stirn, der starken Nase, dem starken Kinn. Zum ersten Mal bemerke ich den Krieger in ihm.

Seine Stimme ist sanft, dunkel, ruhig. »Ich bin dein Freund«, sagt er, »ich werde dir dabei helfen.«

»Danke«, antworte ich niedergeschlagen, »danke, dass ich dein Freund sein darf.«

»Die Alte verbreitet Unflat«, sagt Abel nachdenklich, »das darf man nach den Regeln der großen Weltreligionen nicht. Darauf steht der Tod. Die ganze Sache ist gerechtfertigt, wirklich.«

Abels Krankenschwester wird von uns beauftragt, eine Ampulle Adrenalin aus dem Giftschrank des Urban-Krankenhauses zu entwenden. Die tödliche Dosis ist im Blut nicht nachweisbar. Den Tag verbringen wir damit, das Transfervisum, das Zugticket nach München usw. zu besorgen, einen Knebel und unauffällige Tarnkleidung, eine Mütze, unter der Abel sein Haar verstecken kann, eine Sonnenbrille usw. Manches besorgen wir gemeinsam, manches getrennt. Am Abend treffen wir uns dann wieder in der Pallasstraße, um auf die Schwester zu warten.

Abel wird die Tötung vollziehen. Er wird allein hinunter nach München fahren. Ich werde in eine Kneipe gehen und folglich ein Alibi haben, obwohl dies eigentlich nicht nötig ist. Niemand wird je erfahren, was es mit dem Tod meiner Mutter auf sich hat.

Um acht Uhr bringt die Schwester die Spritze mit dem Adrenalin. Sie fragt nicht. Fett und hässlich, wie sie ist, empfindet sie es als hohe Auszeichnung, Komplizin von

Abel zu sein, den sie für ein Genie hält und dem sie sich vollkommen unterworfen hat. In stillschweigendem Einvernehmen sitzt sie da und präpariert ihm seine tägliche Dosis Morphium. Nach etwa einer halben Stunde geht sie. Es ist jetzt zehn Uhr. Morgen früh um sieben geht der Zug. Abel ist auf der Couch zusammengesackt. Hoffentlich wird er es schaffen, pünktlich wach zu werden. Ansonsten verfallen Visum und Ticket. Und der Plan fällt ins Wasser.

Gegen halb elf klingelt das Telefon. Es ist mein Vater. Er bittet mich mit ernster Stimme, ihm genau zuzuhören. Ich erfahre von ihm, dass meine Mutter in die geschlossene Abteilung der psychiatrischen Klinik München-Haar eingeliefert worden ist.

Ich falle aus allen Wolken.

»Wie konnte das denn passieren?«, frage ich.

»Weil deine Mutter aus unerfindlichen Gründen ins Haus deines Onkels eingedrungen ist und ihm in den Schwanz geschossen hat. Wahrscheinlich wird sie sich in ihrem Männerhass gedacht haben: ein Schwanz weniger, der Unheil in der Welt anrichten kann. Nun, Spaß beiseite. Der Schuss ist danebengegangen. Sie wollte ihn offensichtlich töten. Er konnte sie überwältigen, weil sie vollkommen unter Drogen stand. Sie hat laut den Ärzten eine endogene Psychose. Na ja, wie dem auch sei, jetzt ist sie erst einmal in Gewahrsam. Aber was mit ihr werden soll, falls sie da je wieder rauskommt, das weiß im Moment leider niemand. Ich kann mich jedenfalls nicht um sie kümmern.«

Mein bereits angeheiterter Vater erzählt mir das alles mit der Befriedigung des Siegers, dem die Geschichte am Ende recht gegeben hat.

Ich frage ihn, ob er die Talkshow gesehen hat. Er klärt mich darüber auf, dass Kabeljau Aids hat.

»Um deine Erbschaft brauchst du dir nun wirklich keine

Gedanken zu machen«, sagt er zynisch, »er wird sterben, lange bevor deine Mutter es schafft, sich endgültig umzubringen. Meine Kontonummer hast du ja für den Fall, dass es so weit ist.«

Damit ist das Gespräch beendet. Mit großer Erleichterung habe ich zur Kenntnis genommen, dass sich die Sache von selbst erledigt hat.

Es ist November, und damit ist schon alles gesagt.

Abel Abgrund ist abgetaucht. Ich trage die losen Seiten des »Gedächtnis verboten« zusammen, die bei mir in der Wohnung herumliegen, und hefte sie ab. Ich bin so trübsinnig und zermürbt, dass ich mich flach auf den Boden lege und einfach liegenbleibe.

Im Altenheim quer über der Straße sind Jobs ausgeschrieben, für die man keine Vorkenntnis braucht. Ich nehme an. Mir ist es egal, was ich tue, Hauptsache raus aus der Öde, sonst ist es wirklich vorbei. Ich warte mit ein paar vermummten türkischen Frauen. Man schickt mich in die »Pflege II«.

Die automatische Schwingtür geht auf. Ein Geruch schlägt mir entgegen, der mich fast von den Socken haut. Ich presse mir die Hand vor den Mund und kämpfe, dass ich mich nicht sofort übergebe. Überall krauchen uralte Gespenster herum. Sie hocken in Rollstühlen, dämmern auf Bänken vor sich hin, schleichen an fahrbaren Stangen den Gang hinunter und wieder zurück.

Man gibt mir einen weißen Kittel und Sagrotan und Gummihandschuhe und führt mich in einen riesigen, gekachelten Raum ohne Fenster. Fünf Betten, achtlos hineingeschoben, stehen herum. Darauf fünf uralte Wesen in dünnen Krankenhauskitteln, die auf einer abwaschbaren Plastikfolie liegen und darauf warten, gewaschen zu werden. Hinter ihnen riesige Berge von Wäsche und schmutziger, blutiger Windeln, die man in einen Containerwagen gepresst hat.

Der Pfleger, der mir vorausgegangen ist, passt hier irgendwie nicht rein. Er sieht eher aus wie Richard Gere und kleidet sich wie ein Chefarzt. Unter seinem Kittel trägt er ein blau-weiß gestreiftes Hemd und eine eng sitzende Anzughose, die seinen Knackarsch zur Geltung bringt. In seiner Brusttasche stecken vier teure Kugelschreiber.

Mit dem dynamischen Gang eines Sportlers flitzt er zwischen den Betten umher.

Den türkischen Putzfrauen, die hinten den Dreck wegmachen, schenkt er ein breites, irgendwie schadenfrohes Grinsen. Sein perfektes Gebiss und die blauen Augen, die ihnen Blitze entgegenschleudern, bringen die alten Muselmaninnen zum Kichern.

Er sieht aus wie ein guter Ficker. Warum vergeudet er hier seine Zeit?

Er packt den Erstbesten, hievt ihn hoch, reißt ihm den Kittel vom Leib und wuchtet ihn auf den Bauch, dass es kracht. Der Alte stößt einen außerirdischen Laut aus, ein Stöhnen, Ächzen und Pfeifen zugleich.

Gere übergießt den nackten Körper mit Sagrotan, dass es zischt. Ja, es zischt auf den Schründen, Wunden und offenen Stellen am Rücken dieses Methusalem.

»Das ist der Alkohol«, erklärt mir Gere und bleckt die Zähne.

Er arretiert die Gummihandschuhe an seinen Händen wie ein Chirurg vor dem Eingriff. Die Augen blitzen in der gleichen sadistischen Vorfreude. Dann schüttet er das Sagrotan, das fürchterlich brennen muss, über die verschorften Wunden. Der Alte schreit auf wie ein Walross.

»Dekubitus«, erklärt Gere und bleckt die Zähne. Stolz

zeigt er mir eine tellergroße offene, nässende Wunde. Wie benebelt trete ich näher. Mir ist weich in den Knien von der ätzenden, scharfen, säurehaltigen Luft in dieser Leichenhalle. Von dieser Wunde also rührt der Gestank her, der mich vorhin im Gang fast umgehauen hat. »Stöhn!«, äfft Gere den Alten nach, wendet ihn seitlich und lässt ihn dann zurück auf den Rücken krachen. Dabei bedient er sich des unteren Fußknöchels als Hebel. Der Alte röhrt wie ein Hirsch. »Hebelwirkung«, erklärt Gere. Er wirft dem Alten den Kittel über, tigert nach hinten und schiebt das nächste Bett an den Waschplatz.

Eine uralte Frau, bestimmt neunzig, spindeldürr.

»Jetzt bist du dran. Zieh ihr den Kittel aus.« Er wartet, bis ich ihr den Kittel ausgezogen habe. Pergamentene Haut spannt sich über ein Skelett. Ein strenger Uringeruch steigt mir in die Nase. Gere macht anzügliche Schlabbergeräusche.

»Lecker, lecker«, sagt er. »Wenn du sie fertig geputzt hast, schiebst du sie einfach raus in den Gang.«

Er schlägt mir auf die Schulter und rauscht ab. Ich blicke an mir hinunter. Wieder bin ich der Mann fürs Grobe. Wieder trage ich Gummihandschuhe und einen grauen Kittel, wie in der Peepshow.

Ich beginne, die Frau vorsichtig zu waschen. Sie liegt da wie ein junges Mädchen in einem uralten Körper, lächelt entspannt, als würde sie sich an schöne Dinge erinnern, während ich sie berühre. Sie war bestimmt einmal hübsch. Vielleicht ist sie stark genug, diesen Körper, der nur noch ein Hauch ist, mit schönen Gedanken zu verlassen. Ich bette sie vorsichtig auf den Rücken zurück, lege ihr das Lätzchen über ihr Geschlecht und schiebe sie hinaus in den kalten Zwischengang zu den anderen.

Ich schiebe den nächsten Kandidaten an die Waschstelle.

Er stinkt fürchterlich. Ach, hätte ich doch nur diese Salbe, die sich die Kripo bei der Exhumierung von Leichen unter die Nase schmiert und die völlig geruchsunempfindlich macht. Ich muss würgen. Der Kandidat, er hat Parkinson, sieht mich aus kleinen, schwarzen Knopfaugen vorwurfsvoll an. Er sieht aus wie der Moderator von Aktenzeichen XY … ungelöst, aber der wäre nicht hier. Der Mann, er heißt Wickert, ein Namensschildchen baumelt an einer Kette an seinem Unterarm – sehr makaber, finde ich, wirklich –, tippt ungeduldig mit dem Zeigefinger einer zitternden Hand gegen den Verschluss eines Beutels an seiner Leiste, der zum Bersten gefüllt mit Scheiße ist.

»Ja, ja, ist ja schon gut«, sage ich. Ich löse den Schlauch. Aus dem offenen Verschluss läuft jetzt in Strömen die braune, stinkende Soße heraus, läuft seine fette, weiße Flanke herunter, bildet eine immer größer werdende Lache auf dem Plastiklaken, auf dem er liegt. Er zittert wie Espenlaub, sein Gesicht schwillt vor Wut rot an, der Unterarm verliert nun vollends die Kontrolle und schlenkert wild in der Luft herum. Sein winziger Mund, darin winzige, kaputte Zähnchen, stößt Verwünschungen in hessischem Dialekt aus.

Ich wälze ihn, ungeheuer kompakt und schwer, wie er ist, zur Seite, damit ich seinen Anblick nicht länger ertragen muss. Unglaublich, wie schwer er ist bei der Körpergröße. Mit einer Hand halte ich ihn oben, mit der anderen wische ich die Scheiße unter ihm weg. Dann lasse ich ihn los. Er knallt zurück auf den Rücken. Er strampelt wütend mit seinen kurzen, schweren Beinchen, rudert mit den runden, festen Ärmchen, die schwer wie Blei sind, die Knopfaugen, hasserfüllt und zugleich erschrocken, starren mich an, ein heiseres Stimmchen erhebt sich, so laut es kann, und ruft nach Hilfe.

»Skandal! Skandal!«, ist das Einzige, was ich aus dem Schwall von Lauten heraushören kann. Ich sehe tief in den kleinen Mund hinein, sehe den Gaumen und das gerötete Zäpfchen, das in etwa der Größe seines winzigen Penis entspricht, an dem die geronnenen Reste von Puder kleben. Mich interessiert eigentlich nur, woher sein Fleisch diese Konsistenz hat, diese ungeheure Schwere, schwer wie eine Marmorstatue ist er.

Ich schöpfe große Mengen von Wasser und Sagrotan aus dem Eimer und lasse es auf ihn herabregnen, in die Augen, in Mund und Nase, um ihn noch mehr zur Weißglut zu bringen. Er zittert am ganzen Körper. »Ja, Skandal!«, rufe ich, weit über ihn gebeugt und ziehe eine Grimasse. »Skandal. Skandal. Das ganze Leben ist ein Skandal!«

Ich wuchte ihn wieder und wieder herum und benutze seinen Knöchel als Hebel. Man lernt schnell, wenn man die richtigen Lehrer hat. Ich wasche und trockne ihn wie ein totes Stück Fleisch. Ich lasse mir nicht die Reihenfolge meiner Arbeit diktieren. Ich nehme seinen abgewandten, stammelnden Kopf hoch und drehe das zornige Gesicht auf das Laken. Ich appliziere den frischen Kotbeutel. Ich fahre die Bahre mit hoher Geschwindigkeit durch die automatischen Türen hinaus und schleudere sie in den langen Gang. Aus einem Seiteneingang schieben die türkischen Frauen neue Betten mit Patienten hinein. Sie stoßen sie einfach von der Tür aus in meine Richtung. Es ist ihnen egal, ob sie kollidieren. Diese türkischen Frauen sind Arbeitsmaschinen. Sie verdienen vier Mark die Stunde. Zeit und Geld wird ihnen Tag für Tag weggefressen wie nichts. Sie steigen um vier in die Bahn, wenn es noch dunkel ist, begeben sich hinab in diesen Orkus und steigen wieder hinauf, wenn es schon wieder dunkel ist. Als ich eine um ein Tempotaschentuch bitte, will sie mir keines geben.

Und die anderen auch nicht. Es sei zu teuer, sagen sie, und ich soll mir selbst welche kaufen.

Sie wuchten die Abfälle in die Container, blutiges, eitriges Zeug, Mull, Verbände etc.

Ich nehme mir ein Beispiel an ihnen. Ich muss härter werden. Diese Arbeit dient der Auslöschung aller Ausreden. Sie ist bloße Notwendigkeit. Sie ist der Sumpf, aus dem ich mich an meinen eigenen Haaren herausziehen kann.

Das Leben ist jetzt nicht mehr ganz so sinnlos. Allein das scheint schon auszureichen, dem Rest an Geist, den ich besitze und der zusammengestaucht in einer Ecke meines Gehirns hockt, aus dieser Ecke herauszuprügeln. Er wagt sich hervor mit dem Brandsatz eines verstümmelten Gedichts. Hier ist es, Schwester Monika, ich hoffe, es gefällt dir.

Ich habe es gerade für dich geschrieben.

Ich will dich fisten
Ich will dich fisten
Ich steck dir die Banane
Ich will dich ausmisten.
Ich will dich
Ich drill dich
Ich grill dich
Ich steck dir die Banane
Ich will dich schleifen, ich will dich verpfeifen, ich will dich verneinen, ich will dich beweinen, ich will dich entbeinen, zerlegen, ausweiden, ich will dich fisten, verarschen, ich will dich!
Ich chill dich, ich bleach dich, ich teach dich!
Ich mach Kleinholz aus dir, ja ach, ich will dich!
Im Wandschrank, am Sandstrand, im Handstand, ich will dich!

Sieh meine Fist
Sieh meinen Kummer
Sieh auf uns beide, zwei beknackte Brummer!
Oh sieh, oh sieh her, wir zwei beide, beide zwei
bekackte Brummer – will fisten will chillen will drillen
will bleachen im Wandschrank, will fisten am Sandstrand
oje oje oje oje ich will oh sieh nur sieh her oh oh sieh
ich will dich kujonieren
ich kriech auf allen vieren
bis ich verrecke
I want you – ich will dich – ich fühl dich ich will dich:
Willenlos, antriebslos, teilnahmslos, triebhaft, asozial
Ich kotz in die Ecke
bevor ich verrecke
Ich kotze, ich rotze,
ich kotz dir auf die Fotze
Willenlos, antriebslos, triebhaft, asozial
Ich motze, ich rotze,
ich kotz dir auf die Fotze!!

Pfleger Gere hat mich gestern Schwester Monika als »rasender Leichenwäscher« vorgestellt, aber über ihr Gesicht ging kein Lächeln. Sie sah mich nicht einmal an.

Schwester Monika ist solariumgebräunt. Das Haar ist halblang, dünn und weißblond, ihre Nase majestätisch, die Nasenflügel groß und sinnlich geschwungen.

Am besten gefällt mir ihr stolzer, abweisender Ausdruck – und ihre großen Brüste.

Der Rest von ihr ist sehr dünn; lange, dünne Mädchenbeine, weiß, mit zarter Haut, ein breites Becken, das unter den Kittel spannt. Sie arbeitet in der Nachtschicht.

Ich folge ihr in die Zimmer, um ihr zu helfen, die Patienten zu waschen und diese hochzuheben, damit sie besser herankommt. Dabei kann ich sie gut beobachten, wie sie sich über die Patienten beugt, um die Laken straffzuziehen, das Haar zu kämmen etc. etc. Dies alles tut sie mit der Rigorosität des Profis. Dabei schiebt sich ihr Kittel hoch, und ich kann ihren hellen Slip sehen, wenn ich mich hinter sie beuge – und die Brüste, die hervorquellen, wenn sie sich nach unten beugt, die Ränder der großen, dunklen Brustwarzen unter dem durchscheinenden BH.

Überdruss, Mürrischkeit, Frust und Härte beherrschen das schöne, gealterte Gesicht.

Wenn sie die Schenkel spreizt, um sich am Boden abzustemmen, sehe ich die vielen blauen Flecken auf der hellen Innenseite der Schenkel, die sie sich wahrscheinlich beim Hochwuchten und Umbetten der Patienten zugezogen hat, und will sofort in sie eindringen. Ich stehe da, mit halbgeöffnetem Mund, starre sie an und kann an nichts anderes mehr denken als daran, ihre Brüste zu entblößen, ihren Slip langsam herunterzuziehen.

Ich werde ganz debil und blöde davon.

Irgendwann sind wir mit dem Umbetten fertig. Sie zieht sich in das Schwesternzimmer zurück und fängt an, Kreuzworträtsel zu lösen. Verwüstet vor Frust hockt sie da mit ihrer schönen Nase, diesen Nippeln und solch dünnen Beinen. Dabei könnte es so einfach sein, Spaß zu haben in dieser dunklen, leeren Station, wo wir vollkommen allein sind. Während die Patienten festgeschnallt oder komatös in ihren Betten vor sich hin vegetieren, könnten wir es überall treiben, auf den Gängen, in der leeren Leichenhalle oder in den Zimmern vor den verstummten, entrückten Alten in ihren Betten. Ich bitte sie um Erlaubnis, auf dem Hocker neben der Tür Platz zu nehmen. Sie antwortet nicht. Sie sitzt seitlich zu mir an dem kleinen Tisch an der Wand. Der

Kittel ist hochgerutscht, ich kann ihre langen, eleganten Mädchenbeine sehen. Und ihre Brüste, die nun groß und schwer über dem Thorax hängen.

»Ich bin bereit, dir mein Kostbarstes zu geben, Schwester Monika, und es mit ein paar wenigen Stößen in dich hineinzuspritzen. Warum verschmähst du mich nur so?«, flüstere ich leise.

Schwester Monika macht voller Ungeduld ihre Kreuzchen. Sie merkt, dass ich sie unausgesetzt betrachte. Das beredte Schweigen macht sie aggressiv. Wütend verändert sie die Position ihrer Beine. Schließlich springt sie auf und geht hinaus. Was macht mich so rasend vor Verlangen nach ihr? Ist es der Tod, der uns umgibt? Diese Ausnahmesituation nachts allein auf der Station?

Ich stehe auf und blicke ihr durch die Tür nach, wie sie hinten im Gang in einem Zimmer verschwindet. Ich schleiche an ihren Spind, öffne ihn, hole die Weißweinflasche hinter ihren Kitteln hervor, aus der sie immer heimlich trinkt, und betrachte sie. Ich lecke mit der Zunge über die Öffnung und wichse ein bisschen meinen in die enge Jeans geklemmten Schwanz. Dabei nehme ich hastig kleine Schlucke, lasse ein wenig Flüssigkeit über die Lippen laufen, nehme schließlich den Flaschenhals in den Mund und lasse ihn hinauf- und hinuntergleiten. Ich will endlich, dass sie mit mir dasselbe anstellt, verdammt.

Schließlich höre ich ihre Schritte, sie trägt heute Clogs, ich beeile mich, die Flasche wegzustellen, den Spind zu schließen, den vorderen Knopf meiner Jeans zu schließen und mich wieder hinzusetzen.

Sie kommt zurück und setzt sich wieder an ihren Tisch. Diesmal stellt sie die Beine weit auseinander, die Absätze ihrer Schuhe stemmt sie wie ein junges Füllen in den Boden.

Ich will jetzt unbedingt ihren Slip zwischen den weit gespreizten Beinen sehen, der hell und dünn ist wie ihr BH und vollgesogen von der Feuchtigkeit ihrer Muschi, die schwer und leicht gespalten auf dem Holz des Stuhls ruht und wahrscheinlich wie ihr Mund – sie hat manchmal eine leichte Fahne – nach Weißwein riecht.

Schweigen breitet sich aus und füllt den Raum bis in die letzte Ecke. In dieses Schweigen stoße ich meine gehauchten Sätze.

»Ich will meinen Saft für dich aufheben«, flüstere ich, »ich liebe dich, Schwester Monika.«

Ihr Blick schweift kurz in meine Richtung, sie hat etwas gehört, aber sie sieht mich nicht an.

Wenn ich hinaus bin, weil die Lampe leuchtet, wenn ich in einem Zimmer bin, um einen Urinbeutel zu wechseln oder Flüssigkeit aus einer Schnabeltasse in ein ausgetrocknetes, weit geöffnetes Maul laufen zu lassen, ist sie an ihrem Spind und nimmt ein paar Schlucke von ihrem warmen, sauren Weißwein. Sehr, sehr selten begegnen sich unsere Augen, wenn sich unsere Wege kreuzen, ich ins Schwesternzimmer zurückgehe, sie aus dem Schwesternzimmer kommt. Der unergründliche Blick, den sie mir dabei zuwirft, geht mir durch Mark und Bein.

Je später die Nacht wird, je mehr sich Stille und Einsamkeit in den Gängen verdichten, desto öfter verlässt sie das Zimmer und geht hinaus in die Korridore und Gänge. Oft geht sie weit, kommt es mir vor, in andere Stationen, andere Gänge hinunter, der Komplex ist riesig. Vielleicht hat sie weitere Weißweinreservoirs irgendwo. Vielleicht verdient sie sich Extrageld bei alten, reglosen, auf dem Rücken liegenden Männern.

Möglich scheint alles in diesem nächtlichen Labyrinth.

Ich durchsuche nervös ihre Tasche, suche nach Spuren

ihres Privatlebens, ihren Schlüsseln, ihrer Adresse – sie wohnt im Schwesternwohnheim, doch welches Zimmer? In einem Ferienprospekt hat sie mit Kugelschreiber um ein paar Hotels in Spanien einen Kreis gezogen. Ibiza! Ein heimliches Partygirl also. Das nur hier so prüde tut und sich in Orgien mit jungen Spaniern verschwendet.

Ich warte, bis ich ihre Clogs wieder höre, und stelle mich an die Tür, um sie zu bewundern, wie sie den Laufsteg unseres Gangs meistert. Meine Unruhe steigert sich immer mehr. Warum bin ich nur so schüchtern, warum kommt mir kein witziges Wort, kein Kompliment über die Lippen? Warum fällt mir kein Gesprächsthema ein. Anhaltspunkte habe ich doch genug.

»Hallo«, lautet meine Begrüßung, bevor sie wieder hinein ins Schwesternzimmer geht. Nun ist es zu spät. Es ist bereits halb vier. Und sie muss die Frühschicht vorbereiten, die in einer halben Stunde beginnt.

I'm a lame duck, denke ich zermürbt, I'm a lame duck.

Ich laufe neben Schwester Monika her, die ein Bett in die Leichenkammer schiebt.

Dabei flüstere ich unausgesetzt: »Ich liebe dich, Schwester Monika …«

Ich bin vollkommen besessen von ihr. Gestern Nacht schlich ich mich vor die Tür ihres Zimmers im Schwesternwohnheim, horchte mit klopfendem Herzen und versuchte, durch den Spion zu gucken, um irgendetwas von ihr mitzukriegen. Schließlich onanierte ich wie ein Wilder und spritzte mein Kostbarstes an die Tür.

Ich muss mir ihren Zimmerschlüssel besorgen und unter ihrem Bett auf sie warten, bis sie kommt und sich auszieht. Ich werde auf dem staubigen Fußboden nackt auf sie warten, bis sie eingeschlafen ist – mein Herz pocht laut bei diesem Gedanken –, und dann alles Übrige … dann alles Übrige …

Ich blicke verstohlen zu ihr rüber, wie sie das Bett schiebt. Alles an ihr verrät eine wütend unterdrückte Sexualität, ihr hektischer Gang, ihre Rigorosität und Ungeduld, mit der sie die Patienten wäscht, ihre großen, sinnlichen Nasenflügel, das durchschimmernde, helle Fleisch ihrer Schenkel. Sie schiebt den Toten von gestern Nacht in die abgedunkelte Leichenkammer: meine Hitze, meine Gier! Sie muss sie spüren. Sie beugt sich über den Toten. Der Rock schiebt sich hoch. Wieder der helle Slip zwischen dem weichen, hellen Fleisch der gespreizten Oberschenkel, die dunkle Stelle, wo Schamhaar und Öffnung sind.

Ich halte es nicht mehr aus.

»Schwester Monika«, flüstere ich. Mein Herz schlägt mir bis zum Hals.

Sie dreht sich um und blickt mich mit schmalen Augenschlitzen abschätzig von unten an. »Was ist?«, fragt sie verächtlich.

»Soll ich das Fenster aufmachen?«, stottere ich.

»Kippen«, zischt sie, »nur kippen!« Ich kippe das Fenster.

Ich gehe ihr zur Hand, wasche die Füße des Toten mit Sagrotan, helfe ihr, ihn zu drehen, indem ich den Fußknöchel als Hebel benutze. Der Tote klatscht auf den Rücken. Ich habe ihn niemals vorher gesehen. Wo mag er hergekommen sein, aus welcher Abteilung?

Sie wäscht ihn mit ruppigen Bewegungen. Ich stehe hinter ihr, öffne den obersten Knopf meiner Hose. Ich will sie jetzt unbedingt ficken, ihr lautes und tiefes Stöhnen hören. Ich denke an die heiße Lava, die zwischen ihren Schenkeln herausfließen wird …

Ich sehe uns wild durch dieses Totenzimmer ficken.

»Oh, Schwester Monika«, seufze ich leise. Zuerst soll sie auf den Leichnam pissen, auf sein Gesicht, so, wie sie es mit den alten Männern immer tut, wenn sie sie nachts in ihren Zimmern besucht, um ihnen das letzte Geld aus der Tasche zu ziehen.

Den ganzen Abend schon will ich mich entblößen, seit unser ungleiches Duo gemeinsam losgezogen ist, um all die raunenden, seufzenden Körper in ihren Betten zu waschen und umzubetten. Ich öffne den zweiten Knopf meiner Hose und dann den dritten. Mein Herz pocht wie wild. Vielleicht sterbe ich beim Orgasmus.

»Schwester Monika«, flüstere ich.

»Was gibt's denn?«, sagt sie ruppig, ohne sich umzudrehen. Ich lasse das Hemd über meine Hose fallen. Ich bin total erledigt. Sie zeigt auf den Kamm. Ich soll dem Toten einen Scheitel ziehen. Ich ziehe den Kamm durch das wirre Resthaar und lege den niedrigen Seitenscheitel.

Ich sehe ihr zu, wie sie den Leichnam wütend mit der Bürste scheuert.

Alles verrät ihre Wut. Alles verrät ihre starke Sexualität.

Später trinkt sie aus einem Pappbecher Wein, löst ihre Rätsel.

Ich muss zurück zu meinem Parkinson-Patienten, den ich gequält und anschließend vergessen habe. Weil er immer so lallt und fuchtelt und nie zufrieden ist, habe ich zur Strafe nur die eine Hälfte seines Gesichts rasiert und ihn dann sitzenlassen. Er wird nicht aufhören, Verwünschungen auszustoßen, blau im Gesicht vor Wut und Empörung zu zittern, bis ich zurück bin und ihn zu Ende rasiere. Vielleicht ist er bereits tot, erstickt an seiner Wut, und sein sonst vor Aufregung wackelndes Köpfchen hängt leblos herunter.

Ich eile. Wickert lebt noch. Mit trüben Augen starrt er mir entgegen. Ich werfe den Braun Sixtant 6006 an, den auch mein Vater benutzt, und rasiere die zweite Gesichtshälfte des Patienten. Ich wuchte seinen schweren Körper ins Bett. Ich ächze, ich stöhne. Er ist schwer wie ein Schwein. Ich decke ihn zu, ich mache das Licht aus.

Ich kehre in das Schwesternzimmer zurück. Es ist bereits drei Uhr nachts. Sie hockt da. Ihr geiler, alter Mädchenkörper mit den großen Titten! Sie nimmt einen Schluck aus dem Pappbecher mit Weißwein und blättert weiter in einer Zeitschrift, ohne mich eines Blickes zu würdigen. Ich starre abwechselnd auf ihr weißes Fleisch und auf ihre großen Nippel, die hart sind.

Ich gehe zu ihr hin und taste nach ihren Nippeln. Sie hebt den Blick und starrt mich an.

Abgründe offenbaren sich in diesem Blick. Ihre Verachtung schmilzt unter einer blutigen Traurigkeit hinweg, eine unerträgliche Leere wird sichtbar. Ich muss wegsehen, sonst wird das hier nichts mehr. Diesem Blick bin ich nicht gewachsen.

Ich reiße den Tisch weg und knie mich vor sie; ich muss sie ganz sehen, frontal in ihrer ganzen Pracht. Ich löse die Brüste aus ihrem BH und starre sie an. Die Nippel sind riesig und steif. Ich beginne sie zu kneten, während mein Mund den Körper überall wild zu küssen beginnt, an den Knien, hinunter zu den Waden, zu den Füßen, die ich aus den Schuhen löse und deren Zehen ich in den Mund stecke und masturbiere. Ich öffne meine Hose und befreie meine pulsierende Erektion aus ihrem Gefängnis. Sie starrt kaltblütig zu mir, ihrem Sklaven, herunter.

Ich nehme die dunkelvioletten, riesigen Zapfen ihrer Brustwarzen in den Mund, damit sie etwas von ihrer Bedrohlichkeit verlieren, ich beiße, ich nehme ihren Pappbecher und trinke ihn leer und beiße in den Becher hinein und spucke ihn auf den Boden. Ich benetze ihre Brustwarzen mit meinem Speichel, lasse mal die eine, mal die andere Brust wie eine schwere Frucht in meinen Mund gleiten.

»Du bist mein Verderben«, flüstere ich.

Ich setze mich auf meine Knie und onaniere wild. Mit weit aufgerissenen Augen starre ich zu ihr hinauf.

»Schwester Monika!!«, flehe ich, »Schwester Monika!!«

Ich stoße ein wildes Gelächter über mich selbst aus. Ich nehme den in der Mitte dunkel von Feuchtigkeit gefärbten Slip an den Seiten und ziehe ihn von den dünnen Schenkeln, die so mädchenhaft sind. Und nun sehe ich, dass ihre spärlich behaarte Spalte tatsächlich herrlich feucht ist. Ihre Schamlippen klaffen weit auseinander.

Nun sieht sie mich zum zweiten Mal an, unverwandt, durch schmale Schlitze. Ihr Mund öffnet sich ein wenig, und sie atmet stoßweise. Ich nehme sie nun, packe sie am ganzen Körper, mit einem Griff aus der Pflege, den mir Gere beigebracht hat, und drehe sie in die Rückenlage. Ich lege mich auf sie und stemme mich mit den Armen am Boden ab, damit ich ihr ins Gesicht sehen kann. Mein pulsierender Schwanz dringt in sie ein. Ich stoße diverse Male zu, halte inne, stoße wieder zu und sehe, wie bei jedem Stoß ihre Pupillen anfangen, wild hin und her zu springen. Sie gibt keinen Laut von sich.

Diese Tatsache macht mich wahnsinnig, und ich stoße immer wieder in sie hinein, und dann komme ich in wilden Stößen, in denen ich jeden Halt und Saft verliere und durch die ganze Station schreie. Ich steige ab.

Ich weiß nicht, wie viele Gläser Schwester Monika bereits getrunken hat. Jedenfalls wälzt sie sich auf dem nackten Linoleum. Sie hat die Hand zwischen die Beine gepresst und die Schenkel eng aneinandergedrückt. Irgendwann geht ein Ruck durch ihren ganzen Körper, ihre Beine fangen an, konvulsivisch zu zucken, vom Becken bis hinunter zu ihren schmalen Fesseln, die Füße sind nach innen gedreht. Nun stöhnt sie laut und langanhaltend, und während dieses Stöhnens, dieses epileptischen Anfalls, dieses Orgasmus oder was immer es ist, starrt sie mich mit weit aufgerissenen, vorwurfsvollen Augen an.

Ich bekomme Angst. Ich habe so etwas noch nie gesehen.

Ich erhebe mich, ziehe mir die Hose hoch und flüchte aus der Station – um diesem Abschnitt meines Lebens für immer den Rücken zu kehren.

Ich höre den Song »Lay back in the Arms of Someone« den ganzen Tag aus einem Radio vor sich hin dudeln und frage mich, in welchen someone ich meine Arms layen soll.

Wer soll das sein, dieser someone? Was für ein unglaublich blödes, stumpfes Ami-Gefasel soll das sein?

Berlin-Schöneberg, Sommer 84 …

Abel Abgrund kommt zurück. Schon von weitem kann ich ihn Zeter und Mordio schreien hören. Ein paar Libanesen haben ihn bei einem Deal, den er in der U-Bahn Kurfürstenstraße abziehen wollte, übel zugerichtet. Sie haben ihn so übel am Körper geritzt, dass seine Klamotten zerfetzt sind. Überall blutet er. Blut läuft auch die nackte Wade hinunter in seinen abgeschnittenen Gummistiefel. Er klagt wie ein altes Waschweib und ist ganz durcheinander. Ich nehme ihn am Arm und führe ihn die Potsdamer hinunter.

Alles haben sie ihm weggenommen, auch seine Büchlein mit den Notizen.

Auf der sommerlichen Straße glotzt uns ein Pöbel hinterher, Jung und Alt, das ganze dreckige Gesocks. In den Jungen ist das Böse schon angelegt, in den widerlichen Visagen der Alten kommt es zur Reife und Perfektion. Nichts als niedrige Gesinnung, Gemeinheit und Brutalität in diesen Gesichtern. Nichts hat sich geändert. Sie riechen den Juden und riechen den Außenseiter. Sie müssen nicht wissen, nicht reflektieren.

Der Geruch allein reicht. Alte Weiber, Taxifahrer, Hausmeister mit dem ewigen Wegerecht des Altberliners. Sie wollen über uns herfallen.

Abel hat seine Hand mit einem Aldi-Plastikbeutel umwickelt, in den das Blut sickert und unten heraustropft. Die Tropfen bilden eine Spur hinter uns und pflastern den Gehweg. Der Plebs schreit hinter uns her.

Innerlich haben die humanen Gesetze, die unsere Republik in einer Zeit verabschiedet hat, als der Hass nicht mehr regierte, schon längst keine Gültigkeit mehr. Es ist alles wieder beim Alten. Im Laufe weniger Jahrzehnte haben sich gegenseitiger Hass, Missgunst, Häme und Feindseligkeit in einem Maße verdichtet, das kaum zu glauben ist. Als ich ein Kind war, sind sich die Menschen noch freundlich begegnet. Man hat nicht gleich den Feind im anderen gewittert, die Toleranzgrenze war viel höher. Man hat sich gegenseitig geholfen.

Wie konnte es so schnell geschehen, dass sich so ein Klima entwickelt hat? Ohne dass jemand es gemerkt hat?

Lange werden die Gesetze nicht mehr halten.

Ich bringe Abel zu mir in die Wohnung und verbinde ihm mit dem Mull, den ich noch habe, die Stellen am Oberarm, am Bauch und an den Beinen. Die Schnitte der Libanesen sind solche, wie man sie anbringt, um das Fett abzulassen, bevor man ein Tier auf den Grill legt.

Abel liegt auf der Couch ausgestreckt und schläft.

Vielleicht weil Sommer ist, kehrt eine gewisse Normalität in mein Leben zurück.

Ich nehme am Ku'damm einen Kellnerjob an und betrüge mir jeden Abend vierhundert Mark zusammen, indem ich die Gäste bescheiße und auch den Wirt.

Ich fange an, zu Nutten zu gehen.

Danksagung an:

Westberlin, in dem Zustand, als es noch von einer Mauer umgeben war.